KB044377

허병두의
즐거운 글쓰기 교실 2

문제는 창조적 사고다

허병두의 즐거운 글쓰기 교실 2
문제는 창조적 사고다

초판 1쇄 발행 2004년 7월 5일
초판 5쇄 발행 2015년 3월 27일

지 은 이 허병두
펴 낸 이 주일우
펴 낸 곳 ㈜문학과지성사

등록번호 제1993-000098호
주　　소 121-894 서울 마포구 잔다리로7길 18(서교동 377-20)
전　　화 02)338-7224
팩　　스 02)323-4180(편집) 02)338-7221(영업)
전자우편 moonji@moonji.com
홈페이지 www.moonji.com

ⓒ 허병두, 2004. Printed in Seoul, Korea

ISBN 89-320-1520-1

* 이 책의 판권은 지은이와 ㈜문학과지성사에 있습니다.
　양측의 서면 동의 없는 무단 전재 및 복제를 금합니다.

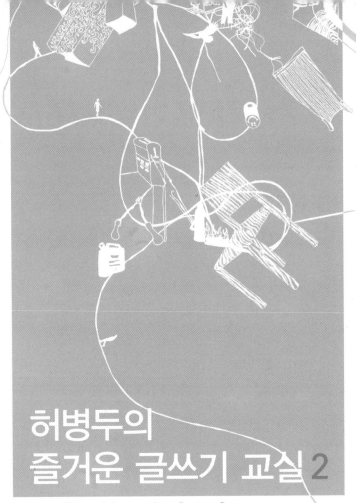

허병두의
즐거운 글쓰기 교실 2

문제는 창조적 사고다   허병두 지음

문 학 과 지 성 사

2004

문제는 창조적 사고다

언제부터인가 나는 멋진 여행을 하나 꿈꾸어 왔다.

생각하는 힘을 키울 수 있는, 진지하면서도 신나는 여행을.

이제 여러분들을 내가 꿈꾸어 온 여행에 초대한다.

좁은 세계 속에서 갇혀 있던 지금까지와는 달리

여러분들은 이 여행을 통해 넓고 광활한 들판,

깊고도 정밀한 심연 같은

사고의 넓이와 깊이를 얻을 것이다.

우리의 여행은 창조적 사고를 중심으로

상상력과 이해력, 논리력과 분석력을 키우기 위한

다섯 가지 공간을 넘나들 것이다.

여러분들이 능동적으로 참여한다면

어느새 훌쩍 큰 자신의 모습에 놀랄 것이다.

창조적 삶의 기쁨을 느낄 때 비로소 삶은 새롭게 시작된다.

거듭, 꿈을 꾸면서

스무 살이 되어도 나는 여전히 괴로웠다. 모든 것을 획일과 규격 속에 가두는 우리 현실 때문이었다. 개성과 자유는 억압되었고 나는 꿈꾸는 것을 늘 제한받았다. 그래서 늘 답답했고 늘 슬펐다. 어떻게 해서든지 현실에서 벗어나고 싶었지만 그것은 좀처럼 쉽지 않았다.

대학 졸업 후 나는 학교를 내 꿈의 부화 공간으로 삼았다. 교사가 되어 아이들과 함께 멋진 꿈을 꾸고 싶었던 것이다. 하지만 여전히 아이들은 교실에서 시들고 있었다. 대다수는 붙박이 인형처럼 교실에 앉아 있다가 때가 되면 사회로 밀려 나갔고, 더러는 못 참고 학교 밖으로 뛰쳐나가 돌아오지 않았다. 그들은 바로 '과거의 나'였다.

미래를 꿈꾸어야 할 교육 현장에서 '과거의 나'를 다시 고통스럽게 목격해야만 하는 나. '미래의 나'를 꿈꾸기는커녕 그저 '과거의 나'를 무기력하게 확인해야만 하는 나. 그렇다면 나의 삶은 과연 어떤 의미가 있을까. 교사로서 나는 과연 어떤 존재일까. 자괴감과 열패감, 분노에 한동안 시달려야만 했다.

이 책은 그러한 나의 괴로움을 학생들과 함께 풀어 보는 과정에서 자연스럽게 길어 올린 결과다. 서로 머뭇거리다가 어느 순간 환하게 함께 웃었고 그러한 경험들을 자료와 함께 꼬박꼬박 기록하고 모아 두었다. 초판이 나오자마자 과분하게도 많은 관심과 호응을 받았다. 중고등학생과 대학생들이 도움을 많이 받았다고 전해 왔고, 선생님들과 일반인들까지 따뜻하게 격려를 해 주셨다. 우리는 같은 꿈을 꾸고 있었고 마침내 서로를 귀중하게 확인할 수 있었던 것이다.

이제 거듭 꿈을 꾸면서 개정 증보판을 낸다. 그동안에 일어난 변화에 맞춰 몇 가지를 더하고 빼며 손질하였다. 이를테면 초판 당시에 아직 미약하여 강조할 수 없었던 인터넷 대목을 강화하였다. 앞으로도 전자 혁명의 물결은 우리들의 삶을 크게 좌우할 것이기 때문에 더욱 강화되어야 할 것이다.

하지만 여전히 문제는 창조적 사고다. 그 어떤 순간에서도 창조적 사고가 없이 이 세상은 아름답게 변화되지 않는다. 따라서 끊임없이 아름다운 꿈을 꾸고자 최선을 다하는 것이 무엇보다 중요하다. 이 책이 그러한 순간, 즉 창조적 사고를 준비하고 시도하는 순간에 작지만 소중한 길라잡이가 되어 주면 좋겠다.

　끝으로, 개정판을 내는 데 애써 주신 문학과지성사 편집자들에게 깊이 감사드린다. 창조적 사고를 강조하며 번번이 마감일을 늦추는 나를 참 무던히도 기다려 주었다. 이 책은 이제 우리 모두의 책이다.

2004년 7월

허병두

생각하는 삶이 아름답다

창조적 사고는 우리 삶을 의미 있게 만든다. 매일 반복되는 일상의 삶을 깨워 보람과 가치를 부여해 주기 때문이다. 다가오는 21세기 정보 사회에서 또한 지금까지 중시해 왔던 반복적인 암기력 대신 창조적 사고력이 더 높이 평가될 것이다. 컴퓨터가 대신할 수 없는, 오로지 인간만이 갖고 있는 창조적 사고력이야말로 삶의 질을 결정하는 중요한 요소라는 말이다.

물론 생각하는 힘은 인간이라면 누구나 갖고 있는 천부적인 능력이다. 그러나 생각하는 능력이 사람마다 모두 같은 것은 아니다. 사람들에 따라서는 생각의 깊이와 넓이가 대단히 큰 차이를 보이기 때문이다. 따라서 생각하는 힘, 특히 창조적으로 생각하는 힘을 깊고 넓게 키움은 누구에게나 소중하고 필요한 일이 아닐 수 없다.

이 책은 창조적 사고를 중심으로 상상력과 응용력, 논리력과 분석력 등을 키우기 위한 5개의 장으로 구성하였다.

구체적으로, 1장에서는 우리네 교육에서 가장 뒤떨어지는 창의력을 중심으로 그 중요성과 구체적인 연습 방법들을 제시해 보았다. 그리고 2장에서는 삶을 읽는 여러 가지 구체적인 응용 방법들을 소개하였다. 또한 3장과 4장에 걸쳐서는 읽고 쓰고 생각하는 통합적인 능력을 중시하여 자세한 도움말을 제시하였다. 마지막으로 5장에서는, 지금까지 그저 무심히 읽어 온 우리 고전의 주인공들을 대상으로 좀더 깊고 넓게 읽어 보는 자리를 만들었다. 특히, 글을 쓰기까지의 과정을 간략하게나마 밝혀 일정한 대상을 어떻게 접근하며 썼는가를 짐작할 수 있게 하였다.

굳이 순서에 얽매여 5개의 장들을 읽을 필요는 없다. 그러나 생각하는 힘은 어느 한 분야에만 치중한다고 얻어지지 않으므로, 전체적으로 차근히 읽고 꾸준히 노력해 보는 자세가 필요하다.

창조적 삶의 기쁨을 느낄 때 비로소 삶은 새롭게 시작된다.

모쪼록 이 책이 현재의 학교 공부에 흥미를 못 붙인 중고등학생들의 삶에 도움이 되었으면 한다. 그리고 정상적인 교육을 경험해 보지 못하여 학창 시절을 추억하기조차 싫어하는 '나'와 같은 사람들에게, 21세기 정보 사회를 헤쳐 나갈 창조적인 인간을 꿈꾸는 사람들에게 의미 있게 읽혔으면 한다.

끝으로, 늘 격려해 주시는 부모님께 진심으로 감사드린다. 아울러 원고를 꼼꼼하게 읽으며 조언해 준 아내 은림과 벗 찬제, 아우 보인, 삽화를 그려 준 최호철 화백, 그리고 아빠의 일이 끝나기를 언제나 끈기 있게 기다린 건(健)에게 사랑의 마음을 전한다.

1996년 2월

허병두

■ 차례 ■

제 1 장
생각하는 삶, 창조하는 기쁨

21세기는 분명히 생각하는 사람들의 시대이다. 창조적인 사고력으로 정보화의 물결에 탄력적으로 대응할 수 있는 사람들만이 주인공이 될 수 있기 때문이다.

그러나 창조적으로 생각하는 힘은 짧은 시간에 빨리 키워지지 않는다. 또 논리학 개념을 다룬 서적이나 교과서 몇 권을 읽고 얻어지는 것도 아니다. 따라서 생각하는 힘을 기르기 위해서는 '스스로 생각하려는' 능동적이고 적극적인 자세를 갖는 것이 무엇보다도 중요하다.

그러므로 늘 주의 깊게 관찰하라. 분석하라. 종합하라. 비판하라. 판단하라. 추리하라. 그리고 읽으라. 토론하라. 상상하라. 창조하라.

늘 깨어 있는 정신으로 자신의 내면과 외면에 대하여 뜨거운 가슴과 차가운 머리를 열어 놓아야 한다. 거듭 강조한다. 창조적으로 생각하는 힘을 키우고 싶다면 여러분 자신의 행동과 사고를 능동적으로 만들라.

1. 창조력, 매혹적인 삶의 원천

꽹과리와 북, 장구, 징—네 개의 악기가 따로 또 같이 어울려 다스림에서 차분히 시작하여 강물처럼 출렁거린다. 점점 쿵쾅거리는 파도가 되고, 용솟음쳐 바다를 헤치며 하늘로 올라가 천둥 소리. 마침내 휘모리. 우주가 처음 창조될 때와 같이 무한한 별들이 쏟아진다. 인간의 심장이 박동하는 소리를 모방한다는 타악기. 네 개의 타악기가 만들어 내는 사물놀이는 가장 단순하면서도 언제나 온몸 가득히 전율처럼 다가온다.

1_창조적 사고의 중요성

사물놀이. 아주 짧은 시간에 전세계로 마음껏 뻗어 나간 우리의 음악. 사물놀이 공연을 들어 보았는가. 꽹과리와 북, 장구와 징이 만나 서로를 뽐내며 다시 어울려 이루어 내는 개성과 조화를. 가장 소박한 우리 민중의 악기들이 모여 역동적인 삶의 소리를 생생하게 들려 주는 엄청난 활력을. 전 세계인들이 함께 가슴을 열고 몰입하는 그 놀라운 음악의 감동을.

1978년 '김덕수패 사물놀이'라 이름하여 시작한 사물놀이는 원래 사당패(광대)의 음악이었다. 원래 우리 농촌에서 놀이와 행사, 제사 등에 연주되던 음악을 토대로 네 개의 타악기를 별도로 내세워 서로 어울리게 하는 음악으로 만들고 이를 사물놀이라 이름한 것이다. 이제 사물놀이는 외국의 유명한 백과사전에도 올림말이 되었을 정도로 전 세계가 인정하는 한국의 음악이 되었다. 우리나라에서도 가장 밑바닥에서 연주되던 음악이 한국을 대표하는 전 세계의 고급 문화가 된 것이다.

무엇이 사물놀이를 이렇게 만들었을까. 무엇이 가장 한국적인 소리를 가장 세계적인 소리로 만들었을까. 이러한 질문의 끝에는 '김덕수'란 이름이 온다. 김덕수님의 창조적인 사고가 바로 평범한 우리 타악기 네 개의 소리를 세계적인 음악으로 만든 것이다. 그는 네 타악기의 개성과 조화가 마음껏 이루어지도록 독창적인 노력을 아끼지 않았으며, 사물놀이를 국악과 오케스트라를 비롯하여 재즈 밴드와 무용, 연극 등 다른 예술 장르와 자유롭게 결합하게 함으로써 사물놀이의 음악성을 한껏 높이고 넓혔다. 사물놀이를 들으면 일상의 단조로움에서 벗어나는 해방감을 맛보면서 창조적인 사고가 얼마나 중요한지 실감하게 된다.

그러고 보면 '서태지와 아이들'의 「하여가」를 처음 들었을 때도 비슷했다. "너에게 모든 걸 빼앗겨 버렸던 마음이……"로 시작되는 경쾌한 랩 음악에 흥겨운 태평소 소리가 유유히 끼어드는 노래. 서양의 랩 음악과 동양의 악기가 묘하게 어울리는 '괴상한 음악.' 그 '아이들'이 우리 악기를 자신들의 음악적 영양분으로 활용한 것 역시 독창적이었다.

그렇다. 창조적으로 생각하는 능력은 신세대의 최신 음악에서부터 우리네 삶의 자질구레한 일상에까지 모두 관련된다. 생각하지 않고도 물론 살아갈 수는 있겠지만, 그러한 삶이란 동물적인 차원의 생존에 지나지 않는다. 인간을 호모 사피엔스Homo Sapiens, 곧 '생각하는 인간'이라고 말하는 이유도 바로 여기에 있다. 가장 인간다운 삶은 언제나 생각하는 자세에서 비롯되는 것이다.

창조적으로 생각하는 힘, 그것은 바로 매혹적인 삶의 원천이다.

이제 창조적인 사고를 키우기 위하여 몇 가지 연습을 해 보자.

함께 해 봅시다

· 흔히 창조적 사고란 특정한 사람에게만 '부여'되는 것으로 생각한다. 천만의 말씀! 일단, 도서관과 서점에 가서 창조적 사고 관련 책들을 찾으며 읽고 싶은 책들을 찾아보자. (＊마음에 드는 책이 있다면 잘 챙겨 두자.)

· 대형 서점에 가서 평소 관심을 갖지 않던 분야의 책들을 꼼꼼하게 훑어보자. (＊책 제목들을 자기 관심 분야의 책들에 응용해 보자.)

· 신문을 보면서 자기와 전혀 상관없다고 생각하는 사람들을 찾아서 가상 대화를 해 보자. (＊부치지 않아도 좋으니 편지를 써 보자.)

2_고정관념을 깨라

우리들 머리 속에는 지나치다 싶을 정도로 딱딱하게 굳어 있는 생각들이 많다. 흔히 '고정관념'이라고도 부르는 이러한 적들은 새로운 창조를 방해하는 주범이다. 이를테면 공기보다 무거운 것이 어떻게 날 수 있냐는 고정관념 때문에 비행기가 하늘을 나는 순간은 오랫동안 늦춰졌다.

창조적 사고 없이 그림을 실물과 똑같이 그릴 때조차 고정관념을 없애면 더욱 효과적이라고 한다. 이를테면 자기 사진을 그대로 놓고 그리면 자신의 얼굴에 대한 기존의 고정관념에서 벗어나기 힘들어 오히려 더 어려울 수 있다는 것이다. 이럴 때 아예 사진을 거꾸로 놓고 자신의 얼굴을 떠올리지 않으면서 그냥 보이는 대로 그리면 쉽게 그릴 수 있다고도 한다. 전혀 다른 각도에서 접근하기, 이는 창조적 사고의 시작이다.

어느 소년이 자기 아버지와 길을 가다가 자동차 사고를 당했다. 피투성이가 된 소년은 병원 응급실로 실려가 수술을 받게 되었다. 이윽고 수술복 차림을 한 키가 큰 외과 의사가 수술대 근처로 다가오더니 외마디 소리를 질렀다.

"아니, 내 아들 길동이 아니냐?"

키가 큰 외과 의사는 수술대 위의 소년과 어떤 관계인가?

대부분의 사람들은 '의붓아버지〔繼父〕' 또는 '대부(代父)' 등으로 대답한다. 그러나 답은 소년의 어머니이다.

요즘은 남녀 평등 사상이 많이 정착해서 다르지만, 이 예화가 처음 입에 오르내렸을 때는 정답을 말하는 경우가 극히 드물었다. 남자와 여자의 역할에 대한 전통적인 고정관념 때문에 대부분의 사람들에게서 '소년의 어머니'라는 정답이 쉽사리 나오지 않은 것이다. 자신의 머리 속에도 '키가 큰 외과 의사'라면 모두 남자라는 식의 고정관념이 있지는 않은지.

예를 하나 더 들자. 다음 그림의 사람들은 과연 어디를 보고 있는 것인가?

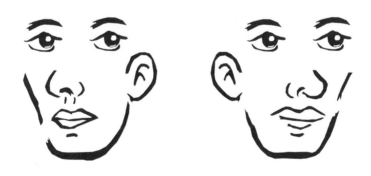

마음속으로 답을 정했으면, 이제 눈 아래를 손으로 가려 보자. 놀랍게도, 똑같이 그려진 두 눈이 아닌가!

우리는 눈 아래의 부분들, 다시 말해 시선과 상관없는 부분을 기준하여 봄으로써 끝내 시선의 방향을 잘못 판단한 셈이다. 이는 시각적인 고정관념이 빚어 내는 결과다.

■■■ 알아 두면 좋지요!

예술을 즐기자. 가능한 한 다양한 예술을 마음껏 즐기자.
예부터 인류는 고정관념에서 벗어나려는 여러 가지 시도를 해 왔다. 그리고 그러한 시도가 미적으로 의미 있게 표현될 때 우리는 예술이라는 이름을 붙인다. 예술은 고정관념을 거부하는 사람들에 의해 만들어지고 감상되는 것이다.

3_능동적으로 발상을 전환하라

그러나 고정관념을 단순히 거부하는 것만으로 만족해서는 안 된다. 나아가 좀더 능동적으로 발상을 전환해야 한다. 바라보는 각도를 바꾸어 보고 이모저모 달리 생각해 보는 자세, 바로 이러한 태도야말로 창조적인 사고를 낳는 중요한 요소이다. 발상의 전환은 사물과 세계, 인간의 삶을 다른 각도로 새롭게 해석하게 해 준다. 그만큼 우리들의 생각을 폭넓고 유연하게 만들어 주는 것이다. 하늘은 푸르고 해는 빛난다는 식의 흔한 생각은 창조적인 사고에 전혀 도움이 되지 않는다.

비디오 아트 예술의 대가인 백남준은 TV 모니터를 소재로 자신과 세계를 표현하는 데 골몰한다. 그는 강조한다. "달은 인류 최초의 TV이다." 그러고 보면 현대인은 고대인들이 달을 보듯이 TV 모니터를 뚫어지게 쳐다보는 사람들이다. 달과 TV를 연관시키는 참신한 발상이 백남준 그가 왜 TV 모니터로 현대 예술을 하는가에 대해 대답해 준다.

> 거지: 부자들에게 자선을 베풀 수 있는 기회를 만들어 주는 하나님의 심부름꾼. 하늘을 지붕으로 삼고 땅을 베개로 삼아 무소유의 철학을 몸소 실천해 보여 주는 청빈 도인. 신분증이 없는 세금 징수원. 전 국민을 납세 대상자로 삼고 있으며 납세 방법은 최대한 자율화되어 있다. 진실로 하나님을 믿는 사람들은 거지에게서 또 다른 예수의 모습을 본다.
>
> _이외수, 『감성 사전』, 동숭동

그동안 우리는 거지에 대해 부정적으로 생각하는 경우가 많았다. 이 글은 거지라는 존재를 사뭇 긍정적인 각도에서 풀이하고 있다. 거지를 손가락질하는 사람들은 과연 거지보다 나은 삶을 누리고 있는가. 어두워만 보이는 거지라는 존재의 뒤편에도 의외로 봄볕이 따뜻하다.

저널리스트인 앰브로스 비어스(Ambrose Bierce: 1842~ 1914?)의 시각 역시 매우 독특하다. 그는 『악마의 사전』이란 책 속에서 일상생활에서 흔히 쓰는 낱말들을 풍자적이면서도 냉소적으로 풀이하고 있다. 이를테면 그가 '새벽'을 보는 시각은 일반인들의 상식을 벗어난다.

새벽(dawn)【명사】 분별 있는 사나이들이 잠자리에 드는 시각. 노인이 되면 대체로 이 시각에 일어나서 냉수욕을 하고 뱃속이 텅 빈 채로 장시간 산책을 하든가, 아니면 다른 방법으로 자기 신상을 괴롭히기를 즐긴다. 그러면서도 이렇듯 신체 건강하게 만년을 맞이하게 되는 그 원인이 이러한 일과를 실천한 때문이라고 자랑스런 얼굴로 강조한다. 그런데 실은 그들이 늙어서도 건강한 것은 그들에게 그 습관이 있어서가 아니라, 오히려 그런 습관이 있음에도 불구하고 건강하기 때문이다. 다시 말해서 강건한 사람들만이 이런 짓을 하고 있는 것을 보게 되는 이유인즉, 다른 사람들도 그런 것을 시도해 보았으나 모두 그 덕분에 수명이 단축되어 벌써 저승에 가 버렸기 때문이다.

아마도 비어스에게는 조용한 새벽마다 건강을 지켜야 한다며 법석을 떠는 사람들이 한심하게 보였던 듯싶다. 이와 비슷한 시각은 중국계 철학자인 임어당(林語堂)도 지니고 있다. 그는 말한다. "아침에 일어나는 것은 좋다. 그러나 다시 자는 것은 더 좋다."

비어스나 임어당의 글을 읽다 보면, 대부분의 사람들이 너무나 진부하고 안이한 고정관념의 틀 속에 안주함으로써 상당한 지적, 정서적 장애 속에서 살고 있다는 것을 깨닫게 된다. 이제, 직접 발상의 전환을 꾀해 보자.

함께 해 봅시다

· 의도적으로 모든 것들을 바꾸어서 생각해 보라. 그러면 사물을 이전과 다른 각도

에서 보는 데 많은 도움이 된다. 먼저, 눈앞에 있는 모든 것들의 색깔을 바꾸어 보면 어떨까. 하늘을 초록색으로, 얼굴을 보라색으로, 그리고 눈앞에 있는 모든 것들의 색깔을 자유롭게 바꾸자.

· 여러분들이 잘 알고 있는 작가의 작품들끼리 서로 바꾸어 보자. 이를테면, 뭉크의 배경에 렘브란트의 초상화를, 칸딘스키의 배경에 김홍도의 인물들을 합쳐 보자. 그림들을 직접 오려 붙여도 좋고 머리 속으로 상상만 해도 좋다. 서로 다른 경향, 서로 다른 문화와 역사 속의 화가들이 그린 작품들을 합성하다 보면, 무엇인가 새롭게 느껴지는 것이 있으리라. 바로 그것이 여러분의 창조적인 사고를 강화해 줄 것이다.

4_자유롭게 생각하고 표현하라

무엇이든 자유롭게 생각하고 거침없이 표현하자. 조건과 한계에 얽매일수록 창조적으로 사고하기가 어려워진다. 억압과 구속, 통제와 획일 등 기존의 모든 굴레를 철저하게 무시하자. 창조적 사고는 과거를 뒤집고 현재를 무너뜨리는 데서 시작한다.

그렇다면, 무엇을 생각하고 표현할까. 그것은 말할 것도 없이 자신과 세계이다. 나와, 나를 둘러싸고 있는 모든 사물이나 상황, 정서 등을 새롭게 생각하고 표현하는 데서 창조적인 삶은 시작된다. 자신과 세계에 대한 정확한 이해와 따스한 사랑을 바탕으로 자유롭게 생각하고 거침없이 표현하자.

언뜻 관련 없이 보이는 것들도 자유롭게 생각하고 거침없이 표현하다 보면 신기하게도 창조적인 사고로 이어진다. '은유적인 사고'는 그러한 예들을 낳는 전형적인 사고 방법 가운데 하나이다. 이를테면 아무 상관 없는 낱말들도 서로 묶어 보면 공통점을 중심으로 새로운 생각과 느낌을 낳게 한다.

자, '바구니'와 '전화기'라는 낱말을 같이 묶어 보자. 언뜻 전혀 관계 없는 듯 보이지만 '바구니는 전화기다' 식으로 묶어 보면 전혀 뜻밖의 결과를 유도한다. 전통 사회에서 아낙네들은 바구니를 들고 다니며 마실을 가서 서로 이야기를 주고받곤 했다. 특정한 바구니가 어느 집에서 어느 집으로 갔다면 이는 요즘 식으로 말해서 일정한 정보가 특정 지점에서 또 다른 특정 지점으로 이동했다는 것을 뜻한다. 그러니 바구니는 일종의 전화기, 전통 사회의 전화기 구실을 한 셈이라고 볼 수 있다.

물론 바구니가 그것을 들고 다니는 아낙네들이 직접 이동하면서 얼굴을 맞대며 정보 전달을 했다면, 전화기는 장소와 장소 사이에 고정되어 있으면서 얼굴을 보지 않고도 정보 전달을 했다는 점이 다르다. 하지만 이 역시 '비둘기는 전화기다' 식으로 바꾸면 사실상 똑같은 역할을 했다는 것을 알 수 있다. 다시 '바구니는 휴대전화기다' 식으로 바꾸어 본다면 좀더 적극적으로 '바구니'와 '휴대전화기'의 의미를 새롭게 돌이켜 보는 계기가 되게 한다. 따라서 아무리 상관없는 듯 보이는 것들조차도 일단 함께 묶어 보면 새로운 의미와 느낌을 유도할 수 있다.

함께 해 봅시다.

· 종이에 '선(線)'을 그어 보자. 모든 선입견과 편견, 감정의 응어리들을 없애고 자유롭

게 선을 긋는다. 만일 종이가 없다면, 이 지면 위에라도 선을 그어 보자. 하나 둘 셋……
리듬을 주며 선을 긋는다. 어떠한 규칙이나 제약 없이 자유롭게 마음에서 솟구치는 감정
에 따라, 손가락 끝의 본능에 따라 선을 그어 보자. 짧게, 길게, 굵게, 얇게, 거칠게, 부드
럽게, 수직으로, 수평으로, 직선으로, 곡선으로……
　· 선긋기 자체를 즐기면서, 벽에, 허공에, 마음에 선을 그어 보자. 자신의 모든 감정
들이 여러 가지 선들 위에 담기다가 어느새 사라질 것이다. 거듭 강조한다. 자유롭
게 직접 선을 그려 보자.

5_머리 속에 폭풍 일으키기: 브레인스토밍

창조적 사고를 하기 위하여 가장 많이 쓰는 자유 발상법이다. 대개
6~8명 정도의 집단에서 효과적이지만, 유의 사항만 잘 지키면 개인
이 혼자 하거나 수십 명이 함께 해도 효과 만점이다.

브레인스토밍brainstorming이란, 말 그대로 머리brain 속에 폭풍 일
으키기storming로서 우리들의 무의식 속에 숨어 있는 아이디어들을
쏟아 내는 방법이다. 생각할 수 있는 모든 생각들은 물론, 무의식에 잠
재해 있는 생각들까지 떠올리게 만드는 방법인 것이다.

브레인스토밍의 요령은 다음과 같다.

　· 떠오르는 대로 모두 말한다.

　· 그 의견이 어떤 의견이든 결코 평가를 하지 않는다.

　· 대신 그 의견을 가능한 한 변형 · 발전시킨다.

예를 들어 대머리에게 샴푸를 파는 방법에 대해 브레인스토밍 해 보라. 다음은 그 일부이다. 물론 개중에는 터무니없는 발상들도 있지만, 일부는 당장이라도 실용화할 만한 것이다.

① 발모제 첨가 ② 광택제 첨가 ③ 사은품으로 가발을 준다 ④ 가족용을 만든다 ⑤ 값을 대폭 내린다 ⑥ 염색약 첨가(완전한 대머리는 흔치 않으니까) ⑦ 여자와 연관시켜 선전한다 ⑧ 모델을 적당한 사람으로 고른다 ⑨ 유전 방지 약품 첨가 ⑩ 머리를 보온(보냉)해 주는 샴푸를 만든다 ⑪ 향수 강화 ⑫ 물 없이 바르는 샴푸를 만든다 ⑬ 대머리 협회 회원 자격을 준다 ⑭ 다용도로 만든다 ⑮ 샴푸의 뚜껑을 재활용 용기로 만든다 ⑯ TV 출연 기회를 준다 ⑰ 휴대용으로 만든다 ⑱ 동물 겸용 ⑲ 머리를 단단하게 만들어 주는 샴푸 ⑳ 머리를 좋게 해 주는 샴푸 ㉑ 비듬약 첨가 〔……〕 ㊶ 정전기 방지용 샴푸 ㊷ 가발을 상쾌하게 쓸 수 있게 해 주는 샴푸 〔……〕 ㊾ 시시각각 두피의 색깔을 바꿔 주는 '카멜레온' 샴푸 〔……〕 ㊼ 가상 현실을 경험하게 해 주는 샴푸 등을 만든다.

＿허병두, 『허병두의 즐거운 글쓰기 교실 1―글쓰기 열다섯 마당』, 문학과지성사

결국 브레인스토밍은 양을 통해서 질을 확보하려는 사고방식이다. 브레인스토밍은 머리 속에서 떠오르는 생각들을 모두 쏟아 놓은 다음, 시간을 갖고 여유 있게 좋은 생각들을 골라내는 창조적 발상 기법이다.

■■■ 함께 해 봅시다

·사랑하는 이들끼리는 서로 선물을 주고 싶어한다. 그러나 어느 정도 시간이 지나면 마땅히 선물할 만한 것들을 찾지 못해 곤혹스럽기 마련이다. 사랑하는 이를 감동시킬 만한 선물들의 목록을 작성하자. 브레인스토밍을 활용하여 가능한 한 많이 찾아보자.

·다음 주제들 가운데 두 가지를 택하여 각각 10분씩 브레인스토밍 해 보자. 예: 면허증 없는 사람에게 차를 팔려면? 1억 원짜리 복권이 당첨된 사람이 스스로 복권을 찢게 만들려면? 우리 학교가 세계 최고의 학교가 되려면? 내가 TV나 신문에 큼지막하게 나오려면? ○○(이)가 나를 사랑하게 만들려면?

·브레인스토밍 할 만한 주제들은 어떤 게 있을까. 브레인스토밍 할 만한 주제 자체를 브레인스토밍 하여 세 가지만 찾아보자.

6_적극적으로 삶을 사랑하라

창조적인 사고를 기르기 위해서는 삶에 대한 적극적인 자세가 무엇보다도 필요하다. 삶을 사랑하는 적극적인 자세야말로 모든 것을 다시 보게 만들고 더 깊이 생각하게 해 주기 때문이다.

그러니 이 세상의 모든 것들과 내 삶의 모든 사소한 것들을 사랑하자. 그리고 그것들을 보듬고 아파하고 기뻐하자. 여기에 많은 시간까지 쌓이면 어느 순간 갑자기 좋은 생각이 샘솟듯 터질 것이다. 결코 자만하지 말고, 결코 자기 비하도 하지 말자. 진지하게, 그리고 꾸준히 자신의 삶을 적극적으로 사랑하자.

자기 관심 분야와 직접, 또는 간접적으로 연관되는 잡지들을 정기 구독하는 것도 좋은 방법이다. 고전 음악만을 다루는 음악 전문 잡지를 정기 구독할 수 있는 사람과 그렇지 못한 사람의 차이는 엄청나다. 예를 들어 그 사람이 화가라면 그 차이는 더욱 커진다. 구스타프 말러의 음악을 좋아하는 화가와 그렇지 않은 화가의 그림 내용이 비슷하다면 오히려 이상하지 않은가. 항공 관련 잡지를 보는 발레리나와 그렇지 않은 발레리나의 사고가 같을 수 있을까.

나아가 관심의 분야를 다양하게 넓히는 것도 권할 만한 방법이다. 무엇인가를 다양하게 수집하는 취미나 습관을 들이는 것도 창조적 사고를 쉽게 할 수 있는 좋은 방법 가운데 하나다. 공중전화 카드와 우표, 그리고 극장의 포스터까지 모으는 사람은 그저 책상만 들여다보는 사람보다 더 창조적일 가능성이 높다.

함께 해 봅시다

· 자신이 살아온 시간은 도대체 어떤 의미가 있을까. 눈을 감고 자기 과거의 소중한 추억들을 떠올려 보자. 그 가운데 두세 개 정도를 10분 이상 자세히 떠올려 보자.

· 전혀 모르는 사람에게 먼저 말을 걸어 보자. 처음에는 한 마디로 시작하고 차츰 시간을 늘려 보자.

· 물건을 살 때 무조건 물건 값을 50% 이상 깎자고 말해 보자. 안 된다고 하면(십중팔구 안 된다고 하겠지) 깎아 달라고 가능한 한 오래 졸라 보자. 최소한 5분 이상 이야기해 보면서 무슨 말이 나오며(과정) 누가 이기나(결과)를 확인해 보자.

2. 눈뜨라, 그대여!

고층 건물들 사이로 불거져 나온 길. 고개를 깊숙이 묻은 사내들, 팔짱을 끼었지만 서로 다른 곳을 보는 연인들, 기괴한 행색으로 쉬지 않고 몸을 흔드는 아이들, 떠나고 싶으나 갈 곳을 찾지 못하는 노인들, 인적 없는 광장처럼 허무한 표정의 여자들이 걷고 있다. 서로가 서로를 못 보는, 아니 일부러 안 보는 어두운 길, 그리고 인간들……

현대인은 모두 심 봉사, 아직도 눈을 뜨지 못한 심 봉사들. 눈뜨라, 그대여!

1_보고 싶어야 볼 수 있다!

민족의 고전인 『심청전』을 읽다 보면, 심 봉사가 눈뜨는 대목에 이르러 자연스럽게 의문이 솟구친다. '과연 무엇이 심 봉사를 눈뜨게 만든 것일까.'

조금 늦긴 했지만 눈을 뜬 건 역시 공양미 삼백 석을 시주한 효도 덕분이다? 그렇다면 맹인 잔치에 참석했던 장님들까지 심 봉사 눈떴다는 소리에 모두 눈을 번쩍 뜬 사실은 어떻게 설명할 수 있을까. 정작 딸이 목숨을 바쳐 공양미를 시주한 당사자는 온갖 곡절 끝에 뒤늦게야 두 눈을 뜨는데, 시주 한 푼 안 한 뭇 장님들이 심 봉사 눈떴다는 소리만 듣고도 두 눈을 번쩍 뜰 수 있다면 너무나 비약이 아닐까.

　물론 심 봉사가 눈뜨니까 근처에 있던 장님들까지도 '얼떨결에(?)' 눈을 뜨게 하여 극적인 효과를 높였다고 할 수도 있다. 하지만 그렇다면 아비 눈을 뜨게 하려고 목숨을 던진 심청의 행동은 결과적으로 지극히 무모하고 위험한 짓이 된다. 어떻게 보든 간에 "공양미 삼백 석……" 운운하면서 모든 사건 전개를 지극 정성의 효와 불가사의한 힘〔佛力〕 덕분으로 돌리기에는 좀 이상한 점들이 있다.

　그렇다면 심 봉사와 뭇 장님들이 눈을 뜨는 극적인 장면은 어떻게 설명할 수 있을까. 답을 이렇게 정리하는 것도 가능하리라 생각한다. 먼저, 죽었다고 생각했던 딸아이의 목소리를 듣자 꼭 보고 싶다는 강한 의지가 샘솟으며 심 봉사가 눈을 번쩍 뜨게 된다. 그리고 그러한 그들의 모습을 진정으로 보고 싶어한 뭇 장님들도 눈을 뜰 수 있게 된다.

　이렇게 『심청전』의 행간에는 '보고 싶어할 때에야 비로소 볼 수 있다'는 평범하면서도 심오한 진리가 숨어 있다. 다시 말해, 보고자 하는 의지가 있어야 진정 어둠을 떨치고 광명을 누릴 수 있으며, 진정 보고자 하는 의지가 없다면 그가 누구든 눈뜬 장님에 불과한 존재라는 뜻이 담겨 있는 것이다.

2_진정한 마음의 눈을 뜨라

거의 모든 현대인들은 눈뜨기 전의 심 봉사나 마찬가지이다. 눈을 뜨고 있다고 착각하고 있거나, 아예 눈을 뜨고 싶어하지 않거나, 눈을 뜨고 싶지만 그렇게 의지가 강렬하지도 않은 사람들이 바로 현대인이기 때문이다.

육신의 눈을 뜨고 있다고 무엇인가 볼 수 있다고 말할 수는 없다. 20세기를 대표하는 철학자들 가운데 하나인 비트겐슈타인L. Wittgenstein은 고백한다.

자기 눈앞에 있는 것을 본다는 것이 나에겐 어찌 그리 힘든지 모르겠다.

무엇인가를 본다는 것은 비단 눈으로 보는 것만을 뜻하지는 않는다. 사물의 본질을 통찰할 수 있을 때, 눈으로 볼 수 없는 세계의 비밀을 깨달을 때 비로소 진정으로 보는 것이다. 만일 우리가 보이지 않는 소중한 것들을 볼 수 있는 마음의 눈을 뜰 수만 있다면 세상은 엄청나게 달라질 것이다. 『마지막 수업』의 작가, 알퐁스 도데는 속삭인다.

만일 당신이 한데에서 밤을 지샌 적이 있다면, 우리가 잠드는 그 시각에 또 하나의 신비스런 세계가 고독과 고요 속에서 눈을 뜬다는 사실을 알았을 것입니다. 그때, 샘물은 더욱 맑게 노래하며, 연못에서는 작은 불꽃들이 빛나게 되는 것입니다. 그러한 것에 익숙지 못한 사람들에겐 언제나 그것은 두려움을 가져오게 합니다.

_알퐁스 도데, 「별」

알퐁스 도데의 작품에 나오는 말처럼 '또 하나의 신비스런 세계'를 제대로 보기 위해서는 밤을 지새워야 한다. 눈을 제대로 떠야 한다. 소중한 것들을 진실로 볼 수 있는 진정한 눈을 떠야 한다. 생텍쥐페리의 『어린 왕자』에 나오는 말처럼 "중요한 것은 눈에 보이지 않는다." 그러므로 보이는 것은 물론, 보이지 않는 소중한 것들도 보기 위하여 눈을 떠야 한다. 보고 싶어할 때에야 비로소 볼 수 있다! 다음의 도움말들을 곱씹어 보기 바란다.

3_넓고 깊게 관심을 갖고 보라

귀한 것은 흔치 않다. 그러나 이 말은 가장 귀한 것은 너무나 흔하다고 다시 고쳐야 한다. 실제로, 폐 속 깊숙이 퍼져 오는 신선한 새벽 공기, 맑고 깨끗한 물, 향기로운 내음의 흙 등……, 흔하다는 이유만으로 가볍게 무시하는 소중한 것들이 적지 않다.

일상의 작은 소재라도 훌륭한 작품으로 멋지게 태어날 수 있다. 우

리 전통 조각보는 그저 지나치고 마는 '사소한 것들'부터 다시 보아야함을 가르쳐 준다. 자투리 천을 모으고 모아 만들어 몬드리안의 그림보다 훨씬 앞서서 멋진 예술이 된 우리 전통 조각보. 이는 사소한 것들 속에 숨어 있는 내밀한 비밀을 찾아내고 미적으로 표현하는 일이바로 예술이라고 가르쳐 준다. 따라서 그것이 조각보든, 집으로 들어오는 계단이든, 거리마다 달려 있는 교통 신호등이든 평소 아무 생각없이 지나쳐 온 것들을 보고 다시 보라.

관심을 갖고 보는 행위는 자세히 들여다보는 행위로 자연스럽게 이어진다. 넓게 보다가 깊게 보는 셈이다. 그러므로 진정한 눈을 뜨려면, 다시 말해 사고력을 키우려면 관심을 갖고 자세히 들여다보아야한다. 그저 시선이 가 있는 정도라면 보지 않는 것이나 마찬가지이다.

먼저 소설을 읽으면서 묘사된 것들을 머리 속에서 하나씩 되살려 보라. 다음에는 책을 읽는 장소가 어디든지 찬찬히 들여다보라. 이제 학교 교문 근처로 공간을 제한하여 가능한 한 많이 떠올려 보라.

'교문, 수위 아저씨, 늘 엄격해 보이는 얼굴, 한 손에 든 회초리, 자물쇠, 수위실 뒤켠에 놓인 자전거들, 빗자루, 전화기, 인터폰, 작은 장부, 난로 통과하는 자동차, 선생님 얼굴, 길 건너 문방구, 밖에 나와 있는 자그마한 쓰레기통……'

머리 속에 떠오르는 풍경을 떠올리며 집중하면 쉽게 생각이 끊기지 않는다. 이러한 연습을 계속 하다 보면, 눈에 뜨이는 모든 것들을 자세히 살피는 습관이 생긴다. 좋은 습관은 많을수록 좋다.

■■■ 함께 해 봅시다

· 다른 사람이 건네 주는 물건들을 눈 감고 만져 본 다음, 그것이 무엇인지 알아맞혀 보자. 이때, 눈을 감고 사물을 직접 만져 보는 것도 하나의 좋은 방법이다. 이를 테면, 눈앞의 모든 사물들을 처음 만져 보듯 만져 본다. 손가락의 촉감을 충분히 이용하여 하나씩 느껴 보자. 자신의 곁에 꽤나 많은 사물들이 있지 않은가. 그들은 모두 살아 있다!

· 거리에서 지나가는 사람을 한 사람 정하여 그가 완전히 보이지 않을 때까지 계속 뚫어지게 보자. 시야에서 사라진 후, 그 사람의 외모에 대해 가능한 한 자세하게 말해 보라.

· 어떤 물건이나 사진을 앞에 놓고 가능한 한 그대로 그리거나 자세히 글로 써 보라. 역시 익숙해지면 안 보이게 치운 다음 다시 해 본다. 반대로 어떤 풍경이나 사물, 사람을 한 번 흘깃 본 다음 가능한 한 자세히 그리거나 글로 쓰고 실제와 비교해 보자.

4_언제나 문제의식을 갖고 보라

관심 있게 거듭 찬찬히 본다고 해서 무조건 제대로 볼 수는 없다. 독도법을 알아야 지도를 정확히 볼 수 있듯이, 지혜롭게 본질과 비밀을 읽을 수 있는 지성이 있어야 한다. 그러므로 무엇이든 언제나 지혜롭게 살펴보는 자세가 중요하다. 언제나 문제의식을 갖고 보라.

예를 하나 들어 보자. 요즘 여성들의 사회 참여가 두드러지고 있다. 하지만 아직도 여전히 여성들은 사회 곳곳에서 성차별을 받고 있다. 단지 여자라는 이유만으로 이 땅의 여성들이 마치 하등 인간처럼 취급받는다면 부당하지 않은가. 어느 학자는 인류 최후의 식민지가 바로 여성이라고까지 말했다. 자, 여성들이 차별을 받고 있는 예들을 가능한 한 많이 찾아보자.

이를테면 은행에 가서 살펴보자. 어떤 사람들이 은행원 제복을 입고 있는가. 대개 창구의 여직원들만 제복 차림을 하고 있다. 상석인 뒷줄로 갈수록 남자들만 보이는 것은 물론 직급이 높은 그들 가운데 어느 누구도 은행 이름이 새겨진 제복을 입은 사람은 없다. 우리는 제복이 은행의 공신력을 높여 준다는 생각만으로 은행 안의 성차별을 무심히 넘기는 것은 아닐까. 제복을 모두 입든지 아니면 모두 벗어야 한다.

문제의식은 당연한 듯 보이는 모든 것을 되짚어 보는 비판적 자세에서 생긴다. 그래서 문제의식은 바로 선하지 않으며 효율적이지 못한 것에 대한 거부이다. '과연 그러한가?' 하고 반문하는 자세는 비판적 사고를 기르는 기본 중의 기본이다.

◥◤ 함께 해 봅시다

· 우리 사회에서 시급히 고쳐야 할 것들을 찾아보자.
· 신문의 독자 투고란을 주의 깊게 꾸준히 읽어 보자.
· 어떤 하나의 사건이 사회 전반적으로 어떤 영향을 미칠지 예상해 보자.
· 통계의 의미와 본질, 왜곡 등에 대해 폭넓게 조사해 보자.

5_따듯한 가슴으로 보라

여름 장마. 푸른 잎새 위로 빗방울이 구른다. 아무도 보이지 않는 화요일 오전의 교회 뒷마당. 달팽이 하나가 젖은 흙 위로 기어가고 있다. 두 개의 더듬이를 앞으로 내밀고 조심스레 오물거리는 달팽이. 영원히 집을 떠나지 못하는 슬픈 방랑자.

어쩌면 우리들의 삶도 달팽이의 한살이와 같지 않을까. 등에 진 욕심의 무게를 벗어나려고 평생 움직여 봐도 뒤돌아보면 여전히 그대로일 뿐이다.

태어나서 늙고 병들고 죽는 유한한 인간의 삶은 누구에게나 똑같다. 인간은 신이 아니기에 '보잘것없는 존재'이지만, 신과 닮은 이 세상의 유일한 존재이기에 누구든 '귀중한 존재'이다. 그러므로 인간의 삶과 우리가 살고 있는 세계의 질서를 있는 그대로 받아들이는 마음이 필요하다.

흔히 말하기를 부모가 되면 인생을 바라보는 눈이 바뀐다고 한다. 귀중한 생명의 탄생을 직접 경험하면서 인간의 생명과 우주의 질서에 대한 깊은 자각과 함께 보는 눈이 달라진다는 말이다. 아무리 어두운 사회요 종말로 치닫는 세상이라 하더라도 어린아이의 맑고 깨끗한 웃음은 우리들 삶을 밝게 해 주기에 충분하다.

이제 늘 따뜻한 가슴으로 보자. 사고의 한계를 넘어서게 해 주는 것이 바로 따뜻한 가슴이다.

■■■ 함께 해 봅시다

· 양파나 감자, 콩나물을 유리병에 담고 물을 줘서 직접 길러 보자. 특히, 콩나물을 기르면 얼마나 그 생명력이 강한지 알 수 있다. 점차 무엇이든지 키워 보자. 피라미와 같은 민물고기라도……

· 따스한 인정이 담겨 있는 책들을 읽어 보자. 가슴을 훈훈하게 해 줄 미담들을 찾아보자.

· 비 온 뒤에 들판에 나가 젖은 흙내음을 맡아 보자. 빗방울이 맺혀 있는 거미줄을 보자. 굵직한 나무 줄기를 흔들어 보자. 맨발로 천천히 걸어 보자.

· 어머니나 아버지의 얼굴을 사랑과 존경의 마음으로 자세히 보자.

· '우리를 기쁘게 하는 것들'이란 제목으로 생각하거나 직접 글을 써 보자.

(＊이를테면, '해맑게 웃는 아이의 웃음, 막 하늘 높이 날아오르려는 어린 새들의 날갯짓, 손자의 담임 선생님께 드리려고 껌 한 통을 손에 꼭 쥐고 학교에 오신 할머니, 나쁜 성적에 실망하고 있을 때 어깨를 툭툭 건드려 주는 아빠의 손길……' 등등. 정반대의 시각에서 쓴 안톤 슈나크의 글 「우리를 슬프게 하는 것들」을 읽어 보아도 좋다.)

맹목적(盲目的)인 삶, 눈뜬 장님의 삶, 이것이 바로 거의 모든 현대인의 삶이다. 서로에 대한 따뜻한 애정이나 관심 없이, 그저 어둠 속

에 살듯이 상대의 깊은 내면을 보지 않고 산다. 그 결과, 우리는 눈만 뜨고 있을 뿐 심 봉사와 마찬가지로 정말 소중한 것들, 그래서 눈에 보이지 않는 아름다운 미덕들, 이를테면 사랑과 믿음, 정의와 용기, 희생과 관용 등을 거의 보지 못하고 있다. 심봉사가 눈을 뜨듯 이제 새롭게 보고 느끼고 판단할 필요가 있다.

'보고 싶을 때에야 비로소 보인다.' 가장 중요한 것은 본인 스스로의 의지이다. 따라서 조급해하지 말고 모든 것들을 대상으로 진정한 눈을 뜨려고 마음먹는 것이 중요하다.

3. 상상력에도 날개가 있다

푸르고 노란 하늘에는 물고기가 날고 태양은 오색찬란한 바람개비처럼 휘돌고 있다. 축 늘어진 남자를 안고 비스듬히 날아오르는 천사와 사람들, 커다란 양, 그리고 그 위로 십자가에 못박힌 예수와 나팔을 부는 천사들…….

마르크 샤갈의 그림 「인간의 창조」는 위대한 상상력으로 인류의 낙원 시대를 보여 준다. 몽상의 철학자로 불리는 가스통 바슐라르에 따르면, 샤갈 그는 "생물들이 풋풋한 나무 줄기와 같이 깨어나 성장하고, 인간이 그대로 초인간적인 존재였던 저 확고부동한 위대한 시대를, 우리들에게 체험하도록 하는" 사람이다. 샤갈만이 아니라 모든 예술가는 상상력을 낳는 인류의 자궁이다. 또한 모든 예술가는 상상력이라는 사고의 세례를 받는 영혼들이다.

상상력imagination이란 말은 라틴어 'imaginatio'에서 유래하였는데, 이는 환상을 뜻하는 그리스어 'phantasia'를 달리 표현한 것이다.

상상력은 환상, 곧 새로운 현실을 창조하는 능력인 것이다.

1_상상력, 인간의 삶, 그리고 예술

노끈과 천이 만나 이루어내는 팽팽한 긴장감과 넉넉한 여유로움. 두 개의 힘이 서로 만나 잡아당기면서 매듭이 만들어지고 다시 그 주변에 풍성한 공간이 나타난다. 점이 만나서 선이 되고, 다시 그 선이 만나서 공간이 만들어지는 풍경인 셈이다.

오흥석의 「구조 0405」는 두 개의 존재가 서로 만나 새로운 모습으로 승화되는 모습을 보여 준다. 그것은 너무도 간단하면서도 쉽사리 말하기 어려울 정도로 상징적이다. 모든 삼라만상의 세계가 결국은 이러한 가장 기본적인 구조로 이루어진다는 사실을 암시하는 것이 아닐까. 가장 원초적인 관계가 가장 기본적인 구조라는 시각은 이 작가

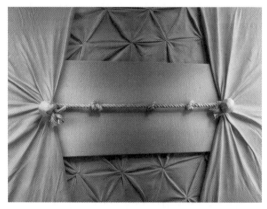

오흥석, 「구조 0405」(2004)

가 세상이 어떻게 이루어지고 어떻게 이루어져야 하는가를 보여 주는 방식이다. 그것은 만나고 헤어지는 모든 관계의 기본 구조를 보여 주고 싶은 작가 상상력의 산물인 셈이다.

그것은 마치 피카소가 「황소의 머리」(1943) 라는 작품에서 낡은 자전거의 손잡이 위에 안장을 올려놓아 황소 머리를 순식간에 만들어 내는 익살 가득한 상상력과 기본적으로 맥을 같이한다. 이 작품에서는 피카소와 같은 익살 대신에 신중한 태도가 엿보이지만, 너무도 간단하면서도 그가 아니면 할 수 없는 그 무엇, 그것이 바로 상상력인 것이다.

상상력은 최근 과학을 비롯한 여러 분야에서 활발하게 그 중요성이 강조되고 있다. 유명한 물리학자 알베르트 아인슈타인까지도 "지식보다 더 중요한 것은 상상력"이라는 말을 남길 정도이다. 이제 상상력은 모든 인간 활동의 분야에서 새로운 현실을 창조할 수 있는 가장 본질적인 힘으로까지 평가받고 있다.

그러나 여기서 잊지 말아야 할 것은 예술 작품이 상상력에 의해서 창조되지만, 또한 그 자체로 상상력을 익히고 키울 수 있는 중요한 노릇을 한다는 사실이다. 예술 작품의 창조와 감상은 상상력을 낳게 하고 다시 이를 받아들이게 만들어 주는 끊임없는 상호 영향 과정의 연속이다.

2_상상력, 새로운 현실을 만드는 능력

다음 그림을 보자. 그림 속의 집 내부는 어떻게 되어 있을까. 상상해 보자.

이번에는 다른 각도에서 좀더 상상해 보자. 전화 없는 집은 없을 터, 머릿속에서 전화를 하나 떠올리자. 그리고 그 형태를 떠올리자. 다음에는 전화기에 색깔을 부여하자. 전화기 밑에 놓여 있는 탁자를 상상하자. 그리고 그 탁자와 어울리는 방 안의 가구들을 그리자. 가구들의 끝에는 문이 하나 있다. 어떤 형태, 어떤 색, 어떤 식의 문인지 마음대로 상상하자. 이제 그 문이 열린다. 활짝 열리며 할머니가 날아 들어올지, 걷지도 못하는 아기가 뛰어 들어오든지 상상은 자유이다.

그 누구든 막 방문을 열고 들어온 사람이 마침내 걸려 온 전화를 받는다.

자, 이제 그 전화기를 통해 이루어질 만한 대화 내용을 상상하자. 상상을 했으면 다시 다른 대화를 상상하자. 더 이상 상상하기 어려울 정도가 되면, 상상 속의 집을 좀더 낭만적으로 꾸미기 위해서는 구체적으로 어떻게 해야 할지 상상하자.

현실에 안주하는 자는 결코 상상하지 않는다. 혹시 상상하는 듯해도 헛된 망상이나 공상에 그칠 뿐이다. 상상력은 늘 현실을 창조적으로 부정하는 능력이라 할 수 있다. 현실의 의미 없는 것, 부정적인 것들을 모두 의미 있게 연결하여 또 다른 현실을 새롭게 만들기 때문이다. 현재를 만족스럽게 보지 않고 의미 있게 꿈꾸는 능력, 그것이 바로 상상력이다.

■■ 함께 해 봅시다

· 자기가 기다리던 편지가 왔다고 하자. 편지의 형태와 무게와 촉감 등 모든 것을 모두 편하게 상상하자. 이제, 그 편지 안에 쓰일 만한 내용, 쓴 내용들을 상상해 보자.

· 자기 방을 머리 속에서 떠올린 다음, 다시 적절하게 가구를 배치해 보자. 차츰 방을 더 넓게 하고 가구들도 늘려서 이상적인 방으로 상상해 보자.

· 거액을 들여 여러분의 이름을 단 미술관을 하나 만든다고 하자. 미술관 자체가 훌륭한 미술품이 되려면 어떻게 꾸며야 할지 상상해 보자.

3_읽고, 읽고, 또 읽으라

문학 작품은 인간의 상상력이 언어로 표현되는 예술이다. 그러므로 상상력을 키우기 위해서는 시와 소설, 희곡과 수필, 그 모든 갈래의 문학 작품들을 두루 읽어야 한다. 읽고, 읽고, 또 읽어야 한다.

예술적으로 표현된 작가의 뛰어난 상상력을 통해서 우리는 우리가 살고 있는 이 현실을 좀더 새로운 각도에서 깊고 풍부하게 바라보는 능력을 얻게 된다. 그것은 우리가 지금까지 놓쳐 왔던 현실의 다른 면을 비로소 볼 수 있게 됨을 뜻한다. 문학 작품을 읽으면, 늘 새롭게 현실을 보는 힘, 다시 말해 늘 새롭게 현실을 창조하는 상상력을 자연스럽게 키울 수 있다.

여기서 조너선 스위프트가 쓴 『걸리버 여행기』를 잠깐 읽어 보자. 걸리버가 소인국(小人國)에 처음 당도하여 깨어나는 대목이다.

조금 후 나는 왼쪽 다리 위로 살아 있는 무언가가 움직이며 조심스럽게 가슴 위로 올라오는 것을 느꼈다. 그것이 거의 턱에까지 다다랐을 때, 나는 눈을 아래로 힘껏 돌려서 내려다보았다. 놀랍게도 12센티미터도 안 되는 작은 키의 사람이 서 있었다. 손에는 활과 화살을 들었고 등에는 전통을 메고 있었으며, 그 뒤로도 같은 크기의 사람 40여 명이 뒤따라 올라오고 있었다.

__스위프트, 『걸리버 여행기』, 문학수첩

모두 4부로 구성된 『걸리버 여행기』에는 스위프트의 탁월한 문학적 상상력이 잘 드러나 있다. 그는 신비한 현미경과 망원경을 가진 마법사처럼 독자들에게 새로운 체험을 갖게 한다. 이를테면, 독자들이 소인국의 세계를 걸을 때는 아주 조심스럽게 발밑을 뚫어져라 보게 만들고, 거인국의 세계를 두리번거릴 때는 자주 어두워지는 하늘을 올려다보게 만든다. 그러는 사이에 독자들은 자기도 모르게 스위프트와 지적이면서도 정서적인 대화를 즐겁게 나누게 된다. 스위프트와 독자들은 상상력이라는 양탄자 위에서 만나 새롭게 현실을 내려다보는 것이다. 그것은 현실의 새로운 창조를 뜻한다.

　　다음은 파트리크 쥐스킨트Patrick Süskind의 소설 『좀머 씨 이야기』의 일부이다. 화자가 어린 시절을 회상하는 대목이다.

　　나무 위는 늘 조용하였으며 사람들의 방해를 받지 않았다. 듣기 싫은 엄마의 잔소리도 없었고, 형들의 심부름 명령도 그 위까지는 전달되지 않았으며, 단지 바람이 부는 소리와 잎사귀들이 바스락거리던 소리, 나무 줄기와 약간 비걱거리던 소리⋯⋯. 그리고 먼 곳까지 훤히 내다볼 수 있는 탁 트인 시야가 있을 뿐이었다. 우리 집과 정원만 보였던 것이 아니라, 다른 집들과 다른 정원들, 호수와 호수 뒤편으로 산자락까지 이어지던 들판 등을 볼 수 있었고, 저녁 무렵 해가 질 때면 땅에 있는 사람들의 눈에는 벌써 오래전에 져 버렸을 해를 나는 나무 꼭대기에서 뒷산으로 넘어가는 모습까지 지켜볼 수 있었다. 날아다니는 것과 거의 다를 바가 없었다. 조금은 덜 모험적이고, 조금은 덜 우아하였을 수도 있지만 효과는 날아다니는 것과 거의 비슷하였다.

__파트리크 쥐스킨트, 『좀머 씨 이야기』, 열린책들

여기서 나무 위는 화자의 상상력을 부화시키는 둥지와 같은 공간이다. 비록 좁은 공간이지만 나무 위에서 그는 몽상에 잠겨, 상상의 나래를 타고, 꿈에 취한 듯 세상을 새롭게 본다. 그렇게 새롭게 볼 때에야 세상은 비로소 존재하는 것이다.

함께 해 봅시다

· 자신을 대인국(大人國)에 온 걸리버와 같다고 가정하고 서울 시내를 돌아다니면서 일어날 만한 일들에 대해 상상하자.
· 처음 보는 노래 제목을 보고 그 노래의 가사를 상상하자.
· 소설이나 비디오테이프를 보다가 결정적인 대목, 다음 내용이 궁금한 대목에서 중단하고 그 뒤를 상상하자.
· 개인전을 관람하다가 잠깐 멈추고 나머지 작품들은 어떤 그림들일까 상상하자.

4_직접 글을 써 보라

글쓰기는 말하기와 함께 자신의 생각과 감정을 남에게 표현하고 전달하는 대표적 수단이다. 이러한 글쓰기를 통해 우리의 상상력을 외부로 표출해 낼 수 있고 짧은 상상의 올을 긴 상상의 양탄자로 짜 나갈 수도 있다. 그럼에도 글쓰기는 말하기보다 늘 어렵게 생각해 온 게 보통이다. 정말 글쓰기는 어려울까. 결코 그렇지만은 않다. 이제 글쓰기를 부담스럽지 않게 해 줄 방법을 하나 소개한다. 글쓰기를 통해 상상력을 배가해 보자.

먼저 패트릭 하트웰이라는 외국인이 창안해 낸 '1분간 글쓰기' 방법을 익혀 보자. 요령은 간단한데 효과는 커서 글쓰기에 익숙지 않은 사람들에게 매우 적합한 방법이다.

① 먼저 누가 아무 낱말이나 불러 준다.
② 듣자마자 그냥 떠오르는 대로 1분 동안 글을 써 나간다.
③ 쓰다가 생각이 막히면 '모르겠다'라는 말을 쓰며, 다시 생각이
   풀리면 계속 써 나간다. (※ 주의: 1분 동안 절대로 쓰기를 멈추면 안
   된다. 글을 쓰다가 고민하거나 쓴 것을 도로 지워서도 안 된다. 생각나는
   대로 무조건 많이 쓴다.)

이제 직접 1분간 글쓰기를 해 보자. 낱말을 제시하고 시간을 정확히 보아 줄 사람을 주위에서 구하자. 연습 삼아 다음 낱말로 딱 1분 동안 글을 써 보자.

'비너스!'

1분이 지난 다음, 얼마나 썼는지 글자 수를 세어 보자. 원고 분량을

계산하듯 띄어쓰기도 포함한다. 몇 번 해 보면 대부분 60~80자 정도는 쓰게 된다. 이는 단 1분 동안 200자 원고지로 대략 반 장 가까이 쓰는 셈이다.

이 방식은 스스로 글을 잘 쓰지 못한다고 생각하는 열등감이나 공연히 우쭐대는 자만감 등을 잠재우는 데 효과적이다. 그리고 자기도 모르게 좋은 문장이나 구절이 튀어나오는 경우가 많으므로, 글의 첫머리를 무엇으로 시작할까 고민스러울 때 활용하면 매우 좋다.

1분간 글쓰기 방식에 익숙해지면 시간을 조금씩 늘리며 여러 가지 형태로 변형하여 자신에게 알맞은 방법을 찾아본다. 이를테면, 처음에는 1분간 글쓰기를 2분간, 3분간…… 식으로 늘려가다가, 어느 정도 수준이 되면 1분간 생각하고 1분간 글쓰기 식으로 바꾼다. 그것이 어느 정도 익숙해지면, 생각하고 글쓰는 시간을 적절히 바꾸어 본다.

(*글쓰기에 대한 더 자세한 설명은 제3장 '글쓰기와 생각하기' 참조.)

■■■ 함께 해 봅시다

· 중학교나 고등학교의 졸업 앨범을 꺼내 놓자. 앨범 속에 있으나 서로 아는 바 없는 동창생들의 사진을 보며 딱 1분 동안 떠오르는 대로 글을 쓰자.
· 인간은 100년을 채 살지 못한다. 200년 동안 살게 된다면 어떤 일이 벌어질까 상상하는 글을 자유롭게 써 보자.
· 모든 것들의 속성이 완전히 바뀐다면 어떻게 될까. 이를테면 층계가 부드럽게 출렁거리거나 달팽이가 아주 빨리 움직이는 세상, 사물이 둥둥 떠다니고 아이스크림 맛이 나는 눈이 내리는 식으로 상상하며 글을 써 보자.

5_자유로운 표현, 자유로운 상상력

자동차 뒷유리에 '초보 운전'이라는 글을 써 붙이고 다니는 사람들이 있다. 왜 한결같이 획일적인 표현 뿐일까. 답답하다.

이제 스스로 초보 운전자라고 상상하고 같은 뜻을 전달하는 다른 표현들을 생각해 보자. 혼자서 어렵다면 친구들과 함께 50개 이상의 표현을 생각해 보자. 참고가 되도록 몇 가지 예를 든다.

① 면허증 딴 지 5분! ② 지금 연수 중! ③ 그대는 올챙이를 보는 개구리 ④ 폭발물 운송 중! ⑤ 아장아장 걸음마 중 ⑥ 내 차 뒤를 따라오는 당신은 진짜 초보? ⑦ 왜 홍보는겨? ⑧ 지는 초본디유……

이와 같은 방법은 일종의 '말 바꾸어 쓰기'라 할 수 있는데, 하나의 문장 혹은 말덩이를 대상으로 그 뜻이 같은 (정확히 말해서 '비슷한!') 것들을 가능한 한 많이 떠올려 보는 것이다.

예를 들어, '나는 너를 믿는다'라는 문장이 있으면 ① 너는 나에게 늘 믿음을 준다, ② 너는 정말 믿을 만한 사람이야, ③ 나는 너를 의심한 적이 한 번도 없다, ④ 아무도 너에 대한 나의 믿음을 부정할 수 없다, ⑤ 너만큼 믿을 사람은 이 세상에 다시 없을 거야…… 등등 최소한 열다섯 개 이상의 표현이 가능하다.

이 방법은 다양한 문장의 활용에 따른 여러 가지 상황을 상상할 수 있으며, 각각의 경우에 따른 미묘한 차이까지 구별할 수 있는 섬세한 감각도 기를 수 있어 상상력과 언어 능력을 동시에 향상시키는 데 매우 유용하다.

▰▰ 함께 해 봅시다

· '나는 너와 결혼하고 싶다'는 문장을 5가지 다른 문장들로 바꾸어 보고 그에 따른 각각의 상황을 상상하자.
· '그는 나의 희망이다'로 시작하는, 5개 정도의 문장으로 된 글을 써 보자. 역시 같은 문장으로 시작하는, 앞과는 다른 상황의 글을 또 써 보자.

---

4. 해석의 다양성과 열린 사고

창조의 정수는 예술 작품에 있다. 그러나 예술 작품의 창조는 어느 날 갑자기 불쑥 이루어지는 것이 아니다. 그것은 영혼을 담금질하여 자신의 시각을 예리하게 다듬을 때 잉태되고, 무엇이든 다양하게 해석할 수 있는 열린 사고를 갖출 때 비로소 태어난다. 여기서는 우선 다섯 개의 만화를 보면서 예술 작품을 통해 창조적 사고력을 기르는 데 필수적인 '주제'와 '문화의 중요성', '해석의 다양성' 등을 이해해 보자.

1_예술 작품을 어떻게 볼까

최근 만화는 예술의 한 갈래로 당당하게 격상되고 있다. 다음의 만화들은 모두 '제2회 대전국제만화대상전' 수상작들이다. 자세히 살펴보고 아래 문제에 답해 보자.

다음의 5가지 만화들 가운데 함께 묶일 수 있는 것들을 골라 보자.

① 모센 나자피

② 이종길

③ 넬타이 압류(필명 '산티아고')

④ 에라이 오즈베크

⑤ 쿠스토노

여러분이 문제에 답한 결과는 대체로 다음 A와 B의 두 갈래로 예상할 수 있다.

A 만화 ①과 ③, 그리고 ④를 공통적인 것이라고 보고 함께 묶은 경우

B 만화 ①과 ③만을 서로 공통적으로 묶을 수 있다고 표시한 경우

여기서 A와 B의 차이는 만화 ④를 공통적으로 묶일 만한 것으로 보느냐 마느냐에 달려 있다. 물론 제3의 답도 가능하겠지만, 설명을 쉽게 하기 위해 만화 ④는 일단 뒤로 미루기로 한다.

왜 만화 ①과 ③이 서로 공통적으로 묶일 만하다고 생각했는가. 생전 처음 본 만화들일 텐데 어떻게 서로 함께 묶을 만하다고 판단했는가.

길게 생각할 것도 없이 서로 공통적으로 묶인 만화들이 모두 '환경'과 관련되어 있다는 점이 눈에 들어온다. 즉, 모두 '환경 보호' 또는 '환경 파괴 등에 대한 경고' 등의 공통 주제를 갖고 있는 것이다.

이쯤에서 우리는 '주제란 무엇일까'에 대해 곰곰이 생각할 필요가 있다. 다시 말해서, 앞의 물음 그 어느 곳에서도 주제의 차원에서 살펴보라고 말한 바 없지만, 거의 대부분 이들 만화의 주제가 공통적이라는 데 착안하여 자연스럽게 함께 묶은 것이 아닐까. 우리는 만화를 볼 때 자신도 모르게 주제를 의식하고 있는 것이다.

주제란 진정으로 표현하고 전달하고 싶어하는 그 무엇이다. 인간이 ─그가 예술가이든, 아니든! ─미칠 정도로 표현하고 싶은, 또한 전

달하고 싶은 그 무엇이 바로 주제인 것이다. 여기에서 우리는 예술 작품을 어떻게 볼 것인지 짐작할 수 있지 않을까.

예술 작품은 내용과 형식, 주제와 표현이 서로 유기적으로 결합하면서 그 가치를 드러낸다. 따라서 아무리 주제가 좋아도, 또 아무리 그림을 잘 그려도 서로 제각각 겉돈다면 그 가치는 떨어진다. 반면에 흔히 볼 수 있는 주제라도 참신한 표현 방식을 활용하였을 경우에는 예술 작품으로서 가치가 높아진다.

2_예술 작품과 문화적 배경

이제 미루어 두었던 만화 ④를 중심으로 이야기해 보자. 다음은 어느 고 2 학생이 쓴 글이다.

모든 것이 오염된 세계이다. 환경은 철저히 파괴되었다. 아이들 뒤편으로 유전임이 틀림없음을 증명해 주는 기구(설비)들이 보인다. 과다한 에너지 사용과 눈앞의 이익만을 위해 모든 것을 희생해 버린 인간의 세계는 폐허 그 자체이다. 여기서 두 어린이는 두말할 것도 없이 에덴 동산의 아담과 이브이다. 서로 부끄러운 곳을 가리며 에덴 동산에서와 똑같은 행동을 하고 있으나 이미 현실은 에덴 동산과는 거리가 멀다. 우리의 미래가 에덴 동산은커녕 폐허가 될 것이라는 강한 경고가 이 만화의 주제이다.

그런데 이 만화에 대해 다른 생각을 한(또는 이미 했던!) 사람은 없는가. 왜 이 만화가 환경을 사랑하자는 만화인지 아직도 인정할 수 없는 사람은 없는가. 자, 해당 만화를 다시 한 번 살펴보자. 그리고 또 다른 고 2 학생이 쓴 다음 글을 읽어 보자.

이 만화는 폐허 속에서 따스하게 정을 나누는 인간의 모습을 그리고 있다. 아무리 폐허만 남은 상태에서라도 두 어린아이가 서로 먹을 것을 권하는 모습은 인간의 미래는 역시 희망적이라는 시각이 담긴 것 같다. 이렇게 따스한 마음이 인간에게 있는 한 인간의 미래는 언제나 밝을 것이다. 작가는 인간의 미래는 이렇게 사과 하나라도 나누는 마음에 달려 있다는 것을 주제로 강조했다고 본다.

'맞다. 나도 이렇게 생각해'라며 고개를 끄덕이는 사람들도 있겠고, '어라, 이렇게 볼 수도 있네' 하고 무릎을 치는 사람들도 있을 것이다. 환경 파괴에 대한 경고라기보다는 폐허 속에서 굶주리면서도 서로 따스한 인간성을 나누는 인간의 희망찬 모습을 그렸다는 지적 역시 듣고 보니 충분히 그럴듯하다.

확실히 ④는 앞의 두 가지 갈래로 각각 파악 가능하다. '에덴 동산'과 연관하여 해석한다면 환경 파괴에 대한 경고로 이해될 수 있고, 그와는 무관하게 서로 사과를 나누는 행위로 보아 따뜻한 인간애를 그린 것으로 받아들여질 수 있다. 아직도 설명이 이해가 안 간다면, 만화 ④만 따로 떼어놓고 다시 한 번 곰곰이 살펴보자.

결국 이 만화는 보는 이가 에덴 동산에 대한 지식이 있느냐 없느냐 (또, 있다고 해도 관련 짓느냐 마느냐)에 따라 주제가 달리 파악될 수 있다. 즉, '문화'라는 거대한 차원이 배경 지식으로 깔리며 주제의 판단 기준으로 작용하는 것이다. 물론, ①도 배경 지식을 토대로 그려지고 이해되지만, 이 경우는 '나무는 산소를 생산한다'는 정도의 상식적인 차원에 가깝다. 더구나 만화 ②는 대조적인 화면 구성을 통하여 특정한 배경 지식과는 상관없이 보편적이고 객관적으로 주제를 전달하고 있다. 반면에 ④는 앞서 말했듯이 아담과 이브, 그리고 에덴 동산이라는 기독교적 문화를 배경 지식으로 인정하느냐 하지 않느냐에 따라 해석이 달라진다.

이와 같이 어떤 예술 작품의 주제는 '문화'라는 거대한 맥락에서 이해 가능하다(＊좀더 알고 싶은 사람은 파노프스키의 도상학(圖像學) 이론을 참조하는 것도 좋겠다). 물론 이러한 사실이 특정 작품의 우수성과 그렇지 못함을 결정해 주는 것은 아니다. 다만, 분명한 사실은 어떤 종류의 예술품들은 창작하거나 감상하는 데 문화에 대한 깊은 이해가 반드시 필요하다는 점이다. 요컨대 자기가 속한 문화는 물론 다른 문화에 대한 깊은 이해는 상상력을 작용시키고 그것을 이해하는데 아주 긴요하다.

그렇다고 해서 무조건 문화적인 바탕만을 염두에 두고 작품을 읽으라는 이야기는 아니다. 왜냐하면 이러한 방법은 작품에 따라 적합할 수도 아닐 수도 있기 때문이다. 또 너무 지나치게 자국의 문화만 고집할 때는 보편적인 의사 소통에 어려움을 겪을 수도 있다. 이는 지나치게 개성만 추구하다가 보편성과 거리가 멀어지는 경우와 비슷한 결과가 될 수도 있는 것이다.

· 한국과 중국, 일본의 예술은 같으면서 다르고, 다르면서 같다. 우리의 예술품을 중심으로 보면서 중국과 일본의 경우와 비교해 보자. 이를테면 불상의 모습이나 건축의 형태, 정원의 조성 등 보이는 것마다 어쩌면 그렇게 같고도 다른지 직접 확인해 보자.

· 『삼국유사』는 민족 상상력의 화려한 보고이다. 『삼국유사』를 꼭 읽어 보자. 이해하기 어려운 대목은 나중에 다시 읽어 보기로 하고 과감히 빼고 읽어도 된다.

· 굿을 본 적이 있는가. 없다면 당장 보자. 쉽지 않으면 백과사전을 보거나 인터넷의 관련 사이트를 검색해 보고, 문예진흥원 자료실(예술의 전당)에 가서 비디오로 찍은 굿이라도 보자. 그리고 나서 답해 보자. 굿을 중요시했던 우리 조상들은 인간의 목숨에 대해 어떤 생각을 지녔던 것일까?

3_해석의 다양성

문화와는 상관없이, 똑같은 예술 작품인데도 주제를 다르게 파악할 수도 있다. 하나의 예술 작품에 ─그것이 미술이든 만화이든, 문학이든 연극이든 간에 ─반드시 하나의 주제만 있으라는 법은 없다. 만일 그렇지 않다면 우리가 만드는 모든 작품들은 단순하고 그래서 그저 답답하기만 한 속박이 될 것이다.

이제 마지막 남은 만화 ⑤를 보기로 하자.

펜싱 선수 차림의 어떤 사람이 1등석에 혼자 올라서 있다. 그냥 무심히 본다면 별다른 느낌이나 생각을 주지 못하는 만화이다. 표현 방법 또한 특별히 색다를 것이 없다. '예술적'이라 부를 만한 그 무 엇도 없는 듯하고, 선의 처리가 특별히 두드러지지도 않는다. 그저 우리가 쉽게 볼 수 있는 선과 형태로 이루어졌을 뿐이다.

그런데 이 단순한(?) 만화가 무엇을 그린 것인지 한번 써 보라고 하면 얘기는 복잡해진다. 다음 글을 참고로 읽어 보자.

A 2등도 없고, 3등도 없다. 오직 1등 뿐이다. 승부의 세계에서는 오직 1등뿐이다. 특히, 생명을 걸고 싸우는 옛 결투의 풍습에서 비롯되었 다고 할 수 있는 펜싱 경기의 속성은 결국 승자만이 있을 뿐이라는 교훈을 우리에게 준다. 우리가 사는 것들도 모두 이렇게 냉정한 승 부 아닐까. 오직 승자만이 있을 뿐이라는 것이 주제라고 생각한다.

—(∴ 승자만 있을 뿐!)

B 그렇게 생각하지 않는다. 오직 1등 뿐이기에 승자만 있을 뿐이라는 생각은 너무 단순하다. 자세히 들여다보라. 1등의 배에는 칼이 꽂혀 있 다. 즉, 승부의 세계에서는 도대체 그 누구도 승자가 될 수 없다는 것 이 이 만화의 주제이다. 상처뿐인 영광이라는 말도 있듯이 그 누구도 최후의 승자가 될 수는 없다. —(∴누구도 승자가 아니다!)

C 천만의 말씀이다. 펜싱 경기를 본 적이 있는가. 한 번이라도 펜싱 경기를 본 사람은 안다. 펜싱 경기가 얼마나 신사적인 경기인가를.

이 만화는 상징적으로 그려진 것이다. 우선 2등과 3등의 자리는 거꾸로 표현되고 있다는 점만 보아도 그렇다. 그리고 배에 찔린 듯 칼이 그려져 있다는 것은 잘 보았다고 생각한다. 그러나 조금 더 자세히 보면 아무런 표정이 없다. 오히려 둥글둥글한 얼굴 선 처리는 고통과는 상관없다. 승부를 위한 철저한 자세가 바로 이 만화가 강조하는 주제이다.　　　　　　　　—(∴승부를 위한 철저한 자세!)

이상의 주제들을 다시 정리하면 다음과 같다.

　A 오직 승자만 있을 뿐임

　B 누구도 승자가 될 수 없음

　C 승부를 위한 철저한 자세

앞의 만화가 이와 같이 다양하게 해석되는 것은 현실을 약간(?) 변형해서 표현하고 있기 때문이다. 보통 볼 수 있는 펜싱 선수라면 옆의 모습과 같을 것이다.

원래의 모습에 약간의 변형을 거친 결과 이 만화는 다양한 해석이 가능하게 되면서 관심

의 시선을 끌 수 있는 것이다. 나아가 앞서 제시한 의견들과 같이 몇 가지 측면에서 깊이 생각해 보게 만들고 있다. 만일 상식적인 만화였다면 여기서 도대체 무엇을 생각할 수 있겠는가. 흥미 또한 생길 리 만무하다. 그저 흔히 보는 그림이나 낙서와 다를 것이 없다.

예술 작품은 인간에게 정신적 충격과 심미적 감동을 준다. 그래서 좀더 넓고 깊게 세상과 사물, 인간과 그 밖의 것들을 투시할 수 있는 이성과 심미적으로 즐길 수 있는 감성을 길러 준다. 예술의 세계는 자유를 통한 인간성의 고양에 본질을 두는 것이다.

■■■ 함께 해 봅시다

· 일상생활 속에서 친근한 사물을 하나 골라 다른 각도에서 살펴보자. 평소에 보지 않던 각도에서 사물을 보면 무엇인가 새롭게 깨닫고 느끼는 것들이 있을 것이다. 그 느낌을 중시하고 생각을 거듭하여 7~8줄 정도로 글을 써 보자.

· 우리가 흔히 알고 있는 소설들, 이를테면 『춘향전』이나 『흥부전』 등의 결말을 원래와 다르게 바꾸어 보자.

5. 짧은 글, 긴 생각

나는 밤의 숲 속에서

왠지 모를 두려움에 하늘을 올려다본다.

거기엔 또 하나의 숲, 가지를 뿌리 삼은

별들은 하늘을 모두 숲으로 만들고,

가끔씩 흐르는 별들로 다시 길을 만든다.

아무것도 보이지 않는 캄캄한 이 숲 속에는

동화의 나라에서 반짝이는 등불도,

아예 길 따위도 없는지 모른다.

그러나 당신이 눈 들어 바라볼 때,

언제나 모든 길은 당신의 가슴에서 시작한다……

1_삶, 길고도 짧은 여행

인간의 삶은 여행이다. 태어나서 살다가 죽는, 오직 한 번뿐인 여행이다. 누구나 여행을 하며 저마다의 시간이 되면 길고도 짧은 여행을 끝낸다. 자신이 얼마 동안 여행을 할지는 아무도 모른다. 그저 본능적으로 그 여행을 오래 끌려는 노력만이 있을 뿐이다. 그러나 그 여행에는 우열과 고저라는 질적 차이가 엄존한다.

이제 여러분은 본격적인 삶의 여행을 시작했다. 그러기에 처음 날아오르는 새처럼 아직 어설프고 불안하다. 하지만 터질 듯한 생명력으로 건강한 모습은 눈부시게 아름답다. 미지의 세계에 대한 기대와 불안이 공존하는 모습, 그것은 양립할 수 없는 모순의 완벽한 조화다.

나는 푸른 빗방울들이 후드득거리는

숲 속을 지나 까치처럼 상쾌한 발자욱을

부드러운 대지 위에 남기며 가슴을 내밀어 본다

물방울들이 아름답게 넘실거리는 숲의 끝

아직 이름 붙여지지 않은 강물에 닿아

저마다의 꿈이 아름답게 숲을 이루고

누구나 절대로 길을 잃지 않는

조금은 더 먼 그 곳으로 가기 위하여

가슴을 앞으로 쭈욱 내밀어 본다

신새벽 희푸른 빛들이 숲 위에 걸릴 때,

언제나 모든 길은 당신의 가슴에서 끝난다

삶이라는 여행은 마치 아름다운 밤의 숲을 가로지르는 어린아이처럼 호기심과 불안감으로 가득 찬 길이다. 그 길은 자신의 뜨거운 가슴에서 비로소 시작하고 마침내 끝난다.

2_사랑이라는 뜨거운 불꽃

여행 중인 인간은 고독하다. 언제나 모든 결정을 홀로 내리고 그에 따라 움직여야 한다. 어느 길로 가는지, 어떻게 가야 하는지, 왜 가야 하는지, 왜 가지 않을 수 없는지……. 여러 가지 고민 속에서 언제나 혼자서 모든 판단을 내려야 한다.

다행히도 언제나 혼자서 여행을 하는 것은 아니다. 외딴 섬처럼 떨어져 있는 인간들 사이에 언제든지 다리가 놓여 하나의 대륙으로 합쳐질 수 있기 때문이다. 때로는 자신도 모르게 놓이는 그러한 다리의 이름을 사람들은 '사랑'이라 부른다. 사랑에 빠진 영혼의 모습을 어느 가수는 이렇게 노래한다.

그대 고운 목소리에 내 마음 흔들리고

나도 모르게 어느새 사랑하게 되었네

깊은 밤에도 잠 못 들고 그대 모습만 떠올라

사랑은 이렇게 말없이 와서 내 온 마음을 사로잡네

으음 달빛 밝은 밤이면 으음 그리움도 깊어

어이 홀로 새울까 견디기 힘든 이 밤

그대 오소서 이 밤길로 달빛 아래 고요히

떨리는 내 손을 잡아 주오 내 더운 가슴 안아 주오

_정태춘, 「사랑하는 이에게」

그러나 사랑은 어떤 특별한 한 인간과의 관계만은 아니다. 철학자인 에리히 프롬에 따르면, 사랑이란 태도이며 인격에 대한 지향이다. 따라서 "오직 한 사람만을 사랑하여 다른 나머지 사람들에게 무심하다면 그것은 사랑이 아니라 종류가 다른 동물이 한곳에 모여 사는 것과 같은 애착이거나 확대된 이기주의에 지나지 않는다." 그러므로 만약 내가 진정으로 한 사람을 사랑한다면 나는 모든 사람을 사랑하고 세계를 사랑하고 삶을 사랑하게 된다는 것이다.

그렇다. 사랑은 삶이라는 여행을 의미 있고 가치 있게 만들어 주는 뜨거운 불꽃이다.

3_명상하라, 그대여

욕망은 인간의 삶을 어지럽게 하는 가장 큰 요소이다. 동서와 고금을 막론하고 대부분의 인간은 세속적인 욕망의 대상인 돈과 명예 등에 골몰한다. 특히 최근에 이르러 돈은 모든 가치 판단의 절대적 기준이 된 듯싶다. 그가 얼마나 많은 돈을 버느냐에 따라 사람의 '값'이 정해지고, 창조의 정수인 예술 작품들 또한 작품 값에 따라 평가된다.

물론 예외는 있다. 바로 이 예외 속에 진정한 가치가 숨어 있다. 돈과 명예, 그 밖의 욕망을 불나방처럼 쫓아다닌 사람들은 진정한 삶의 행복을 누리지 못한다. 그들은 돈에 파묻혀 명예를 훈장 삼아 살아가는 헛똑똑이들이다. 그들은 자신이 불행해지고 난 다음에야 불행을 깨달을 뿐, 도무지 반성하고 돌이켜 보지 못한다. 오래 반성하고 돌이켜 보는 자세, 이것이 바로 명상이 아닐까.

소박하게 말해서, 명상이란 자신의 마음을 가다듬고 사색하는 것이다. 명상은 자신의 마음을 안정시켜 내면의 평화를 취하는 상태를 추구한다. 그러므로 선(禪)이나 요가, 단전 호흡, 그리고 마인드 컨트롤mind control, 슈퍼 릴랙스super relax 등은 결국 명상의 여러 모습이다.

참고로, 프랑스 작가 베르나르 베르베르는 죽음의 세계[靈界]를 다룬 소설 『타나토노트』에서 인도 요가에 대해 서술하고 있다. 그에 따르면 명상 수련은 신체를 단련하고 부동의 자세를 유지하도록 훈련하는 좌법(坐法)과 호흡을 조절하는 조식(調息), 정신을 제어하는 제감(制感)으로 이루어진다.

명상을 하기 위해서는 어떤 방에 따로 떨어져 편안한 자세를 취하고 미간에 있는 한 점에 생각을 집중하면 된다. 그러면 모든 잡념이 사라지고 정신이 맑아지면서 주변 세계에 귀를 기울이게 된다. 자기에게 속한 것과 세계에 속한 것의 차이를 느끼면서 자기의 자아가 몸을 벗어나 우주로 나아간다.

＿베르나르 베르베르, 『타나토노트』, 열린책들

명상은 욕망을 처음부터 멀리하거나 축소하는 역할을 한다. 현실의 유혹에 빠져들려 할 때, 진지한 명상은 언제나 극복과 해결의 실마리를 준다. 따라서 명상은 단순한 사색이 아니다. 인간을 인간답게 만들어 주는 정신 활동, 그것이 바로 명상의 세계이다.

명상하라, 그대여. 도대체 무엇을 위하여 살고 있는가. 또한 명상하라, 그대여. 왜 사람들은 삶이라는 운명적인 시간을 지상에서 보내야 하며, 어떠한 의미 있는 가치가 그 여행을 보람차게 만들어 줄 수 있는가.

인간다운 삶이란 무엇일까 고민하는 즐거움. 이 괴롭고도 고독한 즐거움을 곱씹는 사람들만이 진정한 삶의 기쁨을 누릴 수 있다. 바로 그때 창조적 사고력이 깃들고 커지게 된다.

■■ 함께 해 봅시다

· 자신의 유서를 써 보자. 자신의 물건들을 어떻게 할 것인지 아주 구체적으로 명시하자.
· 세 가지 소원을 들어 주는 마술 램프가 있다고 하자. 세 가지 소원들을 정해 보자. 단, 맑은 정신에 10분 이상 심호흡을 한 다음에 시도해 보자.
· 500년이 지난 다음에도 변함없이 가치 있게 대접받을 것들을 찾아보자. 또 그러한 것들을 가능한 한 많이 생각해 보자!

제 2 장
삶읽기의 여러 방법

우리는 삶에 대해 사고하고, 삶을 위해 사고한다. 그러므로 삶을 관찰하고 그 관찰한 결과를 표현하는 여러 방법과 양식에 대해 잘 알아야만 다양하고 창조적인 사고가 가능하다.

삶을 읽기 위해서 여러 갈래의 구체적인 방법들을 택할 수 있다. 먼저 여러분 스스로의 직접 경험과 간접 경험을 풍부하게 만드는 것이 무엇보다도 필요하다.

여러분은 광산촌에서 살고 있는 사람들을 그리기 위해서 광부가 된 화가에 대해서 들어 본 적이 있을 것이다. 그림을 그리기 위해서 그 어떤 삶의 체험도 마다하지 않는 자세, 직접 그 삶의 현장으로 뛰어드는 것은 언제나 사고를 깊고 넓게 해 주는 좋은 방법이다. 그러니 그 어떤 삶이든 열심히 체험하라.

이 장에서는 가장 생명력이 강한 예술 장르인 만화, 삶을 향기롭게 무늬 짓는 문학, 세상 읽기의 산 교과서인 신문, 책이라는 길을 찾는 데 꼭 필요한 사전, 정보화 시대를 본격적으로 펼쳐 낸 인터넷 등에 대해 자세히 소개한다.

삶을 읽는 여러 방법들을 잘 익혀 활용하기 바란다.

1. 만화, 쉽고 친근한 표현 양식

"또 그놈의 망가책 보러 갔구나, 내 그놈의 망가집 몽땅 불질러 버릴 게다."

어린 시절, 외할머니께서 하셨던 말씀이 가끔 기억난다.

'신통하고 대견스러운 외손자'가 동네 만화 가게까지 스며들어 가는 것에 분노하셨던 외할머니. 당신이 보시기에 만화란 유익할 것이라고는 전혀 없는 요물, 단지 일본말 발음으로서가 아닌, 집안이나 망하게 하는 '망가(亡家)'였던 셈이다.

그러나, 만화는 정말 '망가'일까.

1_만화, 만화, 만화

만화를 싫어하는 현대인이 있을까.

커뮤니케이션 학자이며 만화가인 해리슨R. P. Harrison의 견해에 따르면, 만화는 원시 시대의 동굴 벽화에서 비롯된다. 그 후, 15세기 인쇄술의 급속한 보급으로 근대의 길을 걷게 된 만화는 다시 20세기에 접어들어 영화와 TV의 출현으로 더욱 광범위하게 배포되어 왔다는 것이다. 그는 최근 컴퓨터의 등장과 발전으로 만화가 한층 새로운 차원으로 탈바꿈할 것으로 예측했고, 실제 그렇게 전개되고 있다. 이렇듯 만화는 새로운 매체의 출현과 함께 늘 발전을 거듭해 온, 오랜 역사를 가진 커뮤니케이션이다.

본질적으로 만화는 문학적·미술적 요소를 동시에 갖춘 중간 형태의 표현 양식이다. 즉 '그림', '배경', '언어'라는 세 가지 기본 구성 요소들로 이루어지는 커뮤니케이션 양식이다. 특히 만화에 있어서 '그림'은 문자 언어에 익숙하지 않은 어린이들은 물론, 해당 부문에 대해 초보적인 수준의 성인들에게도 쉽고 친근하게 내용을 전달해 준다.

이 같은 강력한 전달 효과 때문에 만화는 광고·선전·홍보·교육 등 각 분야에 걸쳐 이미 활발하게 응용되고 있다. 또한, 종래 대본소에만 꽂혀 있던 만화책들이 거리의 가판대에서, 서점의 잘 꾸며진 판매대에서 불티나게 팔리고 있다. 그뿐만이 아니다. 담벽의 낙서, 학생들의 학용품, 텔레비전의 선전과 프로그램, 컴퓨터의 각종 게임 등에서 볼 수 있듯, 만화는 이미 책이라는 '좁은' 공간을 벗어난 지 오래다. 우리들 생활에 어느새 깊숙이 스며든 만화는 무한히 발전해 온, 앞으로도 발전해 갈 행복한 표현 양식이다.

2_만화를 '읽는' 방법

만화를 종류별로 나누기란 그리 쉽지 않다. 몇 가지 예만 들어 보아도 ① 형식적 차원에서 삽화, 한 칸 만화, 네 칸 만화, 연재만화, 만화영화……, ② 내용적 차원에서 역사, 교양, 시사, 오락…… 등 이루 헤아릴 수 없다.

만화의 종류가 이렇게나 많다는 사실 자체가 만화 양식에 대한 독자들의 뜨거운 호응을 말해 주고 있다. 만화는 '망가(亡家)'이니 절대로 보지 말라고만 할 수 없는 이유도 여기에 있다. 그러므로 만화를 예전과 같이 단순한 오락물, 해악을 주는 위험물로만 생각하여 멀리하는 대신, 자신에게 유익한 만화를 적절히 선택하여 제대로 즐기는 것이 중요하다. 나아가 단순히 만화를 보는 수준에서 벗어나, 유용하게 만화를 읽는 방법을 찾아야 할 것이다.

그럼 어떻게 해야 만화를 유용하게 즐길 수 있을까. 이는 편의상 형식과 내용의 두 가지 차원으로 나누어 언급할 수 있겠다. 우선 형식 차원에서 만화를 '읽는' 방법에 대해서 알아보자.

예컨대 4컷 만화의 경우는 대부분 기승전결의 4단 구성을 취하는바, 적절한 4컷 만화를 골라 각 장면의 내용을 상상하고 설명해 보자. 그런 다음에는 각자 자유롭게 만화의 내용을 풀어서, 혹은 응용하여 글을 써 보자. 기승전결의 전개 원리를 재미있게 만화를 통해 익힐 수 있으며, 항상 어렵게만 느끼는 글쓰기의 부담감에서 해방될 수 있다.

　어느 정도 이 방식에 익숙해지면, 4컷 만화를 가능한 한 많이 모아
본다. 그리고 그 그림들이 어떻게 구성되었는가 유형별로 정리해 보
면 4단 구성의 다양한 전개 방식들을 익힐 수 있다. 이러한 만화 읽기
는 글읽기와 글쓰기에 모두 효과적이다.

　또한 만화는 제재를 '변형시킴deform'으로써 '전달하는inform' 하
나의 형태form라는 점에서, 독특한 예술 양식이라고 할 수 있다. 만화
의 예술적 개념을 쉽사리 정의하긴 힘들지만, 만화는 만화가인 "예술
가가 독자를 위해 사용하는 도상적(圖像的) 및 언어적 상징을 통해
창조된 하나의 의사 세계이다"(R. P. Harrison). 따라서 만화가의 자
유롭고 창조적인 표현 기법은 사물과 현상, 그리고 세계를 보는 새로
운 시각을 재미있고 부담 없이 제공해 준다.

　한편, 내용 차원에서도 만화를 선별적으로 골라 읽는 것이 좋다. 제
일 쉬운 방법은 적당한 정보와 교훈을 줄 수 있는 교양 만화를 읽는

것이다. 또 복잡한 내용을 쉽게 풀이한 만화 등을 읽음으로써 일정한 독서 효과를 얻을 수 있다. 그러나 유용한 만화를 제대로 선택해 낼 수 있는 능력과 노력이 무엇보다도 중요하다.

만화를 선택하는 기준은 책을 고르는 기준과 거의 동일하게 볼 수 있다. 이는 만화가 언어적 요소와 시각적 요소의 결합물이라는 점을 떠올린다면 쉽게 수긍이 갈 것이다. (*좋은 책을 선택하는 기준은 제4장 글 읽기와 생각하기의 "1. 독서, 진정한 삶의 출발"을 참고할 것. 만화책도 비슷한 기준 에서 가늠해 볼 수 있겠다.)

3_ '망가'에서 만화로

이제 '망가(亡家)'로 상징되는 만화의 해악만을 너무 강조하지 말 아야 할 것이다. 만화에 대한 깊은 이해를 바탕으로, 영원한 커뮤니케 이션 형태로서 만화가 가진 발전 가능성을 최대로 자신에게 유익하게 활용해야 할 것이다. 정보 사회가 눈앞에 다가오기 시작하면서 멀티 미디어 등의 형태로 구현되는 뉴미디어의 커뮤니케이션 세계에서 만 화가 갖는 강력한 장점을 적극 활용해야 한다.

끝으로 한 마디! 만화는 영원하다. 그러나 만화의 중요성을 잘 인식 하되, 만화는 역시 만화일 뿐이라는 적절한 균형 감각을 반드시 갖추 어야 할 것이다.

이원복 만화 읽기

　도대체 우리 만화의 수준은 어느 정도일까. 일본의 저질 만화들이 활개치는 우리 현실을 곰곰 뜯어 보면 여전히 그렇게 높은 수준은 아닌 듯하다. 거기에다가 성인만화를 그린답시고 저급한 흥미를 맞춰주기 급급해 온 일부 만화가들을 보면 우울할 정도이다. 물론 만화 역시 사회를 반영하는 표현 양식인 만큼 독자들에게도 문제의 책임이 있지만, 스포츠 신문들과 같은 일부 통속적 대중 매체의 작태는 만화의 정상적 발전을 저해한 바 크다.

　그러나 만화에 대한 대중적 수요가 늘면서부터 새로운 만화, 건강한 만화의 출현도 결코 적지 않다. 현실의 모순을 적극 반영하며 비판과 풍자로써 개혁의 필요성을 소리 높여 외쳐 온 사회 만화가 있는가 하면, 학습물을 다시 쉽게 풀이한 학습 만화와, 열린 시야로 우리 자신과 세계를 객관적으로 보여주는 교양 만화가 나오기도 하며 나름대로 다양한 모습을 보여 주고 있다.

　이 가운데 이원복의 만화는 교양 만화의 전형으로 눈여겨볼 만하다. 1987년에 발간된 『먼나라, 이웃나라』는 지금까지 400만 부 이상 팔려 나간 초우량 스테디셀러이다. 프랑스, 독일, 영국, 네덜란드, 스위스, 이탈리아 6개국을 중심으로 역사 · 문화 · 풍물 · 사회 등 각 부문에 걸쳐 유럽의 모든 것을 알기 쉽게 만화로 풀이해 주고 있다. 최근에는 『새 먼나라, 이웃나라』로 이름을 바꾸고 7권과 8권째로 일본 편을 추가하였다.

　이원복 만화의 특성은 여느 만화들과는 달리 작품성, 곧 예술성에 별로 신경을 쓰지 않는다는 점이다. 대신 그의 만화들은 독자들에게 유용한 정보를 전달하려고 애쓰는 점이 색다르다. 그 결과, 치밀하고 폭넓은 정보 수집으로 알차게 그려지는 그의 만화는 웬만한 교양서를 능가하기도 한다.

　저는 만화의 예술성보다 정보 전달에 더 신경을 씁니다. 그림을 아름답게 그리고 이야기를 재미있게 꾸미는 것은 제 관심이 아닙니다. 인쇄 매체와 시각 매체의 장점을 구비하면서 광범위한 전파—전달력이 있는 만화라는 도구를 통해 무언가 의미 있는 것, 가치 있는 것을 추구하려 노력합니다. 글을 잘 쓰는 분은 글을 통해, 방송을 하시는 분은 방송을 통해 메시지를 전달하고 저는 만화를 통해 전달합니다.

__이원복, 조선일보와 인터뷰한 기사에서

그러나 정보 전달에 더 신경을 쓴다고 해서 그의 만화가 그저 딱딱하리라 생각하면 오해이다. 그의 만화 속에서는 가장 최근의 유머들이 중간중간 자연스럽게 펼쳐지며 독자들을 웃음짓게 만든다. 그는 이야기를 통하여 비평을 하는 대신, 독자 스스로 느끼고 판단할 수 있는 생생하고 폭넓은 자료를 제공하는 데 주력한다.

이원복, 그의 만화는 세계를 향해 열린 시각을 취한다. 『새 먼나라, 이웃나라』에서 그의 노력은 '세계를 알고 우리를 알자'는 캠페인으로 집중된다. 그는 책머리에서 이렇게 강조한다.

한 사회는 그곳에 몸담고 사는 사람에게 모든 행동과 사고의 기준이며 이를 객관적으로 바라보기는 어렵다. 더욱이 우리나라와 같이 사방이 가로막힌 섬 아닌 섬에서 사는 국민에게 외국이란 추상적 개념으로 와 닿을 뿐 피부로 느낄 수 없기에 지구촌 시대인 격변하는 국제 사회와 시대의 흐름에 둔감해지기 쉽다. 이는 자칫 허구적 우월감, 또는 열등감으로 나타나기 마련이며, 국제 사회와 공존하는 능력보다는 자폐적 쇼비니즘으로 발달할 우려조차 농후하다. 〔……〕 내가 추구하는 가장 중요한 목표는 자라나는 어린 세대와 청소년들에게 이 지구에는 추상적 존재로서가 아니라 현실적으로 다른 나라가 존재한다는 점을 그들 의식에 부각시키고자 하는 것이다. 이웃나라의 사회 구조와 민족을 뿌리부터 추적하여 조명함으로써 스스로 우리와 비교해 볼 수 있는 기회를 제공하는 것이 기본 의도다.

__초판 '서문'

그러나 그의 만화가 갖고 있는 한계도 적지 않다. 우선 그의 만화가 아무리 '알려 주는' 차원을 지향한다고 해도, 독자와 상호 교감을 가능하게 하는 노력을 더 이상 게을리 해서는 안 될 것이다. 또 가끔 노출되는 다소 보수적, 지배 계급적 시각은 문제를 지나치게 쉽게 보며 본질을 단순화하는 단점을 낳는다.

나아가 만화 형식 자체에서 볼 때, 그의 만화에는 약간의 결함이 있다. 일례로 그의 만화는 한결같이 한 면의 화면 구성 방식을 끝까지 고집한다. 실제로 『새 먼나라, 이웃나라』만 보더라도 1권에서 6권까지 1쪽을 5단으로 나누고 각 단을 3칸씩으로 만들어 기계적 화면 배분을 하고 있다. 신문이나 주간지에 연재되는 그의 만화 칼럼도 예외가 아니다. 여기에는 여러 가지 이유가 있겠지만, 이러한 화면 구성은 어느 순간 마치 폐쇄된 공간을 더듬는 듯한 답답한 느낌을 준다. 따라서 그의 만화가 좀더 정보 전달의 기능을 강조하기 위해서라도 만화 매체의 특성을 최대한 고려하는 미학적·형식적 관심도 함께 기울여야 할 것이다.

2. 시를 사랑하는 삶

창문을 통해 깊고 푸른 바람이 서늘하게 불어온다.

그러나 밤이 깊을수록 더욱더 외로워지는 영혼이 있으리라. 삶은 무엇인가. 삶의 가장 소중한 가치는 무엇인가. 삶은 진정 살 만한 가치가 있는 것일까. 삶을 가치 있게 하기 위해서는 어떻게 해야 하나. 머릿속으로 떠오르는 질문들은 끝이 없는데 함께 이야기를 나눌 친구는 없다. 문득 시를 읽고 싶어진다…….

1_시, 향기로운 삶의 영원한 친구

시를 읽는 사람은 어리석다. 요즘같이 바쁜 세상에 한가하게 시를 읽다니! 그는 진정 어리석은 사람이다. 그런데 이상하다. 이제는 좀처럼 찾기 힘든 풋풋한 인간의 냄새가 그에게서는 언제나 흠뻑 뿜어져 나온다는 사실이.

　시는 삶을 향기롭게 이끌어주는 영원한 길라잡이다. 특히, 창조적인 삶을 꿈꾸는 영혼들에게 시는 빛나는 영감들을 분출하는 심연(深淵)이요 진원(震源)이다. 시를 읽으면 어느새 그들의 눈동자는 깨달음으로 출렁거리고 빛나는 가슴은 어두운 발밑을 밝힌다.

　시를 읽으면서 때로 우리는 스스로를 향해 질문을 던진다.

　'너, 이거 제대로 읽고 있니? 네 마음대로 그냥 읽는 거 아냐? 결국은 제 눈에 안경이라지만 너무 지나치게 네 마음대로 읽는 거 아냐?'

　어느새 시읽기에 자신이 없어진다. 답답하다. 주위 사람들에게 이것저것 물어보지만 오히려 이상한 눈길만 받을 뿐이다.

2_시는 낭송하며 읽으라

낭송을 잘하면 시를 잘 이해할 수 있다. 바꾸어 말해, 시를 잘 이해하기 위해서는 낭송을 잘 해야 한다. 시가 갖고 있는 정서의 흐름, 의미의 흐름을 잘 파악하지 못하고서는 낭송 또한 잘 할 수 없기 때문이다.

그렇다면 낭송을 잘 하기 위해서는 어떻게 해야 할까. 목소리를 곱게 만든다? 물론 그렇지는 않다. 무엇보다도 시를 거의 외울 정도로 여러 번 읽는 것이 가장 중요하다. 많은 선생님들께서 학생들에게 시를 외우라 하시는 것은 그 자체가 특별히 중요해서가 아니다. 다만, 외울 정도로 시를 읽다 보면 자기도 모르는 사이에 시의 비밀스러운 매력을 느끼게 되기 때문이다.

물론 아무렇게나 많이 읽는다고 시를 이해하게 되는 것은 결코 아니다. 시의 구절 구절을 부분적으로 꼼꼼히 이해하면서 동시에 전체적으로 의미를 종합하면서 읽어야 한다. 이런 의미에서, 시는 매우 신비스럽고 매혹적인 맛의 사탕과도 같다. 입 안에서 잘 굴리면 어느 순간 놀라울 정도로 여러 가지 훌륭한 맛들을 볼 수 있지만, 덥석 깨물어 삼켜 버리거나 아무렇게나 입 안에서 굴리면 별다른 맛을 느낄 수 없는 것이다.

뿐만 아니라 대개 말하기와 읽기를 소홀히 하여 실제 낭송을 시켜 보면 고쳐야 할 점들이 적지 않다. 발음을 정확히 하지 못하는 경우조차 허다하며, 시행(詩行)을 읽어 나갈 때 감정이 전혀 들어가 있지 않은 기계음처럼 단조롭게 낭송하는 경우도 많다. 또한, 시행의 끝부분을 쓸데없이 길게 늘이거나 높게 함으로써 초등학교 1학년 학생이 책 읽는 식으로 우스꽝스러운 낭송도 적지 않다.

우리 시들을 읽을 때에는 대체로 말끝을 약간 낮은 어조로 짧게 발음하는 것이 무난하다. 또한 반복되는 표현들은 뒤엣것을 좀더 강하게 발음하여 강조해 주는 것이 좋다. 나아가 시행이 바뀌는 부분에서는 약간 쉬고, 연이 바뀔 때는 좀더 쉬어 행과 연의 구별을 느낄 수 있게 한다. 한 시행 안에서라도 의미와 정서를 고려하여 다양한 방법으로 읽어 보면서 그 시에 가장 알맞은 낭송 방식을 찾아야 한다.

연습 삼아 낭송에 적절한 시를 한 편 골라 함께 읽어 보도록 하자. 소개하는 시는 강은교 시인의 「우리가 물이 되어」이다. 일단 낱말 하나 구절 하나씩 정확히 발음할 수 있도록 여러 차례 읽고, 의미의 전개와 감정의 흐름을 찬찬히 읽어 보자.

우리가 물이 되어 만난다면
가문 어느 집에선들 좋아하지 않으랴.
우리가 키 큰 나무와 함께 서서
우르르 우르르 비 오는 소리로 흐른다면.

흐르고 흘러서 저물녘엔

저 혼자 깊어지는 강물에 누워

죽은 나무뿌리를 적시기라도 한다면.

아아, 아직 처녀인

부끄러운 바다에 닿는다면.

그러나 지금 우리는

불로 만나려 한다.

벌써 숯이 된 뼈 하나가

세상에 불타는 것들을 쓰다듬고 있나니

만 리 밖에서 기다리는 그대여

저 불 지난 뒤에

흐르는 물로 만나자.

푸시시 푸시시 불 꺼지는 소리로 말하면서

올 때는 인적 그친

넓고 깨끗한 하늘로 오라.

_강은교, 「우리가 물이 되어」

　다시 한 번 강조한다. 앞에서 소개한 낭송 방법들을 떠올리며 익숙해질 때까지 몇 번이고 읽어 보자. 부드러운 고전 음악을 들으면서.

3_작품 그 자체를 중시하라

시는 시인의 창작물이므로 모든 시를 시인의 삶이나 발언과 연관시켜서 해석하려는 경향을 자주 보게 된다. 시인의 자작시 해설을 마치 종교의 경전이라도 되듯 우상시하며 해석의 도구로 삼는 경우도 여기에 해당한다. 그러나 이것은 분명히 잘못된 해석 태도이다. 이는 마치 자신의 작품에 대해서 논평한 화가의 말만 듣고 전시회장을 떠나는 초보자들의 오류와 전혀 다를 바 없다. 무엇보다도 작품을 충실히 보아야지, 작가의 이름이나 말에 처음부터 끝까지 의지하려고 해서는 안 된다.

외국의 어느 문학 연구가가 셰익스피어의 작품들 가운데 소네트 몇 개를 택해 이름을 지우고 영문학 전공 대학원생들에게 평가해 보라고 했다. 그랬더니 한결같이 너무 유치하다느니 별 볼일 없다느니 하는 말들만 잔뜩 써 놓았다고 한다. 그래서 이번에는 셰익스피어라는 이름을 잘 보이게 한 다음 역시 평을 써 보라고 하니 너도나도 셰익스피어는 역시 다르다느니 하면서 위대한 걸작이라고 주장하더라는 것이다. 작가의 명성에 따라 해석하는 그러한 글들이 정말 셰익스피어 시의 본질에 접근해 있는지는 굳이 말할 필요도 없다.

예술 작품은 그 어떤 장르이든 간에 작품 그 자체를 일단 중시해야 한다. 시에서도 일단 작품 자체의 여러 가지 내적인 면들(이미지 · 운율 · 어조 · 구조 등)을 중심으로 냉철하게 접근한 다음에 시인이나 시대 상황 등 외적인 면들을 참고하자.

4_당장 시를 읽으라

망설이지 말고 지금부터라도 당장 시를 읽자. 시읽기에 재미를 붙일 때까지 일단은 한국의 명시들만 수백 편 묶어 놓은 큼직한 책을 한 권 구해서 읽어 보자. 군이 처음부터 차례대로 읽어 갈 필요는 없으나 단 한 편의 시도 빼놓지 말고 읽자. 그리고 자신의 마음에 딱 들어맞는 시들이 있다면 몇 번 낭송을 한 다음에 해당 시인의 모든 작품들을 읽어 보자. 시읽기의 초보자에게 낭송은 시의 세계에 들어올 수 있는 가장 손쉬운 입장권이다. 물론 낭송에 적합하지 않은 시들도 적지 않으나 일단 미루어 두는 것이 좋다. 시는 역시 낭송으로 빛난다.

그러나 그 어느 경우일지라도 너무 어려운 시를 붙들고 암호 해독하듯 불편한 표정으로 시를 읽을 필요는 없다. 다만 낭송하기 좋은 시편들이 있다면 따로 잘 모아 놓고 때론 가볍게 글을 쓰는 것도 좋다. 나아가 시를 좀 더 이해하기 위해서는 비교적 쉬운 입문서를 골라 차분하게 읽어 보는 것도 좋겠다. (*『시의 길을 여는 새벽별 하나』[김상욱, 푸른나무], 『정민 선생님이 들려주는 한시 이야기』[정민, 보림], 『국어 시간에 시 읽기 1』[전국국어교사모임 엮음, 나라말], 『국어 시간에 시 읽기 2』[이명주 엮음, 나라말])

시는 여러분을 향기로운 삶의 길로 들어서도록 분명히 도와 줄 것이다. 또한 여러분 모두에게 삶에 대한 날카로운 통찰력을 줄 것이다.

· 마음에 드는 시를 찾아 자기만의 시선집을 만들자. '내가 뽑은 한국의 명시 100 편' 식의 제목을 붙여도 좋다. 좋은 시를 찾을 때마다 컴퓨터 폴더에 모아 두면 쉽게 만들 수 있을 것이다.

· 시를 읽으며 어떤 음악이 가장 잘 어울릴까 생각하자. 또한 어떤 그림이나 사진이 가장 잘 어울릴까 생각하자.

· 낭송하기에 적절한 시 10여 편을 골라 시 낭송 테이프나 시화를 만들어 보자. 앞서 생각한 음악과 그림, 사진 등을 활용해도 좋고 다른 아이디어를 도입해도 좋다.

강은교 시 읽기

앞에 소개한 강은교 시에 대한 나름대로 간략한 해설을 덧붙여 본다. 시 또한 다른 예술 작품과 마찬가지로 여러 가지 해석이 가능하니 하나의 참고 정도로 삼았으면 좋겠다. 그러나 작품을 이해하는 것은 어디까지나 작품 자체에서 출발해야 한다는 말을 거듭 강조한다. 선입관이나 고정관념이 선행된 시 감상은 자기 도취의 견강부회일 뿐이다.

다음의 해설 역시 작품 자체를 최대한 중시하는 태도를 취했다. 편의상 몇 가지 항목으로 나누어 살펴보자.

가정(假定)과 현실

우선 "우리가 물이 되어 만난다면"이라는 시행은 일종의 가정이라 할 수 있는데, 시 제목은 물론 본문을 처음 열 때도 그대로 쓰일 정도로 중요한 부분이다. 그리고 이러한 가정은 실현될 경우 그 결과가 매우 기쁘다. 이는 "우리가 물이 되어 만난다면/가문 어느 집에선들 좋아하지 않으랴"는 1연의 처음 두 행에서 잘 드러난다.

이러한 가정은 1, 2연을 통해 무려 네 번이나 나오는데 그때마다 조금씩 변형·발전되면서 강조되고 있다. 특히, 물의 보편적인 순환 양상 그대로 '물이 되어 만난다면 → 비가 되어 흐른다면 → 강물이 된다면 → 마침내 바다에 닿는다면'으로 변형·발전되며 전개되기에 매우 자연스럽게 읽힌다.

반복의 의미와 기능

일반적으로 시에서 반복은 '강조'와 '운율'이라는 두 가지 내용적·형식적인 효과를 낳는다. 여기서도 가정을 무려 네 번에 걸쳐 반복하며 변형·발전시킨 것은 그만큼 중요하기 때문이며, 그 결과 강조가 극대화된다. 따라서 점점 감정이 고조되며 그 결과 네 번째 가정에 이르러서는 자연스럽게 감탄사가 나오고 있다.

뿐만 아니라 이러한 가정형의 반복은 물의 흐름처럼 유연한 운율을 형성하면서, 물의 흐름 자체를 가정형으로 노래하는 시 내용과 잘 어울리고 있다. 여기에 "우르르 우르르", "흐르고 흘러서", "아아, 아직 처녀인" 등의 음악적 표현들도 적절히 거들고 있다.

하지만 현실이 부정적일수록 소망도 커지는 법이다. 여기서 놓치지 말아야 할 것은 이렇게 가정을 강조하는 그 자체가 현실은 그렇지 못하다는 엄연한 사실에서 비롯된다는 점이다.

시적 전환

1, 2연에서 계속 고조되어 온 감정은 어디까지나 이상(理想)에 가까운 소망이다. 현실이 이상과 거리가 멀기에 소망은 강렬해졌으나, 현실은 여전히 그러한 소망을 담을 수 있는 넉넉한 공간이 아니다. 3연에서는 이러한 현실 상황을 단적으로 "그러나 지금 우리는/불로 만나려 한다"라는 두 행으로 말해 주고 있다. 현실의 상황은 인간과 인간이 물과는 정반대 격인 불로 만나려 하고 있다는 것이다. 이미 불로 만난 것들은 일찌감치 숯이 되고 뼈가 되어 "벌써 숯이 된 뼈 하나가/세상에 불타는 것들을 쓰다듬고 있나니"와 같은 두려운 장면까지 낳고 있는데도!

1, 2연이 이상이요 꿈이요 소망이었다면, 3연은 급작스럽게 현실로 전환하고 있다. 이러한 전환은 사실 기승전결의 구성에서는 '전환'과 마찬가지로서 결말을 향한 준비 역할을 한다. 이러한 대립은 4, 5연의 결말에서 종합된다.

결말

앞서 이상과 현실의 대립 상황(1·2연 : 3연)이 4연에서 "저 불 지난 뒤엔/흐르는 물로 만나자"는 표현으로 해결된다. 4연에서는 시에서 말하는 사람인 시적 화자의 의지적인 표현들이 나타나는 것이다.

물(소망)과 불(현실)의 대립은 물의 승리로 나타나는데, "흐르는 물로 만나자"는 표현으로 정제되며, 나아가 "불 꺼지는 소리로 말하면서/올 때는 인적 그친/넓고 깨끗한 하늘로 오라"는 명령형으로 한층 강화된다. 여기서 '하늘로 오라'는 말은 앞서 소망하며 노래했던 물의 순환 경로를 그대로 따름으로써 물의 삶을 받아들이는 자세라 할 수 있다. 결국 가정형에서 청유형, 명령형으로 어조가 바뀌면서 물, 또는 물의 만남과 같은 삶의 중요성을 주제로 강조하고 있다.

물과 불의 의미

여기서 물은 서로 만나 좀더 큰 존재로 발전해 나가는 화합의 존재이다. 또한 나아가 가문 집(생명력을 상실한 존재들)에 생명을 주는 생명의 존재이다. 이는 계속 이어지는 표현, "키 큰 나무와 함께 서서"와 "죽은 나무뿌리를 적시기"에서도 잘 드러난다. 즉 생명력이 있는 존재는 더욱 생동감 있게, 생명력이 없는 죽은 존재는 나무뿌리를 적시며 삶의 가능성을 주는 생명수와 같다. 특히, "아아, 아직 처녀인/부끄러운 바다에 닿는다면"에서 물(바다)은 '처녀'로서 엄청난 생명력의 존재가 된다.

또한 물은 자신을 끊임없이 낮춤으로써 궁극에는 초월하듯 "인적 그친/넓고 깨끗한 하늘"로 갈 수 있다. 물은 이렇게 자신을 낮춰 가면서 다른 존재에 생명력을 불어넣어 주려는 존재로서 소망하고 청유하며 명령하는 것이다.

서로 만나 자신을 낮추며 융화함으로써 이 세상의 어두운 삶에 생명력을 주는 소망의 삶(존재)을 물이 상징한다면, 불은 서로 만나 대립하고 싸우고 끝내 공멸(共滅)하는 삶(존재)을 나타낸다. 눈앞에서 불의 삶이 궁극적으로 보여 주는 것은 숯이 된 뼈 하나가 세상에 불타는 것들을 쓰다듬고 있는 매우 기괴하기까지 한 장면이다.

3. 세상 읽기의 산 교과서: 신문

신문은 가장 손쉽게 구할 수 있는 읽을거리다. 그리고 그것은 언제나 살아 있는 읽기 교과서이다. 최근 들어 대학수학능력시험과 논술 등 변화된 입시 제도 때문에 사설 읽기의 중요성은 새삼 강조되고 있으나, 정작 평생 읽어 갈, 그리고 가장 일상적으로 접하게 될 신문에 대한 읽기 지도는 학교에서나 사회에서나 별반 찾기 힘들다.

1_신문 읽기의 중요성

신문은 인간 세상에서 실제로 일어나는 모든 일들을 담고 있다. 즉 신문은 인간의 삶이 담긴 가장 보편적이고 대중적인 일일 역사서이다. 그러므로 신문만 잘 읽어도 인간 세상의 굵고 자잘한 일들을 이해하기 위한 기초적인 배경 지식은 충분히 얻을 수 있다. 이러한 배경 지식은 소속된 사회의 구성원으로 살아가는 데 필요한 최소한의 공통

지식이며, 다른 읽을거리들을 충분히 이해할 수 있도록 도와 주는 기반 역할을 한다.

또한 신문에는 세상을 바라보는 다양하고 깊은 시각이 배어 있다. 신문은 나름대로의 시각(뉴스에 대한 가치 판단)으로 선택·배열한 지면을 통해서 세상을 먼저 읽어 주기 때문이다. 따라서 신문을 주의 깊게 읽으면 세상을 읽는 시각과 방식을 배울 수 있고, 이는 곧 읽는 방식 자체를 배우는 수준 높은 읽기가 된다.

더욱이 다양한 대중들의 욕구를 모두 포괄하려는 일반적인 신문의 특성은 개인 차와 흥미 차에 따른 학생들의 수준 차이가 심한 교실에서 손쉽게 읽힐 수 있는 공통 자료가 되어 준다. 특히 독서에 어려움을 겪는 경우 신문은 다양한 형식의 글들과 흥미 있는 최신 기사를 통해 독서 습관을 붙여 줄 수 있는 훌륭한 개인 교수 역할도 한다.

2_신문과 인간의 삶

신문이 없다면 어떻게 될까. 오랜 기간 신문이 나오지 않는다면 어떻게 될까. 1949년 파업 때문에 뉴욕 사람들은 장기간에 걸쳐 신문을 못 본 적이 있다. 당시의 상황을 연구한 한 연구 보고서──「신문 없는 날들이 의미하는 것」(버나드 베렐슨)은 신문이 현대인들의 삶에 도대체 어떤 의미를 갖는지 잘 말해 준다.

　　〔사람들은〕 신문 없이는 '세상으로부터 고립된' 것 같은, 신문과 함께 이 세상에서 사라진 것 같은, 마치 커튼이 내려져 밖을 내다볼 수 없는 것 같은 느낌을 갖게 되었다고 대답한다. 신문을 읽는다는 것은 하나의 습관이 되어 매일 아침 식탁에서 읽어야 하는 것 또는 출근길 기차에서 읽어야 하는 것이 되었다. 신문이 없는 동안 사람들은 신문 읽는 시간을 메울 새로운 방법을 찾아내야 했다. 이런 점에서 사람들은 세상을 등지고, 지금까지 늘 유지해 오던 생활로부터 고립된 것같이 느꼈다.

__W. 슈람/W. E. 포터, 『인간 커뮤니케이션』, 나남

　　거의 반세기 전에 얻어진 이러한 연구 결과는 최근 더욱 설득력을 갖는다. 신문은 사람들에게 여전히, 아니 더욱 강력하게 생활의 일부

로 받아들여지고 있으며, 아예 생활 그 자체를 결정하는 중요한 요소가 되었다. 어른들의 경우, 일요일 늦은 아침에 신문을 집어 드는 동작에서 하루의 일정이 결정된 적도 많지 않은가.

현대인은 신문을 읽으며 세상과 교신(交信)한다. 이미 신문은 인간의 삶에 필수적인 요소가 되었고 심지어 인간 존재 그 자체까지 규정하기도 한다. 어떤 신문을 보고 있느냐에 따라 그 사람에 대해 어느 정도 '읽을' 수 있기 때문이다. 생각해 보라. 지하철 안에서 다양한 성격의 신문들을 보는 인간들의 모습은 현대적 삶의 상징이 아닌가. 신문은 '세계의 거울'(H. H. 앨리스)이자 동시에 인간의 거울이다.

3_신문이란 무엇인가

신문은 커뮤니케이션의 필요성이 증대되는 시대와 맞물리며 인간 역사에 등장한다. 그리고 그 어느 인쇄 매체보다도 가장 '현실'을 '정기적으로' 반영하는 특성을 갖는다.

신문이란 인쇄된 문자에 의존한 매스 미디어의 하나로서 정기성과 현실성을 특징으로 한다. 인쇄 문자를 매개로 하는 매스 미디어는 신문뿐이 아니고 서적 따위도 포함되는 것이고, 또 정기적으로 발행되는 잡지도 포함된다. 따라서 신문이 정기적으로 발행되더라도 그 간격이 좁으면 좁을수록 신문같이 되고, 넓으면 넓을수록 잡지같이 된다. 시간 간격을 좁히는 매체로서의 신문이 갖는 '현실성'이라는 것도 여기에서 출현하는 것이다.

__오소백, 『기자가 되려면』, 세문사

한마디로 신문은 세상만사를 곧바로 담아내는 정기 간행 역사서인 셈이다. 효율적인 작업을 위해 신문은 세상사를 각 면으로 나누어 기사화하는데, 일간 신문에 담기는 정보들은 대체로 다음과 같이 분류된다.

신문의 정보 분류

정보 성격	정보 유형
출처 및 가공도	1차 정보(원 정보)/2차 정보(가공 정보)
시간성	과거 완료형 정보/진행형 정보/미래 예측형 정보
진위	참 정보/미확인 정보(첩보)/거짓 정보
평가 유무	보도 기사/논평 기사
형식	숫자/그림/도표 기사
내용	생활 정보/정치 · 경제 · 사회 · 문화 전문 정보

__강성기 외, 『신문소프트』, 지식공작소

이미 보았듯이 신문 한 부에는 여러 종류의 기사가 실린다. 대개 신문 기사라고 하면 사실 보도 차원의 글만을 생각하나 현대의 신문은 그렇지 않다. 구체적으로 ① 사실 기사, ② 해설 기사, ③ 소감 기사 등 다양한 기사의 종류가 섞여 있다. 내용뿐만 아니라 형식 면에서도 다양한 글들이 담겨 있는 보물 창고가 바로 신문인 것이다.

요일별로 고정 제공되는 특정 기사들은 대개 사고(社告)로 미리 예고되며, 각 신문의 특색을 한층 두드러지게 만든다. 독자 입장에서는 특정 정보가 어느 신문 어느 요일 치에 고정적으로 나오는가를 알아 두면 신문 정보 수집에 많은 도움이 된다.

어떤 뉴스든지 일단 신문 기사가 되려면 그 가치를 판단해야 한다. 기사는, 일명 '게이트 키퍼gate keeper'라고 하는 사람들에 의해 일련의 가치 판정 과정을 거친 다음 비로소 신문에 실리기 때문이다. 이와 연관되는 일체의 작업을 '편집'이라 한다.

편집 방향은 해당 신문이 세상사를 어떻게 보고 있는가를 알려 주는, 가장 굵직한 시각을 뜻한다. 사설이 명시적으로 신문사의 입장을 '말한다면', 편집 방향은 좀더 광범위하게 신문의 경향을 '보여 준다.' 따라서 신문을 이해하려면 '편집'에 대한 기초적인 이해는 물론 해당 신문의 편집 방향에 대해 반드시 분석해 볼 필요가 있다.

4_몇 가지 주의 사항

세상사(지식)에 대한 지식과 관점을 갖추게 하는 데 신문만큼 손쉽고 친근한 최신 정기 간행 자료는 없다. 그러므로 독서 능력을 대폭 향상할 수 있다는 믿음을 갖고 꾸준히 읽는 것이 좋다.

그러나 신문 읽기를 할 때 어느 특정 신문만을 읽는 것은 좋지 않다. 자신도 모르게 고정된 시각을 가질 수 있기 때문이다. 또한 최근

학생들에게 강조되는 사설 읽기란 대개의 경우 지나치게 실용적인 측면에 치우쳐서 문제이다. 규범적 책읽기가 초래하는 폐해를 답습할 위험이 크며, 다양한 재능과 관심을 계발하고 이끌어 내기에는 미흡한 것이다. 대부분의 학교에서 이루어지는 사설 읽기 지도가 당장 발등에 불이 떨어진 고3 학생들을 제외하고는 대체로 용두사미가 되기 일쑤인 것만 보아도 그렇다. 따라서 사설 읽기의 효율성을 높이기 위해서라도 신문 자체에 대한 효율적인 읽기 연습이 먼저 있어야 한다.

끝으로, 신문은 역시 그 나름의 한계를 드러내 왔다는 사실을 유념하는 것이 좋다. 이에 관해서는 수필가 찰스 램의 말이 매우 암시적이다.

신문은 언제나 호기심을 자극한다. 그런데 다 읽고 나면 그 호기심이 시원스레 만족되지 않은 실망감을 안게 된다.

_ 찰스 램, 『엘리아 수필집』

✦✦ 함께 해 봅시다

· 자신이 알고 있는 신문의 이름들을 가능한 한 많이 써 보자.

· 매일 신문을 읽으며 흥미 있는 기사 3개와 흥미 없는 기사 3개를 스크랩하자.

· 신문 광고들을 유심히 살펴보자. 활자와 그림, 문안…… 광고는 어느 하나 무심히 지나칠 수 없는 창조적 사고의 보고이다. 더구나 창조적이지 못하면 밥을 굶어야 하는 프로들의 노력과 고뇌도 읽을 수 있다. 그들이 광고를 만들면서 무엇에 신경을 쓰고 고민했는지 말해 보자.

신문 알차게 읽기(NIE)

신문의 지면 구성 파악하기

먼저 신문의 지면 구성을 약 10분 동안 파악한다. 해당 기사를 일일이 자세히 읽을 필요는 없다. 자신이 원하는 기사가 어느 면에 실렸는지 우선 살펴보자. 다음에 그 기사를 중심으로 어떤 기사들이 공통적으로 묶이고 있는지 신문 지면을 훑어보면서 직접 지면 구성 인덱스를 만든다.

지면 구성의 실제를 살피는 것은 정보 처리의 기본적인 이해를 위해서이다. 이제 구체적인 결과를 자기 본위로 다시 가치 판단을 하자. 자신이 편집장이라면 어떻게 지면을 구성할 것인지 생각한다. 아울러 요일별 지면 구성까지 보완 조사하여 덧붙인다. 이를 위해서는 적어도 일주일 치 이상의 신문들을 꼼꼼하게 살펴야 할 것이다.

자기 신문 만들어 보기

자신이 신문을 창간한다고 가정하고, 어떻게 지면 구성을 할 것인가 결정한다. 예를 들어 일간 신문들의 1면은 거의 어김없이 정치면이다. 그러나 정치 관련 기사들이 여러분 모두에게 그렇게 중요한 것은 아니다. 자기 신문에서 1면 머릿기사를 무엇으로 정할 것인가 고심할 필요가 있다. 나머지 면들도 지면의 성격과 위치, 분량 등을 정해 본다.

오늘 치 신문을 하나 정하여 각자 관심 있는 기사를 찾아 간단하게 요약, 편집하여 연습판을 만들어 보자. 이를 위해, 전체적으로 지면을 파악한 다음에 제일 재미있거나 가치 있다고 여겨지는 기사들부터 찾아 읽는다. 신문을 안 읽는 사람은 현대인이 아니다. 그러나 신문을 처음부터 끝까지 꼼꼼하게 읽는 사람 역시 현대인이 아니다. 자신에게 가장 필요한 정보를, 가장 신속하게, 가장 많이 수집하는 능력이 중요하다.

신문 읽기 방법의 한 예

독해력을 기르기 위해 '설명'이나 '주장'의 성격을 띠는 글을 신문에서 찾아보자. 딱 5분 동안 시간을 정해서 열심히 찾아본다. 또는, 자신이 읽은 기사는 어떤 성격인지 따져 본다. 그런 다음 색연필로 신문 기사 위에 굵직하게 동그라미를 친다. 신문 기사가 긍정적이고 발전적이라고 생각되면 푸른색, 부정적이고 퇴보적이라고 생각되면 붉은색 색연필을 사용한다.

다음으로는, 간단하게 어휘들을 정리하자. 먼저 자기가 읽은 글에서 중요하다 싶은 단어나 어휘들을 몇 개를 골라 동그라미 표시를 한다. 가능한 한 문맥에 따라 추리하여 그 뜻을 짐작해 보고 사전을 찾아 간단히 정리해 놓는다. 따로 공책에 적기가 귀찮으면 통째로 오리거나 찢어 서랍에 넣는다. 그런 다음 평소 그 서랍을 자주 열어 열심히 먹어치우라.

좀더 자세하게 알고 싶으면 요즘 활발히 소개되고 있는 신문 활용 수업(NIE: Newspapaer In Education) 관련 자료들을 살펴보기 바란다. 『신문활용교육이란 무엇인가』(허병두, 중앙M&B, 1997)도 참조할 만하다.

4. 책 속의 길 찾기: 읽어 볼 만한 사전들

아직도 적지 않은 사람들이 사전을 맹장이나 계륵 정도로 생각한다. 있어도 그만 없어도 그만인 맹장, 버리자니 그렇고 먹자니 별로 먹을 것이 없는 닭의 갈비 부분……. 하지만 사전은 책 속의 길을 찾는 데 반드시 필요한 지도이다. 글 속의 길을 만드는 데 반드시 필요한 도구이다.

얼마나 많은 사전을 갖고 있느냐가 해당 분야의 성숙을 웅변하며, 얼마나 많은 사전을 활용하느냐가 그 사람의 지성을 의미한다. 사전, 그것은 지성의 척도이다.

사전은 한마디로, 무엇이든 우리가 모르는 것을 쉽고 간편하게 알게 해 주는 책이다. 사전은 우리가 지식의 숲을 거닐 때나 미지의 세계를 헤맬 때, 도움을 주는 좋은 길잡이다. 흔히들 책 속에 길이 있다고 하는데, 그 길을 찾아가는 필수적인 지도가 바로 사전이다.

그래서 동양과 서양에 걸쳐 사전을 가리키는 말도 적지 않았다. 먼저 한자로 된 말들만 보아도, 辭林(사휘), 辭書(사서), 辭苑(사원), 辭

海(사해), 辭彙(사휘), 語典(어전)……' 등이 있으며, 영어에서는 'dictionary, lexicon, glossary, thesaurus, encyclopedia' 등이 있다. 요즘은 잘 안 쓰이지만, 우리말로는 '말모이, 씨알이, 말거울, 말광' 등으로 부른다.

1_용도와 내용에 따른 사전의 종류

축척과 내용에 따라 다양한 지도가 있듯이, 사전도 여러 가지가 있어 우리들의 갈 길을 적절히 안내해 준다. 이러한 사전들은 크게 두 부류로 구분할 수 있다.

첫째로, 언어적인 지식을 설명해 주는 일반적인 언어(국어) 사전들이 있다. 여기에는 국어 사전, 외국어 사전 등이 있다. 즉, '어휘를 모아 일정한 순서로 배열하여 싣고 각각 그 표기법·발음·의미·어원·용법 등을 해설한 책'이다. 지구상에 존재하고 있는 수천 가지의 언어를 고려한다면, 이 사전의 수만 따져도 무척 많다는 것을 짐작할 수 있을 것이다. 둘째로, 사물이나 사항에 관한 지식을 종합적으로 설명해 주는 백과사전이나 인명 사전, 전문 학술 용어 사전 등이 있다. 전자를 사전(辭典)으로, 후자를 사전(事典)으로 구별하기도 하나, 별 차이가 없다고 보는 의견도 있다.

여기서는 일반적인 사전은 일단 접어 놓고, 특히 읽어 볼 만한 특수 사전 몇 가지를 소개하며 이야기하자.

2_읽을 만한 특별한 사전 몇 가지

1) 역순(逆順) 사전 : 『우리말 역순 사전』, 유재원 엮음, 정음사

정주리의 「'가다' 동사에 얽힌 애절한 사연」이라는 글(『생각하는 국어』, 도솔)을 보면, '가다'라는 말이 다른 낱말들과 결합하여 쓰이는 다양한 표현들이 나온다. '개울물을 건너가다, 새처럼 훨훨 날아가다, 머리카락 휘날리며 달려가다, 아는 길도 두드려 물어 가다……' 등은 물론 '다녀가다, 거쳐 가다, 걸어가다, 오가다, 나가다, 물러가다, 떠나가다, 몰려가다, 데려가다, 굴러가다, 쫓아가다, 따라가다, 잡아가다'와 같은 표현들이 그러한 예들이다.

그럼 이제 자신이 앞의 글을 쓰고 있는 필자라고 가정하자. '가다' 동사와 연관된 그 많은 표현들을 모두 알고 있지 않은 이상, 사전을 뒤져 빠짐없이 확인하는 것이 가장 좋을 것이다. 자, 보통의 국어 사전이라면 일일이 한 쪽씩 넘기면서, '건너가다'는 'ㄱ'항에서, '날아가다'는 'ㄴ'항에서, '달려가다'는 'ㄷ'항에서 찾아야 할 것이다. 시간도 무척 들겠지만, 인간인 이상 아무래도 빠뜨리는 경우가 생긴다.

바로 이때 역순 사전이 안성맞춤이다. 역순 사전은 일반적인 국어 사전들과는 정반대의 순서로 모든 어휘가 배열되어 있다. 즉, '건너가다'라는 말은 '다가너건'으로 역순 배열되어 있는 것이다. 이 경우 '가다'로 끝나는 말은 모두 '다가'로 시작하는 항목에서 단박 찾아볼 수 있어 매우 편리하다.

이 역순 사전은 낱말이 어떻게 구성되는가를 살펴볼 수 있으며, 동시에 우리말 어휘를 풍부하게 구사할 수 있게 해 준다는 점에서 매력적이다.

2) 분류 사전: 『새로운 우리말 분류 대사전』, 남영신 엮음, 성안당

앞의 역순 사전이 단지 형태 차원의 순서만을 바꿔 효용성을 높이고 있다면, 분류 사전은 의미 차원까지 고려하여 좀 더 높은 수준으로 쓸모 있게 만든 사전이다. 즉, 우리말 어휘를 그 쓰임새에 따라 몇 가지 기준으로 적절히 분류하여 뜻풀이를 한 것이다. 좀 더 자세히 말해, '가정에서 쓰는 여러 가지 물건', '농업, 농사, 농기구, 농산물',

'동식물 및 사람의 구조와 생리', '날씨, 시간에 관한 여러 낱말' 등으로 나누고, 다시 그 아래 작은 항목들을 나누어 우리말 어휘들을 모두 끼리끼리 모아 놓은 사전이다. 그러므로 분류 사전을 통해서 우리가 보긴 보았는데 뭐라고 부르기 힘든 것들의 정확한 명칭을 쉽게 알 수 있다.

그럼, 또 다른 장점을 말하기 위해서 한 가지 예를 더 들겠다. 분류 사전에서 '날씨, 시간에 관한 여러 낱말'을 찾아 다시 그 아래 '구름, 비, 눈, 안개, 이슬, 서리'라고 소항목으로 처리된 부분을 펼치면 모두 백여 개가 넘는 관련 어휘들이 모여 있다. 거기에는 보슬비, 발비(빗방울의 발이 보이도록 굵게 내리는 비), 여우비(볕이 나 있는데 잠깐 오다 그치는 비), 웃비(좍좍 내리다가 일시 그치는 비), 이슬비 등이 모두 나온다.

이때 '비'로 시작하는 표현들은 역순 사전을 뒤져도 충분하다. 그러나 분류 사전의 또 하나의 장점은 '는개'(안개보다 조금 굵고 이슬비보다 좀 가는 비)와 같은 단어까지도 함께 찾아낼 수 있다는 점이다. 역순 사전으로는 좀체 찾을 수 없는 단어를 그 의미와 연관지어 쉽게 찾아낸다는 점에서 매우 편리하다는 말이다. 더욱이 순수한 우리말을 대상으로 분류했기에 순 우리말인지 아닌지 망설임 없이 쓸 수 있기도 하다.

분류 사전은 단순히 어휘를 늘리는 것에 그치지 않고, 정확히 쓸 수 있게 만들어 준다. 좋은 글을 쓰기 위해서나 남의 글을 제대로 읽기 위해서 모두 필수적인 사전이라 하겠다.

3) 재미있는 사전: 『잡학 사전』, 리더스 다이제스트

　『잡학 사전』은 원제(原題)가 '일상 사물에 숨어 있는 이야기들 Stories Behind Everyday Things'이다. 제목만으로 보면 사전이 아닌 듯해도 『잡학 사전』이라고 이름을 바꾼 것이 아주 적절한 하나의 사전이다. 다시 말해, 이 책은 어떤 사물들에 얽힌 흥미로운 이야기들을 일정한 순서로 배열해 놓은 사전이다.

　백과사전이 넓은 범위에서 정통적인 방법으로 모든 지식을 전달하려고 애쓴다면, 『잡학 사전』류의 사전들은 순발력 있는 기지로 우리가 언뜻 지나치는 일상생활 속의 사물들을 통해 재미있는 이야기들을 소개해 주고 있다. 그래서 백과사전이 오랫동안 학문을 닦아 딱 부러지게 체계가 잡힌 전문 학자를 연상시킨다면, 잡학 사전류의 사전들은 오랜 인생 경험에서 얻은 다채로운 지식과 숨은 이야기들을 들려주는 동네 할아버지를 떠올리게 해 준다. 그럼, 『잡학 사전』의 30쪽을 열어 '결혼의 이모저모'라는 항목을 읽어 보자.

　현대의 결혼은 종교와는 별 관계가 없다. 대부분의 결혼 풍습은 우리 조상들의 토속적인 관습에서 유래된 것이다.

　신부를 훔쳐다가 결혼하는 것이 결혼의 가장 오래된 형태. 열렬한 신랑이 이웃 부족의 신부를 훔쳐 도망친 다음 여자의 가족과 친구들이 화를 누그러뜨릴 때까지 숨어 살았다.

　따라서 최초의 밀월 여행은 그렇게 아기자기한 것이 못 되었다. 그것은 납치되어 온 신부와 신부의 가족이 이 새로운 사태에 대하여 체념할 때까지 신랑이 자기에게 닥쳐올지 모르는 화를 모면하기 위해서 취한 현실적 조치였다.

인류학자들은 훔쳐올 때 신부가 맹렬히 저항을 할 경우에 대비하여 구혼자요 도둑인 신랑은 납치를 도와 줄 친구 몇을 데리고 갔을 것이라고 보고 있다. 이 특공대원들이 오늘날의 들러리의 원형이었을 것으로 보는 학설도 있다.

초기의 들러리들은 정신적인 지원이 아니라 완력을 제공하기 위해 동원되었던 셈이다.

그들은 신부를 묶어 가지고 뛰기 일쑤였는데 분노한 신부 측 부족 사람들이 창이나 돌 같은 것을 던지며 쫓아오는 추격을 벗어나야 했다.

_『잡학 사전』, 리더스 다이제스트사

이 밖에도 '단추', '지퍼', '동물원', '지하철', '묘비명', '볼펜' 등등 잡다한 우리 일상의 사물들과 연관하여 유익하고 재미있는 이야기들을 소개하고 있다. 앞의 분류 사전이나 역순 사전과는 다른 성격의 사전이다.

비어스의 『악마의 사전』이나 이외수의 『감성 사전』 등은 모두 뛰어난 감수성과 예리한 의식으로 일정한 낱말들을 매우 재치 있고 익살맞게 풀이해 놓은 사전이다. 언제나 곁에 두고 볼 필요는 없지만 한 번쯤은 꼭 읽어 보아야 할 특별하고도 재미있는 사전들이다.

3_지식의 보물섬을 위하여

몇 년 전에 우리가 정말 기념할 만한 사전이 출판되었다. 그것은 근 12년간에 걸쳐 추진되어 총 27권으로 완결된 『한국민족문화대백과사전』이다. 연 인원 7천여 명의 각계 분야 학자들이 참여하여 회의를 2천여 회나 개최하여 총 6만 5천 항목, 42만 매에 달하는 원고와 4만여 종의 자료를 수록한 방대한 사전이다. 이 사전은 200여 년 전 『동국문헌비고』 이래 우리의 5천년 민족 문화를 새로이 집대성한 결실이라는 말이 어색하지 않게 한민족에 관한 작은 도서관 구실을 하고 있다.

이 사전은 일반 가정에서 갖추기에는 꽤 부담스러운 가격과 북한 관련 항목과 기술이 미흡하다는 점에서 아쉽게 느껴진다. 하지만 최근에는 시디롬 백과사전(동방미디어)으로 증보되어 더욱 방대해진 자료를 편리하게 이용할 수 있다.

우리나라의 다른 사전들을 둘러보면 아직 어디에 내세우기가 부끄러운 형편이다. 제대로 사전을 이용하는 분위기 또한 그렇게 정착되어 있지 않다. 중고등학교 다닐 때 샀던 한문 사전이나 영한 사전 한두 권이 고작인 경우도 적지 않다. 이런 현실에서 최근 인터넷을 통해 다양한 사전 서비스들이 제공되는 것은 매우 바람직한 현상이다. 더욱이 이러한 서비스들은 종래의 종이 사전과 달리 좀더 편리하고 효과적으로 이용할 수 있어 더욱 좋다. 현재 웬만한 인터넷 포털 서비스 업체들에서 각종 사전 서비스들을 무료로 제공하고 있다.

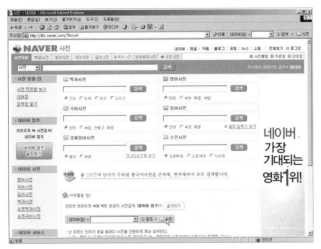

'네이버' 사전 서비스(http://dic.naver.com)

우리나라 사전의 문제점들은 여러 가지가 있다. 하지만 여기서는 그것들을 자세히 말하는 대신에 여러분들의 집에 과연 몇 권의 사전이 있는지 먼저 묻겠다. 기껏해야 한두 종류, 잘해야 다섯 종류를 넘기지 못한다면 여러분들은 지식의 보물섬으로 가기 위한 지도를 더 많이 세세히 갖추어야 마땅하다. 그리고 자신이 가는 길을 잘 살피며, 자신이 가는 방향이 제대로인지 늘 점검해 보아야 한다.

사전, 그것은 작은 도서관이다. 또한 책읽기의 지도요 등대며, 새로운 세계를 향한 영원한 도약대이다.

함께 해 봅시다

· 지금 당장 머리 속에 떠오르는 사전 이름을 가능한 한 많이 써 보자. 그리고 서점에 나가 사전 서가에서 일일이 확인해 보자.

· 새로운 사전들로 어떤 것이 필요할까 세 가지 이상 궁리해 보고, 그러한 사전이 이미 나와 있는지를 확인해 보자.

· 책이나 신문을 읽다가 새로운 낱말이 나온다면 무조건 사전에서 찾아보자. 만일 백과사전을 비롯한 각종 사전에 나오지 않는다면 최신 시사 용어들만 모아 놓은 사전에서 확인하자. 그래도 흡족한 결과를 얻을 수 없다면 출판사에 전화를 걸어 저자와 연락하거나 신문사 편집부로 전화를 걸어 담당 기자에게 질문해 보자.

유용한 사전들 몇 가지

일반 사전

- 우리말 큰사전, 한글학회, 어문각
- 흔 국어대사전, 남영신, 성안당
- 국어 대사전, 김민수 외, 금성출판사
- 우리 토박이말 사전, 한글학회, 어문각

특수 사전

- 새 우리말 갈래사전, 박용수, 서울대학교 출판부
- 겨레말 용례사전, 박용수, 서울대학교 출판부
- 고치고 더한 쉬운 말 사전, 한글학회 엮음, 한글학회
- 뉘앙스 풀이를 겸한 우리말 사전, 임홍빈, 아카데미하우스(절판)
- 민족생활어 사전, 이훈종, 한길사(절판)
- 띄어쓰기 사전(개정 증보판), 이성구 엮음, 국어닷컴
- 시어 사전, 김재홍 편, 고려대학교 출판부
- 소설어 사전, 김윤식 외 엮음, 고려대학교 출판부
- 우리말 어원 사전, 김민수, 태학사
- 국어어원사전, 서정범, 보고사
- 아름다운 우리말 찾아쓰기 사전, 김정섭, 한길사
- 문학작품과 함께 읽는 우리 토박이말 3000, 이근술, 토담
- 관용어 사전, 박영준 외, 태학사
- 비슷한 말 반대말 사전, 김광해 엮음, 낱말
- 반의어 사전, 전수태, 한신문화사
- 한국 형용사 사전, 박준하 · 김병선, 계명문화사
- 현대 한국어 동사구문사전, 홍재성 외, 두산동아

속담 사전

- 한국 속담 활용사전, 김도환 엮음, 한울아카데미
- 한국의 속담 용례 사전, 정종진, 태학사
- 우리 속담 사전, 원영섭, 세창출판사
- 한국 한자어 속담사전, 임종욱, 이회문화사

문장 사전

- 문장 백과대사전, 이어령, 금성출판사
- 주제별로 엮은 좋은말 사전, 경동호, 지문사

문화 사전

- 한국민족문화대백과사전, 편찬부, 한국정신문화연구원
- 한국문화 상징사전, 편찬위원회, 동아출판사
- 한국 민속 대사전, 편찬위원회, 민족문화사

5. 인터넷, 새로운 세상과 삶

어느 누구도 지금과 같은 세상을 생각하지 못했다. 인터넷으로 연결되는 세상, 인터넷으로 창조되는 세상이 바로 지금 우리 사회다. 그뿐인가. 앞으로 인터넷이 우리 사회, 나아가 인류 사회를 어떻게 바꿀 수 있을지는 누구도 확실하게 단정하기 어려울 정도다. 그만큼 우리 사회는 물론 지구촌은 인터넷이란 말로 요약할 수 있는 정보 혁명의 시대를 경험하고 있다. 새로운 문명의 변화를 촉발하고 증거하며 우리들 삶에 녹아들고 있는 인터넷. 인터넷은 정보화 사회의 꽃이다. 어떻게 하면 인터넷을 정확하게 이해하고 효과적으로 활용할 수 있을까.

'인터넷 코리아!'

최근 우리나라를 세계 최고 수준의 인터넷 강국이라고 부르곤 한다. 이는 수천만 명인 초고속 인터넷 이용자 수로 보거나 관련 산업의 규모와 개발 현황으로 볼 때 설득력 있는 평가라 할 만하다. 인터넷으로 영화를 보고 음식을 주문하며 회비를 내며 기차표를 예매하고 뒤떨어진 과목을 공부하는 등 인터넷은 우리들 일상에 깊이 파고들었다. 정부의 예산 편성에서도 '전자'(e)가 안 붙으면 제대로 대접받기 힘들단다. 더구나 지난 2002년 말미를 장식했던 두 가지 큰 사건, 즉 대통령 선거와 한미주둔군지위협정(SOFA) 개정 촉구 촛불 시위가 인터넷에서 촉발되었다는 점은 이제 인터넷이 우리 사회를 변화시키는 강력한 힘으로까지 작용하고 있다는 사실을 웅변하고 있다.

물론 하드웨어에 치중된 인터넷 산업 발전과 상대적으로 부가 가치가 높은 컨텐트content 확보와 창출 등에 미흡한 수준, 포르노와 같은 쓰레기들이 넘쳐나는 현실을 생각해 보면 우리가 과연 인터넷 강국이라고까지 말할 수 있을까 의심스럽기도 하다.

하지만 우리는 분명 '정보화'라는 문명사적인 변화의 물결을 온몸으로 받아들이고 있는 것만은 틀림없다. '산업화'라는 시대적 물결을 타지 못하여 근대화에 뒤쳐졌던 우리로서는 오늘과 같은 현실이 얼마나 다행스러운지 모른다. 이러한 결실을 얻기 위하여 모두 얼마나 노력해 왔던가. 이제 인터넷을 중심으로 정보화 사회를 살아가는 필수적인 능력을 어떻게 받아들이고 키워 나갈지 생각해 보자.

우선 인터넷을 이용하려면 무엇보다도 컴퓨터가 먼저 있어야 한다. 그리고 이 컴퓨터를 연결하는 유선 또는 무선의 통신망이 있어야 한다. 대개는 경비와 속도에서 현재 유리한 유선 초고속 통신망을 선택한다. 이들을 컴퓨터와 연결해 주는 특별한 장치인 모뎀과 관련 프로그램들이 필요한데 모두 인터넷 서비스 제공 회사에서 유료 또는 무료로 설치해 준다.

이 과정에서 컴퓨터를 못 다루는 사람이라면 특히 쓸데없는 걱정들을 버려야 한다. 이를테면, 컴퓨터가 고장나는 거 아닐까. 컴퓨터에서 전자파가 나온다는데 건강이 안 좋아지는 것 아닐까. 무척 어려울 텐데 내가 배울 수 있을까. 비싼 돈 주고 컴퓨터를 사 보았자 할 수 있는 것이 뭐가 있을까. 휴우, 골치 아프다. 지금까지 참았는데 가격이 더 떨어질 때까지 좀더 기다리자. 이런 식으로 생각하다가는 평생 인터넷은커녕 컴퓨터도 이용하지 못한다.

컴퓨터는 좀처럼 고장이 나지 않는다. 심한 물리적 충격만 주지 않으면 되고, 고장이 나도 기술자를 부르면 간단히 처리된다. 부탁하건대, 텔레비전을 켜듯 부담 없이 컴퓨터를 켜라. 컴퓨터를 켜 놓은 시간만큼 컴퓨터를 잘 한다고 생각하라. 인터넷 역시 여기저기 부지런히 돌아다니다 보면 그에 따라 얻는 소득도 커진다.

1_인터넷이란 무엇일까

인터넷의 원조는 1960년대 말 미국에서 만든 '아르파넷'(ARPAnet: Advanced Research Project Agency Network)이다. 이는 구소련이 핵 공격을 해 와도 전혀 지장을 받지 않도록 만들어진 특별 군사 통신망이었다. 하지만 이후 아르파넷의 군사용 목적은 퇴색하고 대신에 민간용으로 많은 발전과 변모를 거듭해 현재의 인터넷을 낳게 된 것이다.

인터넷을 이해하려면 먼저 컴퓨터 통신을 이해해야 한다. 컴퓨터 통신이란 컴퓨터끼리 서로 연결하여 각종 정보를 교환하는 행위다. 이때 최소한 어느 한쪽이 개인용 컴퓨터(PC: Personal Computer)와 연결되면 PC 통신이라고 특별히 부르기도 한다. 컴퓨터 통신망이란 이렇게 컴퓨터끼리 연결하여 서로의 정보를 공유하는 네트워크 시스템이다.

쉽게 말해, 인터넷은 전 세계적인 대규모 컴퓨터 통신망이다. 즉, 비약적인 정보 통신 기술(ICT: Information Communication Technology)의 발전과 국제적인 통신 규약 설정 덕분에 지구촌 어느 곳의 컴퓨터라도 서로의 정보를 자유롭게 공유할 수 있는 특별한 컴퓨터 통신망인 것이다.

인터넷은 종래의 컴퓨터 통신망이 주로 문자 중심이었던 데 비하여 문자는 물론 영상과 소리 등 멀티미디어 중심으로 구현되며, 기존의 책이나 신문/방송 등과 같이 평면적 나열 방식이 아니라 계속 꼬리에 꼬리를 물고 종횡무진으로 이어지는 입체적 확산 방식으로 정보를 전달한다. 따라서 종래의 미디어들과는 확연히 다른 상호 대화형 미디어라는 특성을 갖는다.

커뮤니케이션 형태에 따라 인터넷의 사용 방식을 간략하게 제시하면 다음과 같다.

① 인간에서 인간으로
　　· 전자 우편 e-mail

· 채팅 Chatting

· 메일링 리스트 Mailing List

· 유스넷 뉴스그룹 Usenet Newsgroup 등

② 인간에서 컴퓨터로

· 파일 전송(FTP)

· 인터넷 정보 검색(Gopher)

· 원격 컴퓨터 연결(Telnet)

· 하이퍼텍스트 정보 검색(WWW : World Wide Web) 등

③ 컴퓨터에서 인간으로

· 개인 뉴스 서비스 Personal News Services

· 알림 서비스 Beeper Services

· 커스텀 뉴스 서비스 Custom News Services

④ 컴퓨터에서 컴퓨터로

· 컨텐트 인덱싱 Content Indexing

· 업데이팅 Updating

· 네트워크 모니터링 Network Monitoring

인터넷 서비스로는 평범한 수준에서는 전자 우편과 메일링 리스트를, 조금 수준을 높여서는 메일링 리스트와 유스넷 뉴스 그룹, 파일

전송, 인터넷 정보 검색, 원격 컴퓨터 연결 등이 많이 활용된다. 여기에 새로운 서비스가 속속 개발되며 풍부한 정보들이 탑재되면서 인터넷은 정보의 바다로서 우뚝 자리잡는 중이다.

2_인터넷의 여러 가지 이점들

보통 사람들이 쉽게 쓸 수 있는 인터넷 서비스는 단연 하이퍼텍스트 정보 검색, 즉 월드 와이드 웹이다. 1989년 팀 버너스 리의 제안으로 시작되었으며 흔히 '웹Web'으로 줄여 부른다. 최근에는 인터넷 전체를 가리키는 말로도 넓게 쓰일 정도로 대표격이 되었다.

실제로 웹은 인터넷이 현재와 같이 정보의 바다로 확산되는 데 결정적인 역할을 했다. 웹은 기존의 컴퓨터 통신이 일종의 메뉴 방식으로 제시되던 것과는 달리 하이퍼텍스트 방식이라는 새로운 방식을 택해 매우 편리하고 효과적으로 정보를 검색하고 활용할 수 있게 했다. 하이퍼텍스트 방식이란 특정한 단어들끼리 서로 연결하여 텍스트와 영상, 음향, 그래픽 파일 등으로 문서들을 효과적으로 연결하는 방식이다. 웹을 사용하는 데는 익스플로러와 같은 프로그램(웹 브라우저 web browser)만 알면 되므로 매우 손쉽다.

웹, 즉 인터넷을 하면 구체적으로 다음과 같은 이점들이 있다.

1) 정보 마인드를 키울 수 있다

21세기는 정보 사회이다. 정보화의 물결을 얼마나 잘 수용하고 활용하느냐에 개인의 성패와 국가의 흥망까지 달려 있다. 따라서 정보의 중요성을 잘 인식하고 이를 위해 노력하는 정보 마인드를 갖는 것이 필수적이다.

인터넷을 활용하면 정보의 중요성을 인식하고 이를 적절하게 활용하여 새로운 정보로 창출하는 정보 활용 능력information power을 강화할 수 있다. 실제로 컴퓨터 통신을 자유롭게 활용하는 사람들은 물리적인 거리 개념에서 자유로우며, 이른바 노하우know-how보다 노웨어know-where를 더 중시한다. 인터넷에 접근하면 자연스럽게 정보 마인드를 키울 수 있다.

모르는 내용에 대해 서로 질문하고 답변하는 사이트는 이러한 정보

'네이버' 지식 iN 서비스(http://kin.naver.com)

마인드를 키우는 가장 초보적인 인터넷 공간이다. 이를테면 '네이버' (www.naver.com)가 제공하는 '지식iN 서비스'는 수십만 개의 질문과 답변을 자료로 만들어 평소 궁금했던 내용들을 쉽게 알 수 있다. 또 네티즌으로서 어느 정도 실력을 갖추면 전문적인 사이트들을 찾거나 직접 운영할 수도 있다.

2) 다양한 정보를 이용할 수 있다

인터넷은 정보의 바다다. 수많은 정보들이 다양한 분야에서 순수하게 자발적으로 혹은 상업적인 이익을 목적으로 인터넷에 올려진다. 특히 웹 형태는 특정 서버에 과중되지 않고 여러 정보들을 효과적으로 분산 저장할 수 있어, 손쉽게 활용할 수 있으면서도 사실상 무한 정보 저장이 가능한 방식이다. 따라서 정보의 보고인 인터넷을 얼마나 잘 활용하느냐는 개인의 능력을 좌우한다고 말할 수 있다.

여기에 다양한 검색 도구들을 얼마나 자유자재로 활용할 수 있느냐에 따라 개인이 얻을 수 있는 정보의 양과 질도 가늠할 수 있다. 사실 인터넷은 너무 많은 정보가 널려 있어 실제로 도움이 되는 정보를 찾기란 그야말로 해변에서 좁쌀 찾기 격이기 때문이다.

따라서 해당 분야의 전문가들이 즐겨 찾는 사이트들을 평소에 잘 챙겨 두면 웬만한 검색 도구들을 사용하는 것보다 훨씬 실속 있는 경우도 많다. 이를테면 최신 과학 정보를 얻으려면 미국의 과학 잡지 '사이언티픽 아메리칸'(www.sciam.com), 저작권 제약을 받지 않는 영미 문학 작품들의 텍스트를 무료로 보려면 '구텐베르크 프로젝트'

(www.gutenberg.net), 세계 경제 동향을 파악하려면 '블룸버그 통신'(www.bloomberg.com), 외국 서적이나 잡지, DVD 등에 대해 알아보거나 사려면 '아마존닷컴'(www.amazon.com), 국내 교육 관련 정보를 얻으려면 한국교육학술정보원(KERIS)이 제공하는 '에듀넷 서비스'(www.edunet4u.net) 등을 찾으면 좋다. 이 밖에도 많은 핵심 사이트들을 인터넷 북마크로 활용하면 효과적이다. (＊하지만 인터넷에서 모든 정보를 찾으려고는 하지 말 것. 아직까지 가장 좋은 인류 최대의 정보원은 역시 '책'이다. 그리고 그보다 더 좋은 정보원은 언제나 바로 '인간'이다!)

'아마존닷컴'(http://www.amazon.com)

3) 능동적이고 개방적인 태도를 가질 수 있다

인터넷과 같은 컴퓨터 통신망은 쌍방향의 상호 대화 형식을 지향하기 때문에 TV와 같은 일방적인 매체와는 달리 이용자가 능동적이고 적극적인 자세를 갖게 해 준다. 특히 컴퓨터 통신망을 통하여 평소 자

'다음'의 카페 서비스(http://cafe.daum.net)

신이 만나는 사람들과는 전혀 다른 집단이나 자신이 흥미를 갖는 분야의 많은 사람들을 동호회나 게시판에서 만나면서 자연스럽게 상호 존중하는 개방적인 태도를 배울 수 있다.

네티즌들의 사랑방 구실을 하는 '인터넷 카페'들은 바로 그러한 예들 가운데 하나다. 국내 최대 규모를 자랑하는 '다음'(www.daum.net)의 카페들은 별도의 '검색어 링크'를 누르면 웬만한 주제나 분야의 카페들을 찾을 수 있다. 이러한 카페는 대부분 무료로 자유롭게 가입/탈퇴할 수 있으니 부담 없이 이용할 수 있다.

교육 현장에서는 웹의 이러한 특성을 활용하여 외국어 교육과 국제 이해와 문화 교육, 세계 시민 교육 등을 가르치기도 한다. (* 물론 인터넷 중독 증세를 보이거나 게임에 몰두하는 위험한 사례도 적지 않으니 철저한 자기 절제가 필요하다.)

'인터넷 전자 정부' (https://www.egov.go.kr)

4) 체계적이고 논리적인 사고를 할 수 있다

컴퓨터 통신에 접근하면 그 제공되는 형식의 본질적 특성으로 인하여 자연스럽게 체계적이고 논리적인 사고를 할 수 있다. 도스dos의 디렉토리directory나 윈도우즈Windows의 폴더folder 개념, 컴퓨터 통신망의 사이트 맵 구성 등이 모두 논리적인 관계에 바탕을 두고 있기 때문이다. 실제로 모든 사이트들은 하위 폴더 제공 메뉴들을 폴더 형식의 체계로 구성한다.

여기서 '체계'란 한마디로 논리적 연관 관계를 뜻한다. 유개념과 종개념의 관계가 대표적인 예라 할 만하다. 즉 어떤 개념의 외연(外延)extension이 다른 개념의 외연보다 클 때, 전자를 유개념(類槪念)generic concept으로 후자를 종개념(種槪念)specific concept으로 부른다. 여기서 외연이란 개념이 적용되는 대상의 집합을 뜻한다. 쉽게 말해 개념의 포함 범위가 상대보다 넓으면 외연, 상대보다 좁으면 내포라고 한다.

유개념은 종개념과 함께 상대적으로 쓰인다. 예를 들어 '가축'을 유개념으로 했을 때 개는 종개념이 되지만, '삽사리, 셰퍼드, 콜리, 진돗개……' 등을 종개념으로 했을 때 개는 유개념이 된다. 이렇게 유개념과 종개념 사이의 관계를 통해 설명하면 논리적으로 훨씬 이해하기 쉽다. (*자세한 내용은 제3장 제2절의 "'설명'에 관한 설명" 부분을 참조할 것.) 역시 유사한 예가 되는 정부의 조직도를 자세히 살펴보자.

3_인터넷과 새로운 세상

인터넷은 더 이상 가상 공간이 아니다. 그것은 명백히 우리의 현실 공간이다. 그만큼 우리의 현실 공간은 종래와 같은 형태에서 벗어난 지 오래다. 또한 앞으로 어떻게 변화할 것인지도 확실히 파악하기 어려울 정도로 엄청나게 변화하고 있는 새로운 세상이 인터넷으로 이루어지고 있다.

앞으로 인터넷과 관련된 문제들이 무수히 생길 것이며, 해결해야 할 과제들 역시 엄청나게 쏟아질 것이다. 그러할 때 합리적인 이성과 도덕적 잣대가 밑바탕을 이루어야 하며 창조적 사고가 반드시 필요할 것이다. 창조적인 사고는 인터넷과 새로운 세상을 여는 데 큰 역할을 할 것이다. 인터넷 역시 우리의 창조적 사고를 도와줄 수 있는 도우미로서 큰 역할을 할 것이다. 따라서 인터넷을 이해하고 장점을 파악하고 단점을 경계하면서 창조적 사고로 새로운 세상을 구체적으로 꿈꾸며 만들어 가야 할 것이다.

이때 정보 홍수의 시대를 헤쳐 가는 노하우에 대해서도 알아 둘 필요가 있다. 우선 정보 판단 능력이 필요하다. 무엇이 정보인지 아닌지에 대해 평소에 관심을 갖고 보며, 자신이 추구하는 가치가 과연 무엇인지, 또 그것과 얼마나 연관되는지에 대해 판단하는 자세가 필요하다. 또 자신에게 온 정보들을 처리하는 방법들을 익혀 놓는 것도 효과적이다. 이를테면 전자 우편(e-mail)의 경우는 받는 즉시 처리하되 답신은 간단하게 쓴다, 또 '답장 필요 없음'과 같은 말을 써서 불필요한 답장을 주고받는 일이 없도록 한다, 하루 중 일정한 시간을 정하되 주로 점심 식사 뒤 같은 몽롱한 시간에 일괄 처리한다 등과 같은 식이다. 검색 도구를 활용할 때도 너무 잔가지들에 매달리거나 곁길로 빠지지 않도록 한다. 특히 검색 도구를 사용한 결과를 읽다가 한나절이 가는 경우가 절대 없도록 유의한다. 또한 너무 많은 정보들은 결코 좋지 않다. 즉 "적은 뉴스가 좋은 뉴스다. Less news is good news."라는 말을 언제나 떠올리는 것이 좋다.

끝으로 인터넷과 연관하여 생각해 볼 만한 화두들을 몇 가지 제시한다. 문제의 핵심을 파악하고 창조적 사고를 촉발하는 생각거리들이다. 비교적 어려우니 이 책을 모두 읽은 다음에 차근차근 되새겨 보아도 좋겠다.

· 정보의 불균형으로 사회적 불평등이 심화될 가능성을 어떻게 해결할 것인가?

· 정보의 과잉으로 빚어지는 불필요한 문제점들을 어떻게 해결할 것인가?

· 인터넷의 각종 부작용을 막기 위하여 도입하자는 인터넷 실명제는 어떤 문제점을 초래할 것인가?

· 앞으로 등장할 사이버 공동체들에는 어떤 것들이 있을까?

· 인터넷에서 가치 있는 정보를 찾는 것과 인터넷으로 평등 사회를 열 수 있으리라는 것은 그저 오해일 뿐이라는 주장에 대해 찬성과 반대의 구체적인 근거들을 각각 생각해 본다면?

· 인터넷 때문에 생긴 이른바 '집중력 저하 증후군'과 '집단문화 실종 증후군'을 어떻게 극복할 것인가?

· 사이버 공간에서 캐릭터와 아바타, 인간의 정체성identity은 어떻게 연관하여 논의할 수 있을까? 등등

함께 해 봅시다

· '창조적 사고'에 관해 검색하고 그 결과를 평가하고 정리해 보자.

· 인터넷에는 수많은 종류의 동호회가 있다. 창조적인 사고를 하는데 도움을 준다고 생각되는 동호회에 3개 이상 가입해 보자. 그리고 각각의 동호회에서 20명 이상의 사람들과 사귀어 보자.

· 관심 있는 주제로 홈 페이지를 만들고자 한다. 대강의 사이트 맵site map을 그려 보자.

· 앞서 논의한 인터넷의 장점들에 덧붙여 단점들에 대해서도 생각하고 그 예방책과 치료책을 토론해 보자.

인터넷 관련 용어들

인터넷 주소

인터넷 주소(URL: Uniform Resource Locator)는 관련 서비스의 종류와 서버의 위치를 뜻하는 도메인 이름domain name 과 해당 파일 위치를 포함하여, '프로토콜://정보를 가진 컴퓨터 이름/디렉토리 이름/파일 네임' 식으로 구성한다. 예를 들어 '책으로 따뜻한 세상 만드는 교사들 모임'의 첫 화면 주소는 다음과 같다. http://www.readread.co.kr/index.asp. 참고로 도메인 이름인 'www.readread.co.kr'은 '호스트 컴퓨터 이름, 소속 기관, 소속 기관의 종류, 소속 국가' 순으로 표시한다.

홈 페이지 home page

홈 페이지란 웹 브라우저를 실행했을 때 나타나는 웹 페이지 모두를 넓게 뜻한다. 홈 페이지는 인터넷을 정보 저장의 창고이자 자료 교환의 창구, 만남의 공간으로 가능하게 해 준다. 인터넷 서비스 업체는 회원인 이용자들이 원하면 일정 한도에서 홈 페이지 공간을 무료 또는 유료로 제공한다. 최근에는 전문적인 지식 없이도 웹상에서 마우스를 몇 번 눌러 보는 것만으로 손쉽게 홈 페이지를 만들 수 있는 서비스도 정착되어 있다.

하지만 홈 페이지는 제작보다도 운영이 더욱 중요하다. 대부분의 홈 페이지가 만들어지자마자 수명이 끝나는 경우가 많기 때문이다. 그만큼 홈 페이지를 제대로 운영하려면 이용자들이 관심을 가질 만한 컨텐트를 확보하고 개발하며 이용자들이 상호 대화 방식으로 홈 페이지 공간을 북적이게 해야 한다.

웹 브라우저 web browser

웹 브라우저란 인터넷을 항해하는 데 필
수적인 소프트웨어다. 가장 유명한 웹 브
라우저로는 마이크로소프트Microsoft사의
인터넷 익스플로러Internet Explorer와 넷
스케이프Netscape사의 네비게이터
Navigator가 있다. 최근에는 전 세계 컴퓨

터 운영 체제를 독점하는 마이크로소프트사의 윈도우즈에 끼워진 익스플로러
가 많이 쓰이고 있다.

정보 검색 도구 search engine

인터넷에서 정보를 검색할 때 가장 중요한 점은 정보 검색 도구를 잘 활용
해야 한다는 것이다. 이를 위해서는 평소 여러 가지 검색 도구들을 효과적으로
활용할 수 있도록 도움말을 충분히 읽고 검색 도구마다 고유한 특징과 기능을
완전히 파악하고 직접 사용해 보아야 한다.

검색 방법으로는 크게 이용자가 검색어를 직접 입력하는 방식과 검색 도구
가 제시하는 몇 가지 항목들을 선택하면서 범위를 좁혀 가는 방식, 검색 도구
들에 보내서 최종 결과를 묶어 내는 방식 등이 있다. 이 밖에도 여러 기법들이
개발되면서 여러 가지 검색 도구들이 나오고 있다.

제 3 장
글쓰기와 생각하기

밤을 새운 사람은 안다. 모든 고요함이 밤의 깊은 웅덩이에 모여 더욱 정밀해지는 순간을, 문득 견딜 수 없이 외로워지는 순간을.

그런 때에는 종이를 몇 장 꺼내 놓고, 연필로 몇 줄이라도 글을 써 보라. 하얀 종이 위를 사각거리는 연필 소리와 시간의 나이테에서 풀려 나오는 향기 덕분에 어느새 마음이 차분하게 가라앉게 될 것이다.

글을 쓴다는 것은 생각한다는 것이다. 생각하는 힘이 없으면 글을 쓴다는 것은 처음부터 불가능하기 때문이다. 글쓰기와 생각하기는 서로 밀접한 관련을 맺는 활동으로서 상호 보완적이다.

이 장에서는 글쓰기에 대해 흔히 갖고 있는 부담감을 없애고, 효과적으로 글쓰기를 공부하는 방법들을 제시하고자 했다. 또한 설명이나 논증 같은 기초적이면서도 핵심적인 사고 활동들을 글쓰기와 관련하여 자세히 살피며 창조적인 사고력을 길러 실용문을 알차게 쓸 수 있도록 꾀하였다.

자신이 생각하고 느낀 내용을 글로 쓸 수 있다는 것, 그것은 바로 창조적인 삶의 시작이다.

1. 글쓰기의 괴로움?

"열심히 공부하렴. 그래야 좋은 대학에 들어가지……."

초등학교 입학 때부터 지금까지 귀에 못이 박이게 들어 온 말. 내가 뭐 공부하는 기계인가. 가끔은 화까지 불끈 치민다. 더욱이 '논술'이 라는 어렵고 힘든 글쓰기가 대학 입시에 도입되면서 너도나도 논술 타령이니 정말 미칠 것 같다.

왜 난 이렇게 글을 못 쓰는 것일까. 마음 속에 하고 싶은 말이 많은 데 종이에 막상 쓰려고 하면 전혀 글을 쓰지 못한다. 요행히 웬만큼 쓰 고서도 다시 차근히 읽어 보면 내가 쓴 것이라도 너무 심하다.

하고 싶은 말을 체계적인 글로 정확히 표현할 수 있다는 것. 정말 부 러운 능력이 아닐 수 없다.

글을 잘 쓰기 위해서는 '책을 많이 읽어야 한다', '글을 많이 써 보 아야 한다', '생각을 깊고 넓게 가져야 한다' 등과 같은 이런저런 도움 말들이 적지 않다. 하지만 구체적으로 무엇을 어떻게 해야 할지 도무지 모르겠다. 그렇다고 아예 눈길을 안 줄 수도 없다. 어차피 해야 할 일이니 피한다고 될 일이 아니다. 마지막 남은 해결책은 언제나 정면으로 부딪치는 것뿐이다.

1_누구나 쓸 수 있다

"글쓰기라면 지긋지긋해. 글을 쓰느니 차라리 벌을 받겠다."

이런 말을 하는 친구들이 적지 않을 게다. 그들에게 왜 그런 말을 하냐고 물어 보라. 분명히 거의 대부분 글쓰기와 관련된 고생담들이 술술 나오리라. 몇 쪽에서 몇 쪽까지 그대로 베껴 오기 같은 평소의 학과 숙제에서부터 일기, 독후감, 기행문, 편지 등을 써 오는 방학 숙제에 이르기까지 그 종류 또한 다양할 것이다.

특히 '논술' 시험을 보는 대학에 입학하려고 하면 글쓰기 시험은 정말이지 고민이 아닐 수 없다. 지금까지 겨우 난관을 헤쳐 왔건만 또다시 엄청난 고통의 늪이 기다리고 있으니까. 고진감래(苦盡甘來), 고생 끝에 낙이 온다는 옛말은 틀린 셈이다. 쓰기조차 싫은 사람에게 시험까지 보라고 하다니……. 그저 안타깝기만 하다.

그러나 글쓰기를 지겹게 여기고 논술 시험을 두려워하는 영혼들이 안심해도 좋을 평범한 진리 하나—이 꼭지를 읽는 누구나 글을 잘 쓸 수 있다! 물론, 세상에는 남의 말이라면 무조건 믿지 않는 사람들이 적지 않다. 혹시 지금 여러분도 그러한 사람들은 아닌지? 이제, 거

듭, 분명히 말한다.

　　이 꼭지를 읽는 누구나 글을 잘 쓸 수 있다!

　　만병통치약 따위를 파는 약장수의 허풍을 하자는 것이 결코 아니다. 한번 깊이 생각해 보자. 어떤 사람이라도 적절히 부려 쓸 문자를 깨우치지 못했다면 글을 쓰는 것은 불가능하다. 그런데 글쓰기가 지긋지긋하다는 말은 일단 문자를 해득하고 문장을 엮어 글의 형태로 써 본 경험이 있다는 뜻이다. 본질적으로 글쓰기가 불가능하지는 않은 셈이다. 그러므로 왜 글을 잘 쓰지 못하는가에 대한 원인을 잘 분석해 보면 적절한 해결 방안을 찾을 수 있음은 당연하다.

이제 글을 잘 쓰기 위한 방법들을 말하겠다. 자신감을 갖고 꾸준히 노력하는 자세가 중요하다는 것을 거듭 강조한다.

2_말하듯 글을 쓰라

혹시 「터미네이터 II」라는 영화를 보았는가. 첨단 컴퓨터 그래픽 기술이 돋보였던 그 영화는 '티투(T II)'라는 약칭으로 불리며 액션물을 좋아하는 사람들을 열광시켰다. 비록 폭력 장면이 과도하게 노출되는 등의 몇 가지 문제가 있긴 하지만.

자, '티투'를 처음 보았을 때를 돌이켜 보자. 영화관 밖으로 막 나왔을 때, 재미있고 긴박감 넘치게 보았던 '티투'에 대해 무엇인가 말하고 싶지 않았는가. (만일 '티투'를 못 본 사람은 재미있게 본 다른 영화로 바꾸어서 생각해 보자.) 이런 경우 실제로 많은 사람들이 방금 본 영화 '티투'에 대해 이런저런 말을 한다고 한다. 더욱이 같은 영화를 보고 나서도 각자의 관심 분야와 성격 등이 달라 그 반응의 내용은 천차만별로 다양하다.

인간은 무엇인가에 자극받으면 반응을 한다. 지적, 정서적으로 마음을 움직이는 무엇인가가 있으면 누구나 그것을 표현하고 싶어한다. 이렇게 아주 자연스럽게 분출되는 인간의 표현 본능은 말하기라는 형태로 가장 쉽게 나타나는 것이다.

이제 '티투' 말고 자신이 본 다른 영화 가운데 꼭 언급하고 싶은 영화가 있다면 말해 보자. 할리우드 영화에 거의 밀리지 않을 정도로 대규모 관객을 끌어 모으는 우리 영화에 대해 말해 보자. 우리 영화가 진정으로 발전한 것인가? 아니면 특정 소재를 내세워 단지 흥미를 끄는 수준에 불과한 것인가? 한때 유행했던 조폭 소재 한국 영화에 대해서 어떻게 생각하는가? 질문은 거창해도 부담 없이 답해 보자. 영화가 어려우면 만화나 게임으로 바꾸어서 시도해도 좋다.

글쓰기 또한 말하기와 같이 아주 자연스럽게 표출되는 인간의 표현 본능이다. 다만 문자를 사용하는 과정을 거친다는 것만 말하기와 다를 뿐이다. 그러기에 글쓰기는 그 누구라도 할 수 있다. 최소한 그가 말을 할 수 있다면 그는 글을 잘 쓸 수 있다. 인간은 선천적인 장애 요인이 없는 한 말하기와 글쓰기를 아주 쉽게 배울 수 있는 것이다. 따라서 부담 없이 말하듯이 자연스럽게 글을 쓰는 것도 글쓰기의 한 방법이라 할 수 있다.

다음은 학교에서 있었던 일을 어느 나이 드신 선생님께서 말하듯 쓴 글이다. 읽다 보면 어느 교실에서 벌어졌던, 작지만 우스운 사건이 자연스럽게 떠오른다.

오늘 학교에서 참 재미있는 일이 일어났지 뭐야. 수업을 하고 있는데 한 학생이 헐레벌떡 들어와 빈자리에 앉더군. 녀석의 얼굴도 아니까 그냥 수업을 했지. 그런데 아무래도 이상해. 녀석은 5반 학생이었는데 나는 4반 수업을 하고 있었거든. 더욱이 좀 전에 들어갔던 5반에서 그 자리에 앉아 있는 녀석을 보았었거든. 참 이상하다. 도깨비에 홀렸

나. 모든 게 다 바뀌었는데 녀석은 바로 좀 전과 똑같은 자세로 앉아서 나를 보는 거야. 점점 더 이상해지더군. 심지어 우리 학교 땅이 옛날에 공동묘지였다는 생각까지 드니까 갑자기 머리털이 쭈뼛 서더군.

그런데 그때였어. 자꾸 쳐다보는 내 시선을 생각했는지 녀석도 날 쳐다보더니 이내 고개를 갸우뚱거리는 거야. 거 참 이상하다. 왜 저 녀석도 나와 같은 표정을 지을까 더 이상해지더군. 마침내 녀석이 주위를 두리번거리며 살피더군. 자연히 주위 애들과 눈이 마주치게 되었지. 그러더니 어느 순간, 의문이 싹 풀리는 일이 일어났지. 녀석이 고개를 긁적거리며 일어나며 중얼거리는 거야. 어, 여기 4반이네! 자기 책에 머리를 파묻고 있던 아이들도 그제야 영문을 알아차리고는 폭소를 터뜨렸지.

나중에 알고 봤더니 그 반에 비어 있는 유일한 자리가 마침 화장실에 갔다가 뒤늦게 급히 돌아오던 녀석의 자리와 똑같았던 거야. 같은 자리가 비어 있으니 녀석은 당연히 자기 반이라 생각하고 태연하게 앉았던 거지. 그런데 아무래도 선생님이 전 시간과 똑같으니 얼마나 놀랐겠나. 지금도 나보다 더 놀라던 녀석을 생각하면 웃음이 터져 나오네. 하하하.

이제 여러분도 주변에서 일어났던 일들을 말하듯 글로 써 보자. 그렇게 어렵지는 않을 것이다. 단, 품위를 해치는 상소리나 어리광 투의 말은 피하자.

3_쓰고 싶은 것을 쓰라

본질적으로 글쓰기는 자유로운 자기 표현이다. 종이와 연필만 있으면 경제적으로도 거의 부담이 없는 자기 표현이다. 말하기의 경우는 너무 자유로움이 지나쳐 한번 입 밖으로 나온 말을 다시 주워 담기조차 어렵다. 반면에 글쓰기는 글을 쓰고, 다 쓴 다음에도 고칠 수 있으며, 쓴 내용을 잊어버릴까 걱정할 필요도 없다. 이렇게 글쓰기란 경제적으로나 시간적으로나 여러 가지 제약으로부터 대단히 자유롭다.

이제 자신이 쓰고 싶은 것들이 무엇인지 생각해 보자. 다음의 경우들을 돌이켜 보는 것도 좋겠다.

뉘엿뉘엿 넘어가는 석양을 볼 때, 뭔가 억울한 일을 당해 누군가에게 털어놓고 싶을 때, 자신의 마음을 좀더 분명하고 자세히 전하고 싶을 때, 재미있는 이야기가 생각났을 때, 무엇인가 털어놓고 싶을 때, 하루 일을 차분히 정리하고 싶을 때……

이 글을 읽는 시간이 깊은 밤이라면 따뜻한 차라도 한잔 마시면서 깊이 생각해 보자. 내가 쓰고 싶은 글감이 무엇인가. 만일 적절한 글감이 떠오르지 않는다면 다음의 보기 가운데서 마음에 드는 항목을 골라 글을 써 보자.

① 내가 사귀고 싶은 친구, ② 성적표, ③ 내가 남자(여자)라면? ④ 50년 후의 친구 모습, ⑤ 원자핵 공학자 이휘소 박사, ⑥ 라면을 맛있게 끓이는 법, ⑦ 선생님들의 성격, ⑧ 내가 잃어버렸던 물건들, ⑨ 소년 소녀 가장(家長), ⑩ 동물원에서 일어난 일, 1 ⑪ UFO, ⑫ 목욕탕, ⑬ 지금 1억 원이 생기면 무엇을 할 것인가, ⑭ 무너져 내리는 블랙 재팬(일본 종말론), ⑮ 2050년, ⑯ 미인의 기준, ⑰ 교복과 사복의 장단점, ⑱ 무감독 시험 제도에 대하여, ⑲ 신문은 과연 믿을 수 있나, ⑳ 1년을 400일로 한다면? ㉑ 날짜 변경선 위의 집에서는 어떤 일이 일어날까? ㉒ 영화「죽은 시인의 사회」에 대하여, ㉓ 내가 잘하는 운동, ㉔ 무인도에 가지고 갈 다섯 가지 것들은? ㉕ 우리 사회에서 마땅히 없어져야 할 것들, ㉖ 일본을 어떻게 생각하는가? 〔……〕등등.

만일 글을 쓰지 못했다면 다시 한 번 앞의 보기들을 읽어 보자. 읽는 도중에 무엇인가 떠오르는 항목이 있다면 부담 없이 글로 쓰자. 완벽한 글을 쓴다는 생각을 버려야 자유롭게 생각할 수 있다. 연습 삼아 ⑫ '목욕탕'을 생각해 보자.

자, 목욕탕 하면 떠오르는 것들은 무엇일까. 뜨거운 한증막, 노래 부르는 노인들, 쏴아 하고 쏟아지는 물소리, 실오라기 하나 걸치지 않은 알몸의 사람들, 수돗물을 틀었다 잠갔다 하며 장난치는 아이들, 목욕하고 나와서 시원하게 마시는 찬물 한 잔……. 이렇게 계속 생각하다 보면 뭔가 떠오르는 이야기나 생각이 있지 않을까. 지금 막 떠오르는 것들이 있다면 무엇을 망설이는가. 모차르트처럼 와이셔츠 소매에라도 휘갈겨 쓰자.

4_구체적인 방법: 자유 연상

그러나 여전히 무엇을 어떻게 해야 할지 모른다면 자유 연상과 같
은 방법을 활용하자. 문자 그대로 자유 연상이란 어떤 주제에 대해 자
유롭게 연상하는 방법이다. 만일 '고향'에 대해서라면 '달, 맑은 물,
먼지 나는 길, 기와 지붕, 개구리……'와 같이 떠오르는 대로 자유롭
게 연상하고 글을 쓰면 된다.

자유 연상을 좀더 효과적으로 활용하기 위해서는 다음의 방법이 특
히 좋다.

먼저 종이 한가운데에 동그라미를 그린다. 그 다음 특정한 글감이나
주제를 그 안에 써넣고, 떠오르는 생각들을 방사선 형태로 퍼뜨리며
메모하듯 써 나간다.

이 방법은 머릿속에서 연상되는 모든 생각들을 빠짐없이 눈으로 확
인하며 글로 쓸 수 있다는 장점이 있다. 특히 떠오르는 생각 가운데
최종적인 글을 쓸 때 필요하지 않은 내용이라면 과감히 가위표를 치
면서 지울 수 있어 편리하다. 다음은 '사과'를 중심으로 자유 연상한
예이니 참고하자.

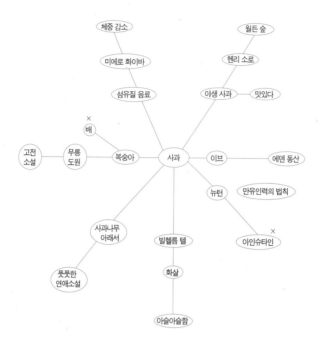

이렇게 자유 연상을 했을 때 쓸 수 있는 글은 여러 가지다. 우선 사과의 영양 면과 연관시켜 유용성을 강조하는 글을 쓸 수 있다. 사과로 섬유질 음료를 만드는데, 섬유질 음료를 마시면 체중 감소와 같은 효과를 볼 수 있다(또는 없다)는 식이다.

반면에 서양권에서 사과는 동양권에서 복숭아와 그 이미지가 통한다는 데 착안하여 글을 쓸 수도 있다. 이를테면, 서양의 지상낙원인 에덴 동산에는 사과가 있으나 동양의 이상향인 무릉도원에는 복숭아가 있다는 식으로 두 문화 사이의 공통점과 차이점을 강조하는 글을 쓸 수 있을 것이다. 뿐만 아니라 서양을 이해하기 위해서는 세 개의 사과가 갖는 의미를 이해해야 한다는 식의 글도 쓸 수 있다. 여기서 세 개의 사과란 이브의 사과, 뉴턴의 사과, 빌헬름 텔의 사과를 뜻한다. 서양인들의 의식에 각기 나름의 의미를 주고 있기 때문이다.

이 방법에 점차 익숙해지면 주제와 좀더 가깝게 연관된다고 생각하는 내용은 원의 중심 쪽으로, 그렇지 않으면 원의 바깥쪽으로 배열해서 글을 쓸 때 설계도 역할을 하는 간이 개요outline로도 응용한다.

2. 설명하라, 이해하라

왜 하늘은 푸르고, 왜 바람은 부는 걸까. 왜 사람들은 자기가 가장 부르지 않는 이름을 저마다 갖고 있을까. 그리고 왜 사람들은 나무와 풀의 이름은 잘 모르는 것일까. 왜 교회의 종소리는 날씨에 따라 달리 들리고, 왜 제비들은 갑자기 낮게 낮게 나는 것일까. 왜 사람은 태어나고 죽는 것일까. 왜? 왜? 왜? ……

]_너무나 궁금한 것들

무엇이 그리도 궁금했는지 묻고 또 묻던 어린 시절. 끝없이 퍼부어 대는 질문들에 일일이 답해 주시느라 지치신 부모님을 보면서 또다시 자신도 모르게 질문을 하던 기억들. 돌이켜 보면 그 시절의 질문들 가운데는 어처구니없는 것들도 있었고 나이를 먹을 만큼 먹어도 쉽게 답할 수 없는 것들도 있었다. 그러나 그러한 질문들이야말로 성숙한 인간으로 자라게 하는 양분이 아니었을까. 호기심에 가득한 순수하고 맑은 영혼의 울림, 그래서 너무나도 투명하기만 한 어린 시절의 질문들은 성년으로 이어 주는 징검다리가 아니었을까.

그러나 세월이 흐르면서 사람들은 어린 시절의 질문들을 모두 잊고 산다. 호기심을 잃고 세속에 찌들면서, 맑은 영혼은 허덕이고 빛나는 이마는 퇴색하며, 아무것도 묻지 않는다. 자연히 아무도 가르쳐 주지 않는다. 질문을 하는 법을 잊고 살면서, 끝까지 답해 주셨던 자상하신 대답은 더 이상 찾을 수 없다는 슬픔만 가슴에 남는다.

이제 어린 마음을 마구 휘저어 댔던 유년의 질문들을 다시 기억해 보자. 너무나 궁금해 누구에게든 묻지 않을 수 없었던 질문들에는 어떤 것들이 있었을까. 혹시 지나간 세월의 무게 때문에 다 잃어버렸을까. 가능한 한 기억을 떠올리되 지금 당장 궁금한 것들이라도 떠오르는 대로 생각해 보자. 우리가 정말 궁금한 것들, 정말 알고 싶은 것들은 어떤 것들이 있을까.

내가 알고 싶은 것들

내 적성은 무엇일까. 내 능력은 과연 어느 정도일까. 우주는 끝이 있을까. 시간은 어떻게 정해진 것일까. 신(神)은 있을까. 죽음이란 무엇일까. 진리란 무엇일까. 어떻게 살아야 인간다운 삶일까. 중력은 무엇일까. 지구를 더럽히는 가장 큰 오염원은 무엇일까. 어떻게 하면 잠을 줄일 수 있을까. 어떻게 하면 공부를 잘 할 수 있을까. 어떻게 하면 대학에 합격할 수 있을까. 반도체는 어떻게 만들까. 작곡은 어떻게 하는 것일까. 어떻게 하면 기타를 배울 수 있을까. G코드 예약 녹화는 어떻게 하는 것일까⋯⋯

_고 1의 글

앞서도 말했듯 어떤 질문들은 쉽사리 대답하기 어려운 것들이 있다. 그러나 앞의 목록 가운데 혹시라도 자신이 대답할 수 있는 것이 있다면 직접 글로 써 보자.

2_ '설명'에 관한 설명

흔히 말하는 대로라면, 설명이란 모르는 것을 이해하기 쉽게 풀이해 주는 서술 방식이다. 실제로 설명은 낱말 하나를 정의하는 데서부터 광석 라디오의 구조, 첨단 오디오 제품의 기능, 복잡한 학문적 이론과 심오한 종교의 경전에 대한 해석 등에 이르기까지 여러 가지 글들에 두루 쓰이는 가장 보편적인 글쓰기 방식이다.

이렇게 말하면 설명이란 서술 방식이 도대체 창조적 사고력 기르기와 어떤 관련이 있는 것인지 의아하게 생각할 사람들도 있을 것이다. 사실 그렇게 오해해도 무리는 아니다. 우리는 지금까지 교과서에 자세히 풀이된 설명의 정의를 읽고 그 구체적인 방법들을 열심히 익혀 왔을 뿐, 설명이란 행위의 의미란 무엇인지, 또 설명 방법은 사고 방법과 어떤 관련이 있는지 그렇게 깊이 생각해 본 적이 거의 없기 때문이다.

그러나 곰곰이 생각해 보자. '설명'이란 한마디로 '질문(모름)'에 대한 '대답(앎)'이다. 무엇인가 물어보는 질문에 대해 대답하는 성격의 글은 넓게 보아 모두 설명의 차원에 속한다고 볼 수 있기 때문이다. 따라서 무엇인가 모르는 것을 알기 위하여 노력하는 것이 바로 설명인 셈이다. 즉, 설명 방법이란 모르는 것을 알고자 할 때 활용할 수 있는 가장 기본적인 사고 방법인 것이다.

좀더 구체적으로 생각해 보자. 이를테면 '어떤 뜻인가?(의미)', '어떤 가치가 있는가?(가치)', '어떻게 이루어지는가?(조직, 구조)', '어떻게 생겼는가?(형태)', '어떤 역할을 하는가?(역할, 기능)', '어떻게 해야 하는가?(방법)', '왜 그러한가?(이유, 원인)', '어떤 종류인가?(종류)' 등과 같은 형식의 질문에 답하는 글은 괄호 안에 표시한 대로 의미, 가치, 조직/구조, 형태, 역할/기능, 방법, 이유/원인, 종류 등을 담고 있는 설명의 글이라 할 수 있다. 당연히 우리는 잘 모르는 어떤 것들에 대해 이러한 질문들을 던지면서 접근함으로써 쉽게 이해할 수 있게 된다.

이렇게 설명은 모르는 것에 접근할 때 아주 유용한 사고 방법이라는 점을 잊지 말자. 따라서 질문을 많이 던지면서 답하려는 자세, 다시 말해 설명과 같은 방식으로 평소에 사고하는 자세야말로 창조적 사고를 위한 가장 기본적인 노력이다. 이제 설명은 어떤 방법이고 그 종류에는 이러이러한 것들이 있다 라고 기계적으로 간단히 넘겨버리는 대신, 최소한이지만 필수적인 사고 방법으로서 적극 활용해야 할 것이다.

여기서 잠깐, 효과적으로 설명을 하기 위해서는 어떻게 해야 할까 생각해 보자. 우선 우리는 무언가를 설명하기 위해 단순하게는 손짓과 발짓 같은 동작부터 시작해서 쓸 만한 도움 자료들을 동원할 수 있다. 하지만 좀 더 복잡한 단계에 이르면 단순한 몸동작이나 자료 예시만으로는 미흡할 때가 많아지므로, 정의나 분류 · 구분, 분석 등과 같이 일정한 수련이 필요한 고도의 설명 방법들을 활용해야만 한다.

이를 위해서 유개념(類槪念)generic concept과 종개념(種槪念)specific concept에 대한 기본적인 이해를 해 두는 것이 꼭 필요하다. 유개념과 종개념 사이의 관계를 통해 설명하면 훨씬 논리적이어서 많은 사람들이 이해하기 쉽기 때문이다. 철학 사전에 따르면, 어떤 개념의 외연(外延)extension이 다른 개념의 외연보다 클 때, 전자를 유개념으로 후자를 종개념으로 부른다. 여기서 외연이란, 개념이 적용되는 대상의 집합을 뜻한다. 예컨대 가축을 유개념으로 하면 개가 종개념이 된다.

유개념은 종개념과 함께 상대적으로 쓰인다. 예를 들어, 가축을 유개념으로 했을 때 개는 종개념이 되지만, '삽사리, 셰퍼드, 콜리, 진돗개 ……' 등을 종개념으로 했을 때는 개가 유개념이 된다. 지금까지의 설명을 그림으로 표현하면 다음과 같다.

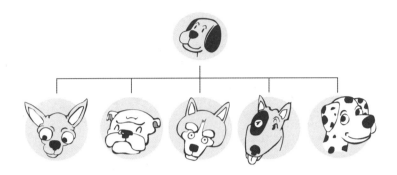

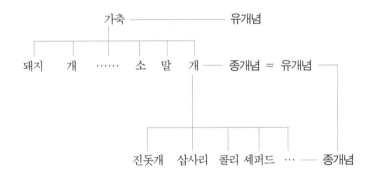

이렇게 유개념과 종개념의 관계를 가지고 설명하는 이유는 과연 무엇일까.

대답은 의외로 간단하다. 아는 걸로 모르는 걸 이해시키기 위해서이다. 예를 들어, '콜리가 뭐예요?'라는 질문에 그건 개의 일종이라고 설명해 주면 상대는 쉽게 이해할 수 있다. 종개념으로 잡은 콜리가 개라는 유개념에 속해 있다고 설명하는 방식이다. 이는 일단 누구에게나 익숙한 '개'라는 개념과 연관시켜 자연스럽게 이해할 수 있는 것이다.

그러나 어느 경우에도 두루 쓸 수 있는 만능의 설명 방법은 없다. 따라서 어떤 설명 방법을 쓰든지 쓰는 이 스스로 설명하고자 하는 주제나 대상에 대해 가장 잘 알고 있어야만 한다. 그런 다음에 읽는 이의 입장을 충분히 고려하며 적절하게 수준을 조절하여 나름대로 요령 있게 풀이해 주는 것이 중요하다.

3_설명의 몇 가지 방법들

설명을 효율적으로 하기 위해 ① 지정(확인), ② 예시, ③ 비교/대조, ④ 정의, ⑤ 분류/구분, ⑥ 분석 등 여섯 가지 방법이 자주 쓰인다. 이 방법을 여기서 꼭 짚어 보아야 하는 이유는 앞서 말한 바 있다. 우리가 무엇인가를 정확히 이해하기 위해서는 설명의 방법들을 대상에 하나씩 적용하며 살피면 쉽기 때문이다. 최소한 다음에 제시하는 설명 방법들을 떠올리면서 사고하면 기본적인 이해를 갖출 수 있으며, 이는 창조적 사고의 기본 바탕이라 할 수 있다. 이해를 돕기 위하여 기본 개념을 풀이하고 사고 방법이라는 차원에서 간단히 설명을 덧붙인다.

1) 지정(指定, 확인): 손가락으로 가리키듯……

'서태지와 아이들'이 누구냐고 물으면 뭐라고 대답하겠는가. "오매 그게 누구데요? 도통 모르겠는디유……." 이렇게 갑자기 산골 도인

흉내라도 낼 것인가. 다음 글을 읽어 보자.

　　데뷔한 지 불과 3개월 만에 신드롬에 가까운 반응을 얻으며 청소년
들을 사로잡았던 트리오, 서태지와 아이들. 그들은 당시 국내에서 본
격적으로 시도되지 않은 장르인 랩rap에 메탈과 펑키, 솔 같은 이국적
인 장르들을 혼합한 매우 독특한 음악성을 표출하며 단번에 국내 최고
의 인기 그룹으로 부상하였다. 그들은 거의 순식간에 각 방송국들의
인기 차트를 점령했고, 국내에서 발행되는 각 언론사와 단체들의 차트
정상을 독식하는 기록을 세웠다.

_김영준 엮음, 『한국인기가수사전』, 아름출판사

　　애석하게도 이 글은 외래어가 너무 많이 튀어나오는 문장들로 꽉
차 있다. 그러나 '서태지와 아이들'이 누구인지 웬만큼 '감(感)이 잡
히는' 글임은 분명하다. 이와 같이 손가락으로 가리키듯이 어떤 인물
이나 대상에 대해 설명하는 '지정(指定)'은 '저게 누군가?', '저게 무
언가?'와 같은 질문에 대한 간단한 답의 형태를 취한다. '지정'의 방식
으로 다음 시는 어떻게 설명할 수 있을까.

　　엄마야 누나야 강변 살자
　　뜰에는 반짝이는 금모래빛
　　뒷문 밖에는 갈잎의 노래
　　엄마야 누나야 강변 살자

이 시는 김소월이 쓴 시이다. 엄마와 누나를 부르는 걸로 보아서는 소년의 목소리로 씌어진 시이다. 강변은 금모래빛과 갈잎이 우거져 있는 곳으로 소년이 엄마 누나와 함께 가서 살고 싶어하는 곳이다. 그래서 두 번씩이나 강변에 살자고 하고 있다. 반복하니까 다시 강변을 생각할 수 있었는데 동화적이면서도 어딘지 약간 슬픈 듯한 느낌이 든다.

_고 1의 글

이렇게 설명의 여러 가지 방법들 가운데 가장 간단하고 단순한 지정은 다른 말로 '확인(確認)'이라고도 부른다. 만일 지정 이상의 설명을 원한다면 다른 설명 방법들, 이를테면 비교나 대조, 분류, 분석 등을 활용해야 한다.

2) 예시(例示) : 뭔가 보여 드리겠습니다……

만일 여러분들이 우리나라 전통 미술에 대해서 관심을 갖고 있던 참에 책을 읽다가 다음과 같은 대목을 보았다고 하자.

중국의 남방 화법과 북방 화법의 특징을 이상적으로 조합해 주역의 원리인 음양 구도를 바탕으로 완성한 것이 바로 겸재의 진경산수화예요. 바꿔 말하면 율곡의 성리학을 사상적 바탕으로 해서 꽃피워 낸 문화가 '진경산수'입니다.

_최완수, 『책과 인생』의 대담 기사에서

정선(1676~1759), 「금강전도(金剛全圖)」

  겸재(謙齋) 정선(鄭敾)의 그림에 대한 전문가의 해설은 분명히 예
찬인 듯싶은데 초보자라서 그런지 글만 읽어서는 도대체 이해가 잘
되지 않는다. 바로 이때 겸재 정선의 그림을 하나만이라도 볼 수 있다
면 남방 화법이니 북방 화법이니 하는 어려운 전문 용어들은 제쳐 놓
고 진경산수화의 본질을 쉽게 이해할 수 있지 않겠는가.

  한때 '뭔가 보여 드리겠다'는 우스갯소리가 있었듯, 적절한 예를 눈
앞에 직접 보여 주는 설명 방식이 바로 예시이다. 이와 같이 예시란
구체적인 예(글, 도표, 그래프, 그림, 사진 등)를 들어 읽는 이의 흥미
와 관심, 이해를 촉진하는 설명 방식이다. 객관적인 사실이나 지식은

물론 주관적인 경험이나 견문 등을 자유롭게 동원하는 구체적인 예시는 복잡하고 추상적인 설명들보다 훨씬 직접적인 전달 효과가 있다.

그러나 너무 쉽게 생각하여 아무 예나 마음 내키는 대로 들어서는 곤란하다. 적절한 설명을 위해서는 어디까지나 가장 대표적이며 구체적인 예를 드는 것이 좋다. 그리고 아무리 적절한 예라도 지나치게 많이 들면 산만해져서 글의 초점을 놓치게 되니 주의해야 한다. 어디까지나 알맞은 곳에 알맞은 예를 드는 것이 가장 중요하다.

3) 비교/대조: 이렇게 같고 이렇게 다르죠

상대가 알고 있는 것들(인물·사건·사물 등)과 견주며 설명하는 것은 언제나 이해를 쉽게 해 준다. 아는 것을 지렛대로 삼아 모르는 것을 쉽게 '들어 올릴(이해시킬)' 수 있기 때문이다. 비교는 공통점을, 대조는 차이점을 위주로 설명해 가는 방식이다.

① 신문은 정기적으로 발간한다는 점에서 잡지와 같다. 1회 발간으로 그치는 정기 간행의 속성은 신문 잡지를 정기 간행물의 대표로 하기에 족하다. (비교)

② 신문은 잡지와는 달리 현실성을 매우 크게 중시한다. 즉, 잡지가 얼마간의 시간 간격을 두고 차분히 정리하는 태도를 취한다면 신문은 그때마다의 변화를 끝없이 그대로 화급하게 담아 두는 태도를 취한다. (대조)

비교나 대조는 그렇게 어려운 설명 방식은 아니다. 다만 개념이나 본질, 특성이나 기능 등을 토대로 일정한 기준을 정해 엄밀하게 비교/대조해야만 한다. 이제 칼국수와 라면을 비교/대조하는 짧은 글을 써 보자. 무엇을 같다고 하고 무엇을 다르다고 할 것인지 머릿속으로 먼저 생각해야 한다.

특히 주의할 것은, 어느 경우라도 공정한 비교나 대조가 되기 위해서는 '공통의 기반'이 확보되어야 한다는 점이다. 여기서 공통의 기반이란 두 대상 사이에 서로 공통적인 요소나 층위라고 보면 된다. 예를 들어 권투 경기에서 헤비급 선수와 플라이급 선수의 펀치력을 비교하는 것은 아무 의미가 없다. 이는 비교나 대조를 의미 있게 해 줄 '체급'이라는 공통의 기반을 무시해서이다. KO율은 동급 선수와 싸워서 이긴 결과를 비율로 계산하는 것이다. 아무리 약한 헤비급 선수의 펀치력이라도 플라이급 선수보다 약할 가능성은 거의 없기 때문에 권투 시합은 체급을 정해서 하게 정해진 것이다.

4) 정의(定義): 노예도 인간이다, 그러나……

노예가 무엇이냐는 질문에 이렇게 답했다고 하자.

"노예가 노예지 뭐."

물론 틀린 말은 아니다. 그러나 그것은 똑같은 말을 두 번 반복한 것일 뿐, 노예가 뭐냐는 질문에 대한 대답이라고 볼 수 없다. 만일 이런 식의 질문과 대답이 계속된다면 우리는 모르는 것들에 대해 전혀 알 수 없을 것이다. 사람들은 자기가 모르는 것들이 나올 때마다 한

번씩 더 중얼거리기만 할 테니까.

사실이지 우리는 일상생활에서 많은 낱말들이나 용어들을 별다른 생각 없이 쓰고 있다. 그 결과 정확한 개념을 몰라서 실수와 오류가 발생하는 경우가 적지 않다. 이는 일상생활에서야 그리 큰 문제가 없겠으나, 무엇인가 새로운 것을 이해하는 과정에서는 참으로 엄청난 오해를 불러일으킬 수 있다. 이럴 때 정의는 어떤 대상이나 개념의 내용과 성격, 범위 등을 정하는 설명 방법으로 매우 유효하다.

노예가 무엇이냐는 질문에 다음과 같이 생각하는 과정이 바로 정의의 설명 방법을 낳는다.

노예가 뭐냐고? 글쎄, 노예도 일단 인간 아닌가. 아니다, 아니다, 다르구나. 노예가 인간이라고는 할 수 없지. 왜냐고? 그렇게 되면 모든 인간이 노예란 말이 되니까. 맞다, 그럼 이렇게 정리해 볼까. 노예도 인간은 인간인데 다른 인간들과는 조금 다르니까 그래, '노예는 특별한 인간이다.' 이렇게 말하면 될 것 아냐. 잠깐, 특별한 인간이라고 하는데 뭐가 어떻기에 특별하다는 거야? 그래 하긴 그렇구나. 그럼 '특별한'이란 자리에 노예가 어떻게 특별한가 구체적 이유를 써 주면 되겠네!

노예가 무엇인지 전혀 모르는 막연한 상태에서 '평민', '귀족' 등의 동위 개념과 관계를 맺으며 인간에 속해 있다는 사실을 파악하는 것은 순전히 지적인 능력 덕분이다. 즉, 노예는 특별한 인간이라고 판단하여 '노예는 타인의 합법적 사유 재산인 인간'이라고 정의하는 것은 인간에게 지성이 있으므로 가능하다.

정의는 대개 'A는 B이다' 형식을 취하는데, 이때 A는 피정의항, B는 정의항이라고 부른다. 그래서 피정의항을 종개념으로 잡고, 정의항을 '종차(種差)+유개념(類槪念)'으로 구체적으로 풀어놓으면 체계적인 관계를 이루며 쉽게 이해할 수 있다. 이때 '종차'란 문자 그대로 같은 유개념에 속하는 다른 종개념들과의 차이(差異)를 나타낸다. 만일 '종차'가 없거나 부실하면 다른 종개념들과 차이를 구별할 수 없으므로, 유개념과 종개념과의 관계 설정을 통해 설명할 수 없게 된다. 쉽게 말해 정의란, '현재 모르는 상태'인 피정의항 A를 '이미 알고 있는' 정의항 B로 설명하는 방법이다. 다음 낱말들을 직접 정의해보라.

· 인간이란?

· 폭력이란?

· 문학이란?

· 평화란?

· 사전이란?

만일 정확하게 정의를 하려면 적어도 다음 사항들을 주의해야 한다.

첫째, 피정의항의 개념이 정의항에서 그대로 반복되어서는 안 된다. 예를 들어, 경제학자를 경제학을 연구하는 사람이라고 정의하면 정확한 정의가 아니다. 이 경우는 '노예는 노예다'와 같이 그저 동어 반복에 불과할 뿐 설명이 아니다.

둘째, 정의항에 부정적 표현이 들어가서는 안 된다. 만일 부정적 표현이 들어가면 종차가 엄청나게 복잡해져서 정의항이 너무 방대해진다. 물론 '벙어리'에 대한 정의 등은 예외로 한다.

셋째, 정의항과 피정의항이 역으로도 성립할 수 있어야 한다. 이는 정의항의 범주와 피정의항의 범주가 같아야 한다는 뜻이기도 하다.

5) 분류/구분: 묶어 보고 나누어 보고……

어떤 사람이 서점을 운영하고 있었다. 월간 판매 수익을 결산해 보니까 예상 수익의 절반도 못 되어 사실상 손해였다. 코피까지 흘리며 정말 열심히 일을 한 지난 시간들에 대한 대가치고는 너무 형편없었다. 화가 머리끝까지 치밀어 오른 그는 서가의 책들을 모두 뽑아서 바닥에 내동댕이쳤다. 그러나 그래도 참고 노력해야지 어떻게 하나. 얼마 후 그는 다시 책들을 정리해야 하겠다고 결심했다.

그러나 바닥에 마구 집어던진 수많은 책들을 일일이 허리를 굽혔다 펴며 서가에 꽂을 수는 없는 일. 일단 같은 종류끼리 한군데에 모아놓기 시작했다. 관련 있는 것끼리 모아 놓다 보니 문학 · 어학 · 예술 · 경제 등의 책 무더기가 마침내 만들어졌다. 그는 서가에 책을 한 무더기씩 순식간에 꽂았다. 이제 분류가 왜 필요한지 알 수 있을 것이다.

분류 작업은 어떤 책이 과연 어디에 속한 내용인가 지적으로 판단할 수 있어야 가능하다. 즉, 분류는 아무렇게나 나누거나 묶는 것이 아니다. 예를 들어 50명이 공부하는 교실의 학생들을 아무 생각 없이 5개 집단으로 나누면 기계적 분할을 했을 뿐이다. 그 대신 취미나 주소, 등수 등 어떤 공통적 특성을 기준으로 묶어 내면 분류라 할 수 있다. 따라서 분류를 할 때에는 기준이 명확하고 일정해야 함은 물론이다. 그리고 머릿속으로 무엇인가 끼리끼리 비슷한 면이 없는가 생각하며 범주를 나누어 보는 것도 필요하다. 끝으로 구분은 분류의 역순이라 생각하면 무난하다.

6) 분석: 나눌 수 있다면 나누고 본다

분석이란 사물이나 개념과 같은 일정한 전체를 나름의 관점에서 구성 요소로 나누어 서술하는 설명 방식이다. 따라서 분석의 대상은 일정한 전체를 이루고 있는 구조의 속성을 갖고 있다.

분석에는 여러 가지가 있지만 크게 개념적 분석, 물리적 분석 등으로 나뉜다. 개념적 분석은 특정 개념을 여러 요소별로 나누어 보는 것이며, 물리적 분석은 개체를 구성하고 있는 요소를 분해해 보는 것이다. 물론 그 어느 경우든지 분해한 요소들의 상호 관계와 전체적 의미도 밝혀야 할 필요가 있다.

본질적으로 분석은 '구분'에 포함되는 것이긴 하지만, 양자는 서로 구별된다. 구분에서는 각 개체가 전체 부류에서 그다지 필수적이지는 않다. 이를테면 황색 인종을 한국인과 일본인, 중국인들로 나눌 수 있지만, 그 중 어느 나라 사람이 빠져도 구분은 가능하다. 반면에 분석은 부분이 모두 전체를 위해 필수적인 구성 요소들이기에 하나라도 생략하거나 무시할 수 없다. 또한 분석할 때 나오는 구성 요소들은 서로 동위 개념이지 않아도 좋다. 바로 이러한 점이 분류와 분석을 구별짓는 결정적 요인들이 된다. 다음은 분석이 가능한 목록이니 참고하자.

시계의 기능, 희곡의 구성 요소, 한국인의 의식 구조, 독서 실태, 사람들의 심리, 경제 상황, 주식 시장, 광고의 허와 실, 왜 집에서 기르던 개들이 갑자기 죽었는가, 할리우드 영화의 오락성, 한일 합방의 원인, 과열 경기의 원인 등

덧붙여 분석에 대한 다음의 언급 역시 읽어 둘 만하다.

분석 역시 분석하는 사람의 관심이 어디 있느냐에 따라서 크게 좌우된다. 즉, 똑같은 대상이라 할지라도 그 관심의 방향(유의성)에 따라 서로 다른 뜻에서의 구조물이 된다는 것이다. 예를 들어 사과 하나를 놓고 분석할 때, 식물학자는 그것을 식물 구조물로 보아 꼭지 · 표 · 과육 · 씨 등으로 분석할 테지만, 화가는 그것을 미적 구조물로 보아 형태나 색채의 유형에 의해 분석할 것이다. 또 화학자는 그것을 화학적 구조물로 보아 여러 가지의 화학적 성분으로 분석을 할 것이다. 이것은 물리적 형태를 가지고 있지 않은 것에 대해서도 마찬가지다. 예를 들어 단편소설 하나를 분석한다 할 때, 우리는 그것을 단어의 결합물로 보아서 언어적 구조물로 간주할 수도 있고, 줄거리 · 작중인물 · 주

제 등으로 구성된 허구적 구조물로 다룰 수도 있다…….

＿최상규, 『글, 어떻게 쓸 것인가』, 정음사

4_설명 방법과 사고방식

지금까지 살펴보았던 설명의 여러 방법들은 서로 섞여 쓰이면서 표현과 전달의 의도를 효율적으로 추구한다. 따라서 다양한 설명의 방법들을 자유롭게 구사할 수 있도록 여러 번 꼼꼼히 읽어 자기 것으로 만드는 것이 무엇보다도 중요하다. 설명의 글을 쓸 때는 상대와 직접 만나 대화를 한다고 생각하며, 여러 가지 설명의 방법과 유의 사항 등을 주의하여, 가능한 한 자기의 주관을 너무 개입시키지 않는 대신, 쉽고 재미있게 이해시키려고 노력해야 한다.

설명을 제대로 하기 위해서는 무엇보다도 많이 알아야 한다. 이를 위해 늘 지적인 양분을 계속 흡수하려는 자세가 몸에 배어 있어야 한다. 또한 책읽기를 게을리하지 말며 필요한 사항들을 요령껏 메모하는 능력도 길러 둘 필요가 있다. 여기에 새로운 매체들과 그에 따른 내용들도 곰곰이 살펴보아야 할 것이다.

거듭 강조하건대, 모르는 것이 나오거나 무엇인가에 대해 이해하려고 노력할 때 의도적으로 설명의 방법을 동원하며 사고를 전개하면 매우 효과적이다. 무엇을 설명할 수 있다는 것은 안다는 것을 뜻한다. 설명 방법이야말로 곧 사고방식의 기초라는 점을 잊지 말자. 조금 어렵지만 다음의 내용을 꼼꼼하게 읽어두면 효과적으로 사고할 수 있는 기초가 생긴다.

창조적 사고를 기르기 위해서는 평소에 ① 지정(확인)의 형식으로 질문과 대답을 하는 자세가 중요하다. 아주 간단하므로 한계도 있으나 쉽게 창조적 사고를 이끌 수 있기 때문이다. 지정이 심오한 의미를 갖게 될 때 '직관'이라 부를 수 있다. ② '예를 들어'라는 말을 자주 하는 자세 또한 필요하다. 무엇에 관하여 적절하게 예를 들 수 있다는 것은 창조적 사고에 필요한 '앎'이 충족되었다는 것을 뜻한다. 자꾸 예를 들어보는 태도는 사고의 기초인 셈이다. ③ 또한 무엇이든지 비교하고 대조해 보는 태도도 필요하다. 비교와 대조를 하려면 물론 '공통의 기반'이 있어야 하겠지만, 창조적 사고를 위해서라면 전혀 상관없는 것들을 대상으로 할 경우 더욱 효과적이다. 이를테면 운동장과 곰팡이를 비교/대조하려다 보면 전혀 엉뚱하고 기발한 차원의 생각을 이끌어 낼 수 있다는 것이다. 이러한 사고방식이 함축적으로 작용하며 참신한 의미와 정서를 낳게 되면, 그러한 사고를 '은유적 사고'라 부른다. 마음(추상적 차원)과 호수(구체적 차원)라는 전혀 엉뚱한 대상들도 서로 비교/대조했을 때 "내 마음은 호수"라는 절묘한 시구가 태어난 것이다. ④ 조금 까다롭기는 하지만 무엇이든 자꾸 정의해 보는 노력도 중요하다. 정의란 앞서 이해했듯이 기본적으로 범위의 크고 작음을 토대로 하는 사고 활동이다. 범위가 약간 큰 것을 아는 것으로 삼고, 그보다 범위가 약간 작은 모르는 것을 이해하고자 한다는 점에서 객관적이다. 정의를 하려면 비슷하면서 다른 것들끼리 비교/

대조를 함으로써 공통점과 차이점을 걸러 내 공통점은 유개념으로, 차이점은 종차로 삼는다. 정의는 비교와 대조에서 비롯하는 셈이다. ⑤ 분류와 구분 같은 사고 방법도 긴요하다. 아무 의미 없이 널려 있거나 헝클어져 있는 것들을 묶어서 일정한 공통점을 찾아 의미를 부여하는 활동이 바로 분류(구분)이기 때문이다. 이는 다시 정의와 함께 상위 개념(유개념)과 하위 개념(종개념)의 관계와 직결되며 '체계'를 낳는 기본 사고 활동이다. ⑥ 분석이란 전체와 부분의 관계로 사고하는 방법과 직결된다. 따라서 분석을 할 때에는 전체와 부분도 각각 중요하지만 그들 사이의 관계는 어떠한지 긴밀하게 따져 보아야 한다.

3. 논증하라, 설득하라

우리들은 조금도 양보 없이 목소리를 높여 갔다. 서로의 얼굴이 벌 겋게 물들었고, 어느새 자정을 넘은 시간은 새벽을 향해 줄달음쳐 갔 다. 우주에서는 별들이 폭발하는 소리가 들리는 듯했다. 동이 환하게 터 올 무렵까지 논쟁을 계속하던 우리는 지칠 대로 지친 몸을 일으켜 세웠다. 그리고 각자 집으로 돌아오는 길, 피로 속에서도 무엇인가 뿌 듯한 기분을 느낄 수 있었다. 그것은 새로운 세계의 탄생을 맞이하는 기쁨과도 같았다.

세상에 대한 의문을 해소하기 위하여 우리는 이러저러한 주제들을 놓고 논쟁을 시작한다. 신은 존재하는가 존재하지 않는가. 인간의 본 성은 선한 것인가 악한 것인가. 삶은 과연 살 만한 것인가 그렇지 않 은가. 사형 제도는 폐지해야 하는가 말아야 하는가. 인간의 삶은 환경 에 좌우되는가 아닌가…….

그리하여 인간의 삶이 비록 유한하지만 무한한 질문들을 낳으며,

그에 따른 답들 역시 다르다는 평범한 사실을 깨닫게 될 때까지 사람들은 논쟁을 계속한다. 흔히 논쟁이 벌어지곤 하는 주제들을 몇 가지 더 들어 보자.

① 자동차 세금을 높여야 한다. ② 국민 의례는 번거로우니 과감히 생략해야 한다. ③ 초등학교는 어린이학교로 다시 이름을 바꾸어야 한다. ④ 대중 매체는 좀 더 재미있어야 한다. ⑤ 신은 존재하지 않는다. ⑥ 자식들이 부모를 반드시 부양하게 만드는 법을 제정해야만 한다. ⑦ 대학 입학 시험 제도는 폐지해야 한다. ⑧ 내신 성적 제도를 강화해야 한다. ⑨ 가정 파괴범은 모두 공개적으로 사형시켜야 한다. ⑩ 전국의 모든 학교를 예외 없이 남녀 공학으로 만들어야 한다. ⑪ 교과서는 반드시 만화를 넣어서 만들도록 한다. ⑫ 한글날을 다시 공휴일로 만들어야 한다…….

논쟁은 인생을 바라보는 시각을 이성적으로 한층 성숙하게 만든다. 이성에 바탕을 둔 논쟁은 특정한 주제에 대한 상대의 의견을 주의 깊게 듣고 각자의 생각을 정리하여 표현하기 때문이다. 그러나 곰곰이 생각해 보면 앞서와 같은 논쟁 주제들은 어쩌면 평생 동안에 걸쳐도 결론을 못 내릴 것과 객관적으로 충분히 입증 가능한 것으로 크게 나눌 수 있다. 여기서 후자와 연관되는 주제들과 연관하여 특별히 '논증(論證)'이란 말이 필요하다.

1_논증이라고요?

웬만큼 큰 건물에 들어가보면 '관계자 외 출입 금지'라고 써 붙인 문들을 만나게 된다. 대개 한자로 써 있는 이러한 '위협'들을 보면 기분이 묘해진다. '음, 관계자라……. 관계자라면 어떤 사람을 말하는가…….' 이른바 '관계자'로 불리는 소수의 한정된 사람들을 제외하고는 보는 이들 모두에게 그저 거부감만 준다.

'논증(論證)'이라는 말을 만날 때도 혹시 이런 기분이 들지는 않을까 싶다. 논한다는 뜻의 '논(論)'과 입증한다는 뜻의 '증(證)'이 합쳐진 이 두 글자를 보는 것은 접근 불가라고 경고하는 시위를 대하는 듯하다. 실제로 대부분의 사람들은 논증이라고 하면 벌써 고개부터 흔들기에 바쁘다. '논증(論證)'이란 말은 보통 사람들이 접근하기에는 너무나 거리가 먼 '관계자 외 출입 금지' 식의 표현인 것이다.

그러나 일상생활 속에서 논증은 너무도 흔하게 찾을 수 있다. 이를테면, 논쟁을 할 때는 물론 법정에서 논박을 할 때, 자신의 결정이 과연 옳았는지 스스로 의심해 볼 때 등, 논증은 우리 생활에서 언제나 쉽게 만나 볼 수 있다.

논증은 자신의 주장이 정당함을 상대방에게 합리적으로 입증하는 것이다. 즉, 논증은 자신의 주장이 정당하다는 것을 신빙성 있는 근거를 제시하며 타당하게 입증함을 뜻한다. 따라서 논증은 합리적인 사고를 전개하며 그것을 말이나 글로 표현하는 행위이다. 논증 과정에서는 주장과 근거가 반드시 등장해야 하는데, 논리학에서는 각각 '결론'과 '전제'라고 부른다. 다음은 간단한 논증 형식의 글이다. 시험 답안지를 바꾸는 학생들의 태도에서 문제점을 찾아 이를 근거로 자신의 주장을 펼쳐 나가고 있다.

시험 답안지를 작성하는 학생들의 모습은 사뭇 진지하다. 조그만 컴퓨터용 답안지를 들여다보면서 행여 옆으로 빠져나가지 않을까 동그란 원 안을 까맣게 칠하는 모습은 어찌 보면 예술가의 표정 같기도 하다.

그러나 어쩌다 실수라도 해서 틀리기라도 하면 얼굴 가득 딱한 표정을 짓고 답안지 교환을 요청하는데 대개 두 가지 유형으로 나뉜다. "선생님, 저어 틀렸는데요⋯⋯." 하고 기어들듯 말하는 처분 감수형과 "선생님, 답안지 바꿔 주세요!" 하고 무조건 외치는 자기 주장형이 바로 그것이다. 처분 감수형은 자기가 틀렸다는 사실만 말하면서 선생님께서 알아서 답안지를 바꾸어 주기를 기대하는 유형이며, 자기 주장형은 이유를 말할 생각은 조금도 안 하고 그저 자기가 바라는 것만을 강조하는 유형이다.

그런데 희한한 것은 시험 감독을 하다 보면 처분 감수형이 거의 대부분이라는 것이다. 흔히 요즘 아이들은 자기 주장이 강하다는 것과는 영판 다른 것이다. 일전에 곰곰 생각해 보았더니 학교 안에 아직도 남아 있는 강압적 분위기가 아이들을 처분 감수형으로 만들고, 그렇게 자라난 아이들은 졸업하자마자 곧바로 자기 주장형으로 바뀌는 것이 아닌가 한다.

근거만 대는 처분 감수형과 주장만 강조하는 자기 주장형이 모두 바람직하지 않으므로, 하루빨리 우리 아이들이 자기의 의사 표시를 근거와 주장이라는 형태로 합리적으로 온전하게 내세울 수 있게 하는 교육이 필요하다. 그렇지 않으면 아무런 근거도 제시하지 않고 불쑥 앞으로 뛰어나와 자기 답안지를 바꾸어 가는 안하무인형 학생들을 앞으로 훨씬 많이 볼 수 있게 될 것이다.

한편 논증은 증명까지만 하는 소극적 논증과 자신의 주장대로 생각하고 행동하게 하는 적극적 논증으로 나누기도 한다. 그러나 모든 대상이나 주제에 대하여 논증을 할 필요는 없다. 이를테면 '나는 피자보다 빈대떡이 더 좋다'와 같은 경우는 논증할 수 없다. 어느 것을 더 좋아하는가는 단순히 개인의 기호나 취향일 뿐이지, 이성적으로 증명 가능한 사항이 아니기 때문이다. 또한 누구나 다 아는 사실들도 논증할 필요는 없다. 예를 들어 '사람은 누구나 죽는다'는 문장은 굳이 이성적으로 다시 논증할 만한 사항이 아니다.

그런데 분명하게 짚어 두어야 할 것이 하나 있다. 그것은 반드시 삶의 진실을 위해서 논증이 이루어져야 한다는 진리이다. 그렇지 않을 경우에는 아무리 잘된 논증이라 할지라도 자칫 사람을 속이고 세상을 기만하는 고도의 사기술이 될 수 있기 때문이다. 따라서 논증을 해야 할 때는 언제나 자신이 무엇을 위해서 논증하는지 깊이 고민할 필요가 있다. 논증은 오로지 삶의 진실을 위해서만 존재해야 한다.

2_논증을 잘 하려면

논증은 자신의 주장이 정당함을 신빙성 있는 근거를 제시하여 타당하게 입증하는 글쓰기 방식이다. 이때 주장과 근거는 대개 명제의 형식으로 표현한다. 따라서 논증을 잘 하기 위해서는 명제와 논거, 추론에 대하여 기초 지식을 잘 알아 두어 활용에 지장이 없어야 한다.

그러나 논증이란 말만 들어도 머리가 지끈거려 오는 사람들도 적지 않을 것이다. 논증이란 말까지는 그럭저럭 참았는데 명제니 논거니 추론이니 더 이상은 못 참겠다고 책을 덮으려는 사람들도 있을지 모른다. 하지만 용어는 어디까지나 용어일 뿐이다. 다시 말해 용어는 논증을 정확하고도 쉽게 이해하기 위하여 만들어졌으니 만큼 핵심 용어들의 개념을 잘 익혀 두면 깊이 있게 이해할 수 있다.

1) 명제

논증에 반드시 필요한 주장과 논거를 눈짓이나 몸짓으로 제시할 수는 없다. 그러므로 문자 언어를 사용하는 글쓰기에서는 주장과 논거를 문장 형태의 명제(命題)로 제시해야 한다. 여기서 명제란 '어떤 문제나 대상에 대한 주장, 의견, 판단 등을 나타낸 문장'을 뜻한다. 물론 필자의 주장이나 의견, 판단뿐만 아니라, 주장을 뒷받침해 주는 논거도 모두 명제로 표현하는 것이 적절하다.

명제는 보통 다음의 세 가지 형태로 크게 나눌 수 있다.

· 사실 명제: 무엇이 진실이라고 내세우는 명제이다. 사실 여부를 확인할 수 있다. 대개 '~이다' 꼴로 나타난다.

예: 민주 국가에서는 언론의 자유가 보장된다.

· 정책 명제: 어떤 상태나 행동이 바람직하다고 주장하는 명제이다. 대개 '~해야 한다' 꼴로 나타난다.

예: 인간이라면 모름지기 자신의 부모를 공경해야 한다.

· 가치 명제: 시비, 선악 등에 대한 가치 판단을 제시하는 명제이다. 대개 '~하다' 꼴로 나타난다.

예: 자신의 일에 최선을 다하는 삶이야말로 가장 보람 있는 삶이다.

이러한 세 가지 형태의 명제들은 논증을 진행할 때 서로 연관되며 직접 쓰인다. 당장 이러한 명제들의 앞에 '왜냐하면'이나 '그러므로'를 붙여 쓰면 곧 간단한 형태의 논증이 될 수 있다. 이를테면 '민주 국가에서는 언론의 자유가 보장된다'의 경우, '왜냐하면'을 붙이면 '민주 국가에서는 언론의 자유가 보장된다. 왜냐하면 모든 국민은 알 권리를 가졌기 때문이다'와 같은 논증을 할 수 있다. 이 경우 '왜냐하면'으로 이어지는 문장은 앞의 문장을 주장으로 하는 근거가 되는 것이다.

한편, 똑같은 경우지만 앞의 문장에 '그러므로'를 붙이면 '민주 국가에서는 언론의 자유가 보장된다. 그러므로 모든 국민은 자신이 생각하고 느낀 것을 타인의 간섭이나 방해 없이 자유롭게 표현할 수 있는 권리를 가진다'와 같은 또 다른 논증을 할 수 있다. 이 경우 '그러므로'로 이어지는 문장은 앞의 문장을 근거로 하는 주장이 되는 것이다.

요컨대 논증은 문장으로 표현되는 명제 다음에 '왜냐하면'이나 '그러므로'로 이어지는 역시 문장 형태의 명제를 결합하는 일이라 할 수 있다. 다시 말해 논증의 대상이 되는 글쓰기는 결국 '참이냐 거짓이냐' 또는 '어떤 정책이나 방안을 제시할 것이냐', '얼마나 가치가 있느냐' 등의 차원에서 진행되기 마련이다. 따라서 글을 쓰거나 읽을 때, '사실' 차원이냐, '방안' 차원이냐, '가치' 차원이냐를 잘 따져 보는 것이 중요하다. 모든 논증은 결국 사실 여부를 입증하거나, 가장 적절하고 효과적인 방안을 제시하거나, 얼마나 가치가 있는가와 같은 논의를 설득력 있게 펴 나가는 것이기 때문이다.

한편, 논증을 할 때 명제는 다음과 같은 요건들을 반드시 만족해야 한다.

(1) 단일성: 초점을 정확하게 맞춰라!

예: 한국은 인공 위성을 가져야 하며 자연 보호를 해야 한다. (×)

명제는 하나의 문제를 다루어야 한다. 단일하지 않으면 초점이 분산되어 제대로 추론하기가 어렵다. 만일 하나의 문장에서 두 개 이상의 관념을 주장한다면 그것들은 각기 다른 두 개의 명제로 취급해야 한다. '이럴 수도 있고 저럴 수도 있고' 하는 식으로 어중간한 대신, '초점을 정확하게 맞춰라!'

(2) 명료성: 똑 부러지게 말하라!

예: 모든 대머리들은 머리카락을 보물같이 여긴다. (×)

명제는 의미가 막연하거나 모호한 어휘를 써서 제시해서는 안 된다. 이를테면 '대머리'란 말은 뜻이 모호한 말이다. '대머리'에 대해 어떤 구체적 기준을 댈 수 없기 때문이다. 따라서 논쟁의 근거나 주장이 되는 명제는 막연하거나 모호해서는 안 되며 구체적이고 명확해야 한다. 한마디로 '똑 부러지게 말하라!'는 것이다.

(3) 공정성: 말 같은 말을 하라!
예: 흑인들이 정권을 잡은 남아프리카공화국은 곧 망할 것이다. (×)

예와 같이 적절하지 못한 내용의 명제로는 논증을 제대로 하기가 힘들다. 선입견이나 편견, 인종 차별 등이 담겨 있기 때문이다. 이를테면 인디언은 머리가 나빠서 백인에게 정복되었다느니 하는 식의 표현은 논증을 요하는 객관적 명제로 적절하지 않다. 말이라고 해서 다 말이 아니다. 근거가 명확한 말을 사용해야만 논증을 제대로 할 수 있다.

2) 논거
논거(論據)란 문자 그대로 논증에 필요한 근거를 말한다. 논거는 크게 사실 논거와 의견 논거로 나눌 수 있다.

(1) 사실 논거: '정말 사실이라니까.'
사실 논거는 구체적인 사실을 근거로 하는 논거를 말한다. 이를테면 직접 경험했거나 문헌을 통해 확인한 내용, 직접 실험을 했거나 현장 조사를 한 내용 등 객관적 사실의 근거를 뜻한다.

다음 보기 글은 자신의 경험과 직접 설문 조사한 내용을 토대로 사실적인 근거를 제시하고 있다.

성교육을 제대로 받은 적이 없다. 개인적으로도 그렇고, 우리 반 학생들 50명을 대상으로 실시한 지난 4월의 설문 조사에도 무려 반수 이상의 학생들이 제대로 된 성교육을 받은 적이 없다고 응답했다. 그저 형식적인 성교육은 학생들에게 성에 대한 그릇된 인식을 심어 줄 뿐이다. 따라서 중고등학생들의 성교육을 개선해야 한다.

(2) 의견 논거: '그 사람 말은 믿을 만해.'

의견 논거는 권위자의 의견을 근거로 하는 논거를 말한다. 소견 논거라고도 한다. 그러나 반드시 관련 분야의 권위자여야 인정받을 수 있다. '한강이 다시 깨끗해지고 있다'는 주장을 논증한다고 해 보자.

한강이 다시 깨끗해지고 있다. 특히 30년 동안 한강 수질을 분석해 온 저팔계 박사의 말에 따르면 지난 80년대 이후 계속 악화되던 한강의 오염이 최근 멈춰지면서 조금씩 깨끗해지고 있다는 것이다. 이는 한강에서 한평생 고기잡이를 해 오던 어부 사오정 노인의 말에서도 확인할 수 있는데 그에 따르면 한강은 요즘 눈에 띄게 깨끗해지고 있다는 것이다.

한강의 수질을 30년 동안 연구해 온 저팔계 박사와 한강에서 한평생 고기잡이를 해 온 어부 사오정 노인은 한강에 관해서 말하라면 누구에게도 뒤지지 않을 사람들이다. 따라서 그들의 말은 충분히 믿을 만한 객관적인 권위가 있으므로 의견 논거로서 존중해 줄 수 있다. 권위에 호소하는 오류와는 구별된다.

3_추론

쉽게 말해서 논거와 주장의 연결을 추론(推論)이라 한다. 즉, 추론이란 어떤 논거를 어떤 주장이나 견해에 연결시키는 지적인 노력이다. 따라서 논증이 제대로 이루어지려면 추론이 타당해야 한다. 어떤 논거를 어떤 주장이나 견해에 어떻게 연결하냐에 추론의 성패가 달려 있는 것이다. 아무리 적절한 논거나 주장이라도 추론이라는 연결 과정이 제대로 마련되지 않으면 논증이 불가능하다.

추론에는 대개 연역적 추리와 귀납적 추리라는 두 가지 방법이 있다.

1) 연역적 추리: 확실성 100% 보장!

연역적 추리란 모든 사람들이 믿고 있는 원리나 법칙을 근거로 자신의 주장이나 견해가 정당하다고 입증하는 방법이다. 즉, 일반적인 원리나 법칙을 전제로 삼아서 특수한 사실을 결론으로 도출해 내는 추론 방법이다. 예를 들어 '모든 사람의 인권은 존엄하다'는 전제로

'어떤 사람의 인권도 존엄하지 않을 리 없다'는 결론을 추리해 내는 식이다.

연역적 추리를 간편하게 연역법이라 부르기도 하는데, 흔히 삼단 논법이라고 부르는 추론 방식이 대표적이다. 삼단 논법은 대전제와 소전제를 일반적인 원리로 삼고 특수한 결론을 끄집어내는 추론 방식 이다. 일종의 삼단뛰기와 같은 이 방식을 설명할 때 가장 흔하게 등장 하는 출연자가 바로 그 유명한 철학자 소크라테스이다. 이는 소크라 테스가 독배를 마시고 죽은 사실 때문이겠는데, 잊혀지지 않고 자주 등장하는 것은 좋지만 매번 죽는 역할만 맡으니 애석하기도 하다.

> 모든 사람은 죽는다.　　(대전제)
> 소크라테스는 사람이다. (소전제)
> ────────────────────
> 소크라테스는 죽는다.　　(결론)

그런데 이러한 단계들 가운데 어느 단계든지 굳이 쓰지 않아도 확 실할 때에는 생략하는 경우가 있다. 이를 특별히 '생략된 삼단 논법' 이라 한다. 이를테면 다음과 같은 경우인데 일상생활 속에서 두루 쓰 이고 있는데 잘 의식하지 못할 뿐이다. 이제 삼단 논법에 대해 좀 더 확실하게 이해하기 위해 자세히 읽어 보자.

① '소크라테스는 사람이다. 그러므로 소크라테스는 죽는다.'
　　 — ('모든 사람은 죽는다'는 대전제가 증명할 필요도 없이 너무

도 당연할 때, 또는 그렇게 받아들여질 때 생략 가능한 경우이다.)

② '모든 사람은 죽는다. 그러므로 소크라테스는 죽는다.'

— ('소크라테스는 사람이 분명하다'가 소전제로 인정될 때 생략 가능한 경우이다. 만일 소크라테스가 개 이름이라면 이러한 추론은 성립되지 않는다.)

③ '모든 사람은 죽는다. 소크라테스는 사람이다.' (결론을 생략)

— ('소크라테스가 죽는다'는 결론이 너무도 당연할 때, 또는 그렇게 받아들여질 때 생략 가능한 경우이다.)

다음은 '생략된 삼단 논법'의 예들이다. 질문에 답해 보자.

㉮ 인간이라면 그럴 수 없어. 나도 인간이야.

→ (생략된 '결론'은?   )

㉯ 한국인은 한국 문화를 사랑해야 한다. 그러므로 나도 한국 문화를 사랑해야 한다.

→ (생략된 '소전제'는?   )

㉰ 팔복이와 봉수도 인간이니 신이 사랑한다네.

→ (생략된 '대전제'는?   )

이제 자신이 쓴 내용이 맞는지 확인해 보자. 모두 맞았다면 삼단 논법에 대해 웬만큼 이해했다고 볼 수 있다.

㉮ 생략된 결론은? → 나는 그럴 수 없다.

㉯ 생략된 소전제는? → 나는 한국인이다.

㉰ 생략된 대전제는? → 신은 모든 인간을 사랑한다네.

연역법은 전제가 참이기만 하면 반드시 결론도 참이 된다. 확실성 100%를 보장하는 추론 방법인 것이다. 그러나 전제가 참이 아니라면 논증은 비록 타당해도 결론은 진리와 무관하게 된다는 점을 주의해야 한다. 즉, 삼단 논법 자체는 타당하게 진행되어도 그 내용이 진리와 멀어지는 경우가 생기기 때문이다.

예를 들어 '모든 사람들은 동물을 사랑한다(대전제), 철수는 사람이다(소전제), 그러므로 철수는 동물을 사랑한다(결론)'는 삼단 논법이 있다고 하자. 이 논법은 타당한 논증 단계를 거치고는 있으나 정작 당사자인 철수가 '난 동물이 싫어!'라고 외치면 무슨 의미가 있겠는가. 즉, 논증은 타당하지만 진리와는 거리가 먼 경우가 언제든지 생길 수 있는 것이 바로 연역법이다.

2) 귀납적 추리: 확실성 100% 보장?

연역적 추리와는 달리, 구체적인 여러 가지 사실들을 근거로 하여 자신의 주장이 타당하다고 주장하는 추론이 귀납적 추리이다.

철은 열을 받으면 체적이 팽창한다.

구리는 열을 받으면 체적이 팽창한다.

납은 열을 받으면 체적이 팽창한다. (공통된 특수 사례들)

⋮

철, 구리, 납은 금속의 일부분이다. 가열할 때 금속 분자의 응집력이 감퇴하기 때문에 그 체적이 팽창한다. (공통점)

그러므로 모든 금속은 열을 받으면 그 체적이 팽창한다. (결론)

＿김득순, 『이야기 속의 논리학』, 새날, 약간 고침

귀납법은 개별 사실들을 토대로 일반적인 원리를 이끌어 내므로 과학적 인식에 많이 쓰인다. 그러나 혹시라도 반대되는 경우가 나타날 가능성이 항상 있으므로 대개 가설의 성격을 띠게 마련이다.

따라서 귀납적으로 추리를 할 때 주의해야 할 점은 '① 충분한 수효의 개별 사례들이 검토되어야 하며, ② 검토된 사례는 전형적이어야 하며, ③ 모든 부정적 사례(예외)들이 검토 해명되어야 한다.' 이를 무시하면 아무리 열심히 귀납 추리를 하더라도 타당한 논증을 할 수가 없다.

한편, 귀납 추리 가운데 특히 '유추(類推)'라고도 줄여 말하는 유비 추리는 구체적 사례들이 지닌 몇 가지 유사점들을 근거로 그것들 사이에 또 다른 유사점들이 있을 것이라고 추론하는 방식이다. 예를 들어 어떤 동물의 뇌가 인간의 뇌처럼 중량이 무겁고 피질에 잔주름이 많이 잡혀 있을 때, 그 동물의 지능이 발달했으리라고 생각한다면 바

로 유추를 하는 것이다. 이해를 쉽게 하기 위해 다음의 범행 현장을
보자.

  다음의 사건을 보고 형사 콜롬보는 범인이 도둑질에 익숙하지 않은
초범이라고 생각했다. 콜롬보는 어떻게 그렇게 쉽게 단정지을 수 있
었을까. 이제 여러분 스스로 콜롬보라고 생각하고 추리해 보라.

  각자 추리를 했다면 다음 글을 읽어 보자. 형사 콜롬보가 과거 절도
사건들에서 볼 수 있었던 초범들의 일반적인 범죄 특성을 사건 해결
의 중요한 실마리로 삼고 있음을 알 수 있다.

  능숙한 도둑은 여러 단으로 된 서랍장을 열 때 밑에서부터 열며 뒤
진다. 위에서부터 열면 내용물을 보기가 여간 불편한 것이 아니기 때

문이다. 그러므로 이번 사건의 범인은 초범이다. 그는 무려 6단이나 되는 서랍장을 위에서부터 정신없이 뒤졌던 흔적을 남겼다. 그리고 그 안에 든 귀중품마저 제대로 챙기지 못한 걸로 보아 도둑은 처음 도둑질에 나선 피라미라고 확신한다.

유추는 그 기준이 얼마나 적절하냐에 성패가 달려 있다. 유추의 기준이 본질적인 속성에서 멀면 멀수록 결론 또한 잘못될 가능성이 커지기 때문이다.

앞의 사건을 수사할 때도 콜롬보가 전혀 엉뚱한 단서들을 놓고 유추를 한다면 금세 잘못된 결론이 나온다. 예를 들어 하얀 벽지가 발라져 있으니 이번 사건은 예전에 하얀 벽지가 발라진 집의 사건과 똑같겠다는 식으로 유추한다면 분명 잘못이다. 하얀 벽지가 사건의 본질과 관련되지 않는 한, 그런 식의 유추는 오히려 진실을 왜곡할 수 있다.

결론적으로 귀납법은 연역법과는 달리 도출된 결론에 대해 높은 개연성(蓋然性)을 갖는 추론 방식이다. 즉, 100% 확실성은 보장하지는 못하지만, 높은 가능성을 갖는 셈이다. 따라서 전제가 참이고 결론이 참이라도 그것이 어느 경우이든 100% 확실한 증명이라고 하기는 힘들다.

4_논리성, 독창성, 그리고 진실성

논증을 잘 하기 위해서는 무엇보다도 논제(논점, 쟁점)를 명확히 파악하는 것이 중요하다. 그리고 그에 알맞은 적절한 논거를 찾아서 타당한 추론 과정을 거치며 자신의 주장이나 견해를 논리적으로 펼쳐야 한다.

그러나 반드시 논리적으로 완벽하다고 해서 잘된 논증이라고는 말할 수 없다. 아무리 논리적인 논증도 무엇인가 새로운 각도에서 발전을 가져올 수 있는 독창성이 없다면 구태여 할 필요가 없기 때문이다. 그러므로 논증은 논리적이면서도 독창적이어야 한다. 뻔한 결론, 누구나 다 아는 결론을 힘들여 주장하는 논증은 상대의 관심을 끌지 못한다. 관심을 끌지 못하는 논증이 상대에게 무엇인가를 입증하거나, 생각이나 행동의 변화를 갖고 오게 할 수는 없다. 따라서 논증을 잘하기 위해서는 평소 자신만의 독창적인 시각으로 문제를 바라보는 태도를 가져야 한다.

그러나 훌륭한 논증은 논리성과 독창성을 기본으로 하되, 무엇보다도 '진실해야' 한다. 보편적인 삶의 가치들을 중시하며 무엇인가 새로운 통찰력을 보여 주는 글, 인간적인 고심의 흔적이 흠뻑 배었으면서도 차가운 이성으로 무장된 논리적인 글이 우리가 진정 읽고자 하는 진정한 글이라고 할 때 논증 또한 그러해야 한다. 덧붙여 논리는 논증을 정확하게 다듬어 주는 이성의 횃불일 뿐, 논증 그 자체가 결코 아님을 강조한다.

4. 삶의 오류, 오류의 삶

……그는 입을 꾹 다물고 깊은 생각에 잠겼다. 낮에 있었던 토론에서 상대의 주장은 분명 어딘가 잘못되었다. 그러나 어디가 어떻게 잘못되었는지 도무지 찾기가 어려워 효과적으로 반박하지 못했다. 어디가 잘못되었을까. 답답하다. 그는 서재에서 논리학 책을 한 권 찾아서 한참 들여다보았다. 그리고 어느 순간 자기도 모르게 소리치고 말았다.

"그래, 바로 이거야. 이런 오류를 저질렀구나!"

글은 논리적으로 정확하게 써야 한다. 특히 남을 설득하거나 자신의 의견이나 주장을 논증하는 글을 쓸 때는 더욱 그렇다. 논리적인 설득만이 상대의 이성에 합리적으로 호소하는 강력한 힘을 갖기 때문이다.

그러나 대개의 경우 자기도 모르게 논리적이지 못한 글을 쓰게 되니 탈이다. 지금부터 실제 글을 쓸 때 부딪히기 쉬운 여러 가지 오류들을 자세히 살펴보자. 아무리 창조적인 사고라고 해도 논리적으로 결함이 있다면 치명적일 수 있기 때문이다.

1_오류, 오류, 오류

우리는 일상생활에서 수많은 말과 글을 접하게 된다. 많거나 적거나 그러한 말과 글 가운데서 논리적으로 올바르지 못한 잘못을 찾을 수 있다. 이렇게 논리적으로 올바르지 못한 잘못을 특별히 '오류'라 부른다.

이제부터 살펴보는 오류들은 대개 잘 알려진 것들이다. 이 오류들은 오랜 세월에 걸쳐 수많은 사람들이 공통적으로 범하는 잘못들이다. 따라서 각 오류들의 양상과 원인을 정확히 파악하고 이를 멀리할 수 있다면 논리 전개의 잘못 또한 상당히 줄일 수 있다. 논리학에서는 논리의 정확성을 보장하기 위해서 아예 오류들을 따로 정리해 놓고 경계의 대상으로 삼아 강조하기까지 한다. 여기서는 논리학 자체의 지식 습득이 목표가 아니므로, 글을 쓸 때 흔히 범하는 오류들을 중심으로 알아본다.

2_대표적인 오류들을 점검하자

1) 아니 그렇게 간단한 오류를……

신(神)은 있는가 없는가. 논쟁을 벌이다가 다음과 같이 말했다고 하자. 논리적으로 타당한가 아닌가.

만일 이 세상에 악이 존재하지 않는다면 신이 존재한다고 할 수 있겠지. 그런데 불행히도 악은 존재하거든. 따라서 신이 존재한다고는 할 수 없지.

'악이 존재하지 않는다면 신이 있다'는 말이 곧 '악이 존재한다고 해서 신이 있지 않다'는 뜻이 될 수는 없다. (* 이러한 오류를 '전건 부정의 오류'라고 부른다. 또한 '후건 긍정의 오류'라는 것도 있으니 오류에 대해 더 알고 싶으면 특히 형식 논리학 전문서들을 참고하자.)

이제 논리학 책에서 흔히 제시하는 다음 논증을 하나 더 읽어 보자. 논리적으로 타당한가 아닌가.

나의 운명은 결정되어 있든지, 결정되어 있지 않을 것이다. 만일 나의 운명이 결정되어 있다면, 나의 삶은 내가 의지하는 대로 전개될 것이다. 만일 나의 운명이 결정되어 있지 않다면, 역시 나의 삶은 내가 의지하는 대로 전개될 것이다. 따라서 나의 삶은 내가 의지하는 대로 전개될 것이다.

흔히 '단순 양도 논법'이라고 부르는 타당한 논법이다. 그러나 이는 타당하지만 받아들일 수는 없는 논증이다. 왜냐하면, 세 번째 문장에서 '역시 나의 삶은 내가 의지하는 대로 전개될 것이다'라는 부분은 실제로는 전개되지 않을 가능성이 있기 때문이다. 논리적으로 타당하다고 해서 모두 현실적으로 실현 가능하다는 뜻은 아닌 것이다. 여기에 논리와 현실 사이의 거리가 있다. 전제 자체를 받아들이기 어려우므로 받아들일 수 없는 논증인 것이다.

함께 해 봅시다

· 다음의 논리 전개가 왜 오류인지 생각해 보자.
① 만일 지구가 태양의 주위를 돈다면, 태양이 지구 주위를 도는 것이 아니다. 그런데 태양이 지구 주위를 도는 것은 아니다. 그러므로 지구는 태양의 주위를 돈다.
② '만약' 어떤 사람이 범죄 시에 총을 '사용했다면' 그는 추가로 처벌을 받아야 한다. 시몬은 추가로 처벌을 받았다. '그러므로' 시몬은 범죄 시에 총을 사용했다. (빈센트 라이언 루기에로)

2) 꼬리에 꼬리를 물고 이어지는 오류

책을 읽다가 다음과 같은 대목을 발견했다. 이 논증은 오류를 범하고 있는가 아닌가.

성경의 글은 모두 하나님의 말이다. 성경이 하나님의 말씀인 것은 성경에 쓰여 있기 때문이다. 그러므로 성경이 하나님의 말씀인 것은 분명하다.

이 논증은 분명히 오류를 범하고 있다. 왜냐하면 성경이 '하느님의 말씀'이라는 사실을 증명하지 않고 전제와 결론에 번갈아 가면서 쓰고 있기 때문이다. 이와 같이 결론은 전제에, 전제는 결론에 의지하거나, 또는 전제나 결론을 단순하면서도 교묘하게 뒤바꿔서 쓰는 경우, '순환 논리의 오류'를 범했다고 한다.

함께 해 봅시다

· 다음의 논리 전개가 왜 오류인지 생각해 보자.

① 모든 사람에게 표현의 자유를 무제한 허용하는 것은 언제나 국가 전체에 이익이 된다. 왜냐하면 개개인이 자신의 감정과 의사를 표현할 자유를 완전하게 누리는 것은 공동체의 이익을 증진시키기 때문이다.

② 음주가 알라 신의 뜻에 위배된다는 것은 코란에 적혀 있다. 코란에 적혀 있는 것은 모두 옳다. 코란은 알라 신의 명령으로 씌어진 것이기 때문이다. 코란 자체가 알라 신의 명령으로 씌어졌다고 적어 놓고 있으니까.

3) 하나를 보면 백을 안다는 오류

일제 강점기 동안 일본인들은 한국인들을 착취하며 종종 다음과 같이 말했다. 오류를 범했는가 아닌가.

한국 사람은 역시 때려야 말을 잘 듣거든. 오늘 맹구란 놈이 세금을 제때 낸 것만 해도 그래. 세금 안 냈다고 어제 흠씬 패 주었더니 제격해 왔잖아. 그저 한국인들에겐 매가 약이야.

여기에는 한국 사람을 의도적으로 낮추어 보려는 악의가 개입되어 있다. 또한 협박이나 강압, 폭력에 의한 인간 행동의 변화를 논리적으로 해명하려는 것은 불가능하다. 그러나 굳이 논증의 형태로 보고 말하자면, 앞의 논리 전개는 '성급한 일반화의 오류'를 범하고 있다. 맹구가 모든 한국인을 대표할 수는 없기 때문이다.

이 말을 다시 논증 형식으로 정리하면 다음과 같다.

맹구를 때리니까 말을 잘 듣는다.   (대전제)

맹구는 한국 사람이다.   (소전제)
_____
따라서 한국 사람은 때리면 말을 잘 듣는다.   (결론)

성급한 일반화의 오류는 일부 제한된 경우만을 대상으로 판단하여 모든 경우들이 공통적인 속성을 갖고 있다고 섣불리 일반화하는 오류이다. 그러므로 이러한 오류를 막기 위해서는 늘 반대되는 사례를 떠올려 보는 자세가 중요하다. 나아가 일반화를 할 때 그 범위를 적절히 결정하는 것도 잊지 말아야 한다. 즉, '몇몇'에 해당하는지 '대부분' 또는 '모든'을 붙여도 되는지 따져 보면 성급한 일반화의 오류는 간단하게 예방할 수 있다.

함께 해 봅시다

· 다음의 논리 전개가 왜 오류인지 생각해 보자.
 ① 어제 버스 안에서 여학생들이 큰 소리로 떠들고 있었지. 요즘 여학생들은 확실히 모두 예의가 없어.
 ② TV를 보느라 우리집 아이들은 책을 안 읽더군. 역시 영상 매체는 독서의 적이야.

4) 흑과 백뿐이라는 오류

수년 전, 통일에 대해 논의하는 어느 토론회에서 나온 발언이다.

> 우리 정부의 통일 정책에 반대한다는 말인가. 그렇다면 북한의 통일 정책에 찬성한다는 말이군. 당신은 그것이 이적 행위라는 것을 알고 있는가.

단지 정부의 통일 정책에 반대한다는 사실이 곧바로 북한의 통일 정책에 대한 찬성이라고는 볼 수 없다. 통일을 위한 정책은 그야말로 수많이 나올 수 있기 때문이다. 이러한 오류는 이 세상에 가능한 경우의 수는 오직 두 가지 뿐이라는 식의 편협한 사고에서 빚어지는 것이다.

그러나 생각해 보라. 이 세상에서 볼 수 있는 색깔의 수만 해도 흑과 백이라는 두 가지를 넘어서 엄청나다. 다양한 가능성을 무시한 채 오직 선택 가능성을 둘로 잡고 하나가 아니니 나머지 하나라는 식의 억지 결론을 내리는 이런 오류를 '흑백 사고의 오류'라고 한다.

함께 해 봅시다

· 다음의 논리 전개가 왜 오류인지 생각해 보자.
① 신이 존재하지 않는다고? 그럼 당신은 무신론자이군요.
② 지난 여름에는 모기, 파리 등과 같은 벌레들이 도처에서 들끓었다. 그런데 사마귀는 지난 여름에 도처에서 들끓지 않았다. 그러므로 사마귀는 벌레가 아니다. (S. F. 바커)

5) 사람으로 비롯되는 오류

어이구 그 사람 얘기는 콩으로 메주를 쑨다고 해도 안 믿네. 자기네 집안도 제대로 관리하지 못하면서 무슨 사회 봉사를 한답시고 떠들고 다니나. 그러니 그만 말하게. 그 사람 얘기라면 듣기도 싫으니까.

어떤 사람이 사회 봉사를 한다면 그 자체로 판단되어야지 자기 집안을 제대로 관리하냐 못하냐는 들먹일 필요가 없다. 이런 오류는 여성에 대한 편견에도 흔히 개입되곤 한다. 이를테면 '여자가 뭘 안다고 나서냐'는 식의 빈정거림에는, 무엇을 안다는 사실과 여성이라는 성별이 전혀 관련 없는데도 연관시켰으므로 명백한 오류다.

이와 같이 어떤 주장을 그 자체의 부실함으로 비판하는 대신에 주장하는 사람의 인격 · 성품 · 성별 · 직업, 과거나 현재의 행적 등을 제시하며 판단하고자 할 때 흔히 오류를 범하게 된다. 이것이 사람으로 비롯되는 오류인데, 여기에는 '인신 공격의 오류', '피장파장의 오류' 등이 있다. 특히 피장파장의 오류는 자신의 잘못을 상대의 잘못에 연계시킴으로써 모면하려는 태도에서 발생한다.

■■ 함께 해 봅시다

· 다음의 논리 전개가 왜 오류인지 생각해 보자.
① 소련 공산당은 1930년대에, 오스트리아 태생의 가톨릭 교회의 수사 멘델이 발견한 유전 학설을 유산 계급의 공리공론이라고 하여 거부하였다. 왜냐하면 멘델의 유전학설은 수사(修士)라는 유산 계급이 지닌 사고방식의 소산이기 때문이다. (W. C. 샐먼)
② 그렇게 젊은 사람이 알면 뭘 알겠어. 더구나 대학도 안 나온 사람이 뭘 안다고 책을 썼다는 게야.

6) 감정에 호소하는 오류

인정이 많은 아이가 있었다. 자기도 비록 전교에서 바닥을 기는 등수지만 시험 볼 때 친구를 돕겠다고 부정 행위를 하다가 들켰다. 자신의 점수를 올리려 한 것이 아님은 녀석의 석차가 더 떨어졌다는 데서도 알 수 있었다. 교장 선생님께서 야단을 치시는 자리에서 그 아이는 울면서 이렇게 말했다.

> 선생님, 제가 잘못했습니다. 그러나 분명히 제 자신이 아닌 친구를 위해서 한 행동입니다. 저야 부모님께서 다 계시니 공부를 못해도 살아갈 수 있지만 제 친구는 너무나 어렵게 공부하기 때문에 반드시 좋은 성적을 내야만 앞날이 보장된다고 생각했습니다. 지금 친구는 좋은 성적을 내는 것이 무엇보다도 중요하다고 생각해서 한 행동이었습니다. 저는 벌을 받아도 좋으니 친구는 제발 이번 한번만 용서해 주시기 바랍니다.

아이는 자신의 주장을 객관적이고 논리적으로 펼치지 않고, 주관적·심리적으로 펼치며 교장 선생님을 설득하려 하고 있다. 이렇게 어떤 판단을 받아들이게 하기 위하여 상대의 동정이나 공포, 증오 등의 심리적 측면에 호소하는 오류가 바로 '심리적 오류'이다.

특히 공포나 증오 등의 감정에 호소하는 오류는 대중들 전체에 의도적으로 행해질 수 있다. 흔히 대중 심리에 호소하는 오류도 여기에 속한다. 이를테면 지하철 파업으로 노사 문제가 격렬해질 때 지하철

공사 측에서 내는 성명문에는 대개 '파업으로 인한 모든 결과는 당신들이 책임져야 한다'는 식의 대목이 가끔 나오는데, 이는 파업이 일어날 수밖에 없는 상황을 개선하거나 평화적인 협상 타결에 전혀 도움이 되지 않는 일종의 협박일 뿐이다.

■■■ 함께 해 봅시다

· 다음의 논리 전개가 왜 오류인지 생각해 보자.

① 내가 국회의원에 나선 것은 오직 여러분들을 위해서라는 것을 천지신명이 잘 알고 계실 것입니다. 여러분, 생각해 보십시오. 그동안 여러분들을 위해 나선 국회의원이 얼마나 되었는가를. 저, 이완용은 여러분들을 위해 태어난 사람이올시다. 여러분, 저를 국회로 보내 주시기만 한다면……

② 이 책은 아무나 살 수 있는 책이 아닙니다. 사모님같이 슬하에 훌륭한 아드님을 두고 계신 분만이 살 수 있는 것입니다. 저 역시 아무한테나 이 책을 팔지 않습니다. 저도 자존심이 있는 세일즈맨입니다. 정말 귀한 분들에게만 판매하고 있을 뿐입니다. 저어, 사모님. 그럼, 몇 질이나 드릴까요?

3_논리와 현실

지금까지 일상생활에서 흔히 범하는 오류들에 대해 살펴보았다. 이를 바탕으로 여러분은 자신의 글에서 오류를 피하고, 남이 쓴 글에서는 오류를 찾아낼 수 있도록 좀더 노력해야 할 것이다.

끝으로 충고 하나를 덧붙인다. 글쓰기에 논리적 사고가 중요하다고 해서 처음부터 너무 지나치게 논리학에 의존하려는 태도는 별로 좋지 않다. 논리적 사고를 키울 수 있는 가장 좋은 방법은 우선 자기 스스로 모든 경우들에 대해 비판적으로 검토해 보는 자세를 갖는 것이다. 따라서 논리학적인 지식은 어디까지나 논리적인 사고를 보완해 주는 정도라 생각하는 것이 현명하다. 논리적 사고를 키울 수 있는 가장 좋은 선생님은 '현실'이라는 말도 이와 관련된다고 하겠다. 또한, 살다가 실수하는 경우는 얼마든지 있으나, 잘못된 방향으로 뒤틀린 삶은 절대로 인정받지 못한다. 삶의 오류는 있을 수 있으나, 오류의 삶은 용서받지 못하는 것이다.

함께 해 봅시다

· 앞 절의 대표적인 오류들 가운데 1)은 부당한 논증 형식이라는 측면에서, 2)는 타당한 논증 형식이라는 측면에서 살펴보았으나 모두 '형식적 오류'에 속한다. 형식적 오류에는 어떤 것들이 있는지 조사하고 예를 2~3개 정도 들어 보자.

· 3)과 4)는 모두 세계에 대한 인식이 잘못되어서 빚어지는 오류로서 '자료적 오류'에 속한다. 자료적 오류에는 어떤 것들이 있는지 조사하고 예를 2~3개 정도 들어 보자.

· 5)는 사람에 호소하므로, 6)은 감정에 호소하므로 모두 '심리적 오류'라고 말한다. 논리학에서 말하는 심리적 오류에는 어떤 것들이 있는지 조사하고 역시 예를 2~3개 정도 들어 보자.

5. 삶을 위한 글쓰기

매일 연기를 뿜는 굴뚝, 공장의 폐수, 늘어진 전깃줄, 웅웅거리며 움직이는 층계, 아침마다 침몰하는 듯한 도시의 하늘, 어두운 뒷골목의 얼굴들……. 21세기, 우리는 왜 사는가라는 질문을 새삼 또 던지게 된다. 그리고 어떻게 살 것인가에 고민하고 방황한다.

과연 고도 산업 사회의 문명 속에서 인간 존재는 어떠한 의미를 가지고 있으며, 어떤 삶을 살아야 인간다운 것일까. 물질의 풍족함과 기술의 편리함 속에서 우리는 정말 인간다운 삶을 살고 있기나 한 것일까.

살아가면서 우리는 무수히 많은 글자들을 본다. 그것들이 다시 의미 있게 모인 수많은 글들과 만나게 된다. 그런가 하면, 때로 감정적으로나 이성적으로, 여러 가지 종류의 글들을 쓰게 된다. 어찌 보면 사람 사는 일이란 그가 만나고 쓰게 되는 모든 글들로 다시 정리될 수 있는지도 모른다. 특히 실용문의 경우는 체험을 예술적인 형태로 표현하는 문예문과는 달리, 직접적으로 글쓴이의 삶을 보여 준다는 점에서 그러하다. 이제 일상적인 삶에서 흔히 읽고 쓰게 되는 실용문들을 직접 쓰면서 사고력을 기르고 나아가 삶 자체를 향상시키는 방도를 살펴보도록 하자.

1_이거야 원 답답해서: 독자 투고 쓰기

신문은 누가 만드는가. 인쇄소 기술자? 신문 기자? 정치 권력?……. 물론 각 기사들은 신문 기자가, 그것보다 좀더 높은 차원에서 권력이 '보이지 않게' 신문의 전체 내용과 형식을 좌우한다.

하지만 신문은 어디까지나 그것을 읽는 사람들, 곧 독자들이 만든다. 민주주의가 성숙한 나라일수록 신문은 분명 독자들이 만든다. 최근 우리나라의 신문에서 앞다투어 옴부즈맨 제도라든가 모니터 제도를 도입하는 것도 한 예이다. 또한, 독자 투고란은 독자들이 신문을 만들고 있다는 가장 분명한 증거이다.

최근 사회의 변화와 함께 우리나라에서도 모든 신문들이 거의 날마다 많은 독자들의 글을 싣고 있다. 이러한 독자 투고야말로 독자들이 만드는 여론의 광장으로서 해묵은 논쟁거리에서부터 최근 진행 중인 최근 사건에 이르기까지 자기 나름의 견해 표명과 문제 제기 등 평범한 이웃들이 쓴 생생한 글을 만날 수 있다. 다음은 교육 개혁이 지지부진한 데 대하여 중앙 일간지에 실린 독자 투고의 일부다. 이 글을 쓴 독자는 현직 교사로서 교육 개혁을 막는 무리들을 5가지 '공공의 적'으로 나누어 통렬하게 공박하고 있다.

교육 개혁의 오적은 누구인가

'을사오적'과 '김지하의 오적'의 전설처럼 교육 개혁에는 오적이 없는가. 교육 개혁의 본질적 규명은 명백히 실재하는 오적의 실체를 인정하지 않으면 불가능하다. 교육부 관료 집단, 사학 재단, 재벌 자본가, 국회 교육위원회, 대학 집단이 "간뗑이가 부어 남산만 하고 목 질기기가 동탁 배꼽 같은 천하 흉폭"한 교육 개혁의 오적이다.

첫째, 교육부의 관료 집단은 정부 기구 안에서 가장 폐쇄적이고 권위적인 집단이다. 교육부-교육청-학교장으로 위계화된 관료 조직은 주인과 마름의 주종 관계를 맺고, 교육 행정의 효율성과 조직 운영의 합리성만을 추구할 뿐 진정 교육 개혁에는 관심이 없다. [……]

둘째, 사학 재단은 절반 이상의 공교육을 담당하고 있지만 공교육은 안중에도 없다. 학생 장사로 돈벌이와 부동산 투기에 더 많은 관심을 갖고 있기 때문이다. 이들의 문어발식 사업 확장은 재벌 뺨치는 수준이다. 사학 재단은 수억 원의 국가 재원을 받아 덩치 키우기에만 골몰하고 있다. 전입금이 전무해도 종이 감사 뿐이니 손 짚고 헤엄치는 꼴이다. [……]

셋째, 재벌 자본가는 아예 교육에 대해 직접 개입을 시도하고 있다.

노동 인력의 질 향상에 투자되는 추가 비용에 비해 공교육을 직접 지배하는 것이 훨씬 남는 장사가 되고, 순응과 복종의 품성을 갖춘 인력을 재생산할 수 있기 때문이다. 재벌은 대학교 인수, 자립형 사립학교의 확대, 교원 노조에 대한 거부 반응, 언론을 통한 대국민 여론몰이, 대학 교육에 대한 영향력 행사로 노동 시장을 유연하게 만들어 가고 싶어한다. 〔……〕

넷째, 국회 교육위원회는 그 뻔뻔하기가 하늘을 찌르고 행동거지는 조폭을 비웃는 꼴이다. 사학 재단과 직·간접적 관계에 있는 의원들이 교육위원회를 장악하고, 소속 정당의 당론에 결정적 영향을 행사하며, 교육 정책의 결정과 교육 관계법을 제·개정하는 과정에서 사학 재단과 재벌 자본가의 '대변인'을 자처하고 있기 때문이다. 각종 감사는 요식 행위로 전락하기 일쑤고, 대형 사학 비리 사건이 터져도 묵묵부답이다. 검은 돈에 약하기 때문이다. 〔……〕

다섯째, 대학은 덩치만 비대해진 우물 안의 개구리 집단이다. 교육 개혁의 본질은 대학 개혁에 있다. 학벌로 줄 세워진 대학에 성적으로 줄 세워진 학생들이 줄줄이 들어오는데 굳이 개혁에 나설 필요가 없다. 학벌이 잘 먹여 살려 주고 있고, 학생 장사로 덩치 키우며, 부동산 투기로 대대손손 돈 장사 잘하고 있으니 손대지 않고 코 푸는 꼴이다. 〔……〕

이 글에서 언급된 교육 개혁의 '오적'들이 어떤 반응을 보일지 궁금하다. 여러분의 생각은 어떤가? 이렇게 전문적 수준에서 우리 교육 현실의 병폐를 예리하게 질타하는 글은 독자들에게 교육 개혁에 저항하는 세력들이 과연 누구인지 곱씹어 보게 해 준다. 굳이 전문가의 학술 논문을 찾지 않아도 우리 현실을 꿰뚫어 볼 수 있는 우리 이웃의 현자들을 만날 수 있는 곳, 그곳이 바로 신문 독자 투고란이다.

그럼 독자 투고란에 쓸 만한 글의 주제들로는 무엇이 있을까.

대답은 뜻밖에도 간단하다. 평소 답답하게 생각했던 것들을 '확 풀어놓으면' 된다. 그러나 주위를 잘 둘러보고 문제를 찾아내는 지혜 없이는 아무나 독자 투고글을 쓰지 못한다. 아무리 절실하게 가슴에 사무쳐 오는 주제라도 지나치게 개인적인 차원에서 접근한다면 투고하나마나다. 그런 글은 집안이나 동네에서 발간하는 신문이라면 가능할지도 모른다.

이제 특정한 사건이나 문제에 대해 자신의 의견을 신문에 투고한다고 가정해 보자. 지나치게 어렵게 생각할 필요는 없다. 적어도 신문을 자세히 들여다보면 쓸 만한 거리를 찾기란 어렵지 않다. 세금 부담률이 과연 정당하게 되어 있는지, 별다른 예고도 없이 훌쩍 바뀌어 버린 대입 제도의 변화는 정말로 개혁이라 할 수 있을지, 공공 요금의 인상이 너무 자주 있지는 않은지, 쓸거리는 도처에 널려 있다!

이러한 주제들을 찾고는 그저 잡담과 불평, 불만과 투정으로 흘려보내는 대신 자신의 생각을 잘 다듬어 글로 정리하자. 현실을 어떤 식으로든 개선하는 데 보탬이 될 수 있도록 글로 써서 독자 투고를 해 보자.

단, 신문사에 보내는 독자 투고는 다음 사항들을 주의해야 한다.

독자 투고 때 유의할 점은 무엇보다 글을 쓰는 목적이 뚜렷하고 투고의 내용에 일관성이 있어야 한다는 것이다. 신문사는 특히 투고자의 독특한 의견이 담긴 글을 환영하기 때문에 이미 알려진 주장이나 견해를 다시 정리해 보내는 것보다는 자신의 생각을 설득력 있게 펴는 투고가 환영을 받는 것은 당연하며 다른 독자들도 읽고 공감하고 흥미를 가질 수 있는 내용이면 더욱 좋다.

__조선일보 독자부 기자 이선민, 『월간 현상 공모 가이드』 기사에서

그리고 한 가지 더 유의할 점. 독자 투고는 길어야 5~6매를 넘기지 않아야 한다. 물론 글의 내용과 전개에 따라 다르겠지만, 어쨌든 '길면 잘린다!'

2_굽어 살피소서: 기도문 쓰기

'기도문 쓰기? 이런 것도 써야 하나. 이것도 생각하기 공부인가……'

의아해하고 당혹스러워하는 목소리들이 들린다. 또 한편으로는, '나는 기독교 신자가 아니야' 하고 불만스럽게 생각하는 사람도 있을 듯싶다.

그러나 기도는 인간의 마음을 가장 진실하게 드러내는 성스럽고도 아름다운 행위이다. 따라서 기도는 꼭 '특정한 신에게 드리는 간구(懇

求)'만은 아니다. 특히 신을 믿는 사람만이 기도하는 것이라고 생각한다면 그것은 고정관념일 뿐이다. 종교를 갖지 않고서도 식사하기 전에 눈을 감고 감사의 마음을 표할 수 있듯이, 기도 역시 종교와 상관없이 할 수 있다. 여기에 대해 끝내 '불만'이 있는 분이 있다면 그를 위하여 또한 기도하리니!

다음은 한평생 평교사로서 오직 학생들을 가르쳐 온 서울여고 임종철 선생님의 기도문이다. 무심히 읽다가 기도문이야말로 참 아름다운 글이라는 생각이 문득 들었던 기억이 난다. 그리고 매일은 아니더라도 기도하는 마음이 담긴 글을 자주 써야겠다는 마음이 솟구치기까지 했다.

성적만이 성공의 열쇠라고 구호를 외치며 점수 벌레를 양성하는 것을 자랑으로 여기는 교사가 되지 않고, 어릴 적부터 바른 마음가짐과 행동거지를 몸에 차근차근 익히는 것이 인생의 알찬 열매를 거두는 참된 지혜라는 것을 가장 소중한 가르침이라고 믿는 줏대 있고 고집스런 교사가 되도록 힘쓰겠습니다.

하는 수 없이 매로 다스려야 할 때는 감정을 억누르며 이성을 지니고 추상같이 엄하게 다스리며, 다스리고 난 뒤에는 열 일을 제쳐두고서라도 아픔을 어루만져 주어 학생이 결코 저를 떠나지 않는 교사가 되도록 힘껏 노력하겠습니다.

부모 없는 학생에게는 부모 같은 교사, 외로운 학생에게는 친구 같은 교사가 되어 어떤 일일지라도 제일 먼저 찾아와 마음 터놓고 믿고

의논할 수 있는 상대자라고 생각하여 주는 교사가 되도록 노력하겠습니다.

이와 같은 교사가 되기 위하여는 귀찮은 때가 하루에도 한두 번이 아니며 괴로울 때도 여러 번 있으나, 도리어 즐거움과 기쁨으로 받아들일 수 있는 총명을 주시며, 이웃의 입방아에도 꿋꿋하게 견뎌 낼 수 있는 용기를 주시며, 비록 빠른 날짜 안에 성과를 보지 못한다 해도 조급해 하거나 실망하지 않고 느긋하게 지켜보며 기다리는 참을성 있는 교사가 되도록 힘쓰겠습니다.

그리하여 훌륭한 사람으로 다시 태어나더라도 저 홀로의 공이라고 가볍게 떠들어 대는 교사가 되지 않고, 도리어 교사로서의 본분을 다하였다는 겸손한 기쁨에 넘치며, 평교사로서도 자존심과 긍지를 가지고 마음 편하게 지낼 수 있는 도량을 주시며, 언제나 바른 것이 바로 보일 수 있도록 맑고 깨끗한 마음을 불어넣어 주시며, 학생으로부터 존경에 어긋나는 언행은 티끌만큼이라도 하지 않도록 번쩍이는 눈을 늘 부릅뜨게 해 주시며, 남이 무엇을 하는가를 살피지 않고 제가 무엇을 게을리 하였는가를 다시 챙겨 보도록 모질게 채찍질하여 주시며, 제가 맡은 학생이 한 해 동안 하나같이 튼튼하고 탈없이 학업을 마칠 수 있도록 축복을 듬뿍 내려 주옵소서.

__임종철, 『소중한 편지, 작은 가르침』, 동반인

누군가를 위해서 진심으로 자신의 마음을 다해 간구하는 글. 기도문이야말로 잘 쓰고 못 쓰고를 떠나 가장 영혼이 담길 글이다. 또한,

매일 자신의 삶을 돌이켜 보는 자세가 있을 때, 늘 이웃의 삶에 따스한 애정을 가질 때, 어떤 어려움도 능히 헤쳐 나갈 수 있다는 자신이 있을 때, 비로소 쓸 수 있는 글이 기도문이다. 기도문을 쓰는 삶은 영혼과 삶이 하나로 의미 있게 묶이는 윤기 있는 삶이다.

이제 자신의 내면 깊숙이 가장 바라는 내용을 기도문 형식으로 써 보자. 기도문을 쓸 때는 대체로 마음속에 성스러운 존재(그것을 꼭 신이라 부르든 말든)를 설정하고 말하듯 쓰는 것이 좋다. 기도문은 그 마음에 따라 평가된다. 정성을 다해 자신의 마음을 드러내며 소망하라. 다음은 기도에 대한 명언들이다.

엄격한 생활의 희열을 느껴라. 그리고 기도하라. 끊임없이 기도하라. 기도는 힘의 저장소이다. (C. P. 보들레르, 『내밀의 일기』)

기도할 수 있는 신을 가지고 싶어하는 것은 인간의 욕망의 하나이다. (M. 로슈발트, 『제7지하호』)

사랑이 지나친 법이 없듯이 기도가 지나친 법은 더욱 없다. (V. M. 위고)

기도는 괴로움을 가볍게 하고 환희를 순화시킨다. 그것은 혼을 즐겁게 하고, 마음에 하늘의 향기를 뿌린다. (F. R. 람네)

기도는 어떤 목적을 위한 수단이 될 수가 없다. 기도는 그 자체가 하나의 목적이다. (B. S. 라즈니쉬, 「마음으로 가는 길」)

__이어령 엮음, 『문장 백과대사전』, 금성출판사

3_한번 읽어 보자: 책 소개글

'책은 마음의 양식이다. 책을 읽어야 영혼이 살찐다.'

그러나 이는 너무 흔한 표현들이다. 책읽기는 삶 그 자체이다. 책은 삶을 보여 주고 드러낸다. 어떤 책을 읽고 있는가는 지하철에서 어떤 신문을 보고 있느냐 이상으로 그 사람에 대해 웅변해 준다.

여러분 모두 독후감을 써 보았던 기억이 있을 것이다. 그런 글들 가운데 지금까지 기억나는 대목은 얼마나 있을까. 아니면 독후감을 써서 책읽기가 더욱더 즐거워졌던 경험이 있었을까. 대체로 답은 '아니올시다'일 것이다. 독후감을 쓰면서 책읽기도 싫어졌고 글쓰기도 싫어졌다는 경우가 거의 대부분이다.

이제 그렇게 딱딱한 독후감 대신에 책 소개글을 써 보자. 책 소개글이라고 해서 무슨 대단한 형식을 갖춘 글이라고 오해하면 곤란하다. 그저 작가나 출판사, 주제 등에 대해 간단히 말하고, 가장 재미있고 인상적인 부분들을 한두 대목 정도 소개하는 글이라고 생각하면 된다. 좋은 책을 읽고 친구에게 가벼운 마음으로 소개해 주듯이 쓰면 되는 것이다.

물론 책 소개는 조금 더 정성을 기울여 다음과 같이 할 수도 있다.

이 글은 본격적으로 책 소개를 하기 위해 쓴 글이다.

    매일 수많은 책들이 쏟아져 나오고 있지만, 정말 좋은 책들은 그리 흔치 않다.

    『우리가 정말 알아야 할 우리 꽃 백 가지』─다소 긴 제목의 이 책은 바로 이 흔치 않은 좋은 책들 중의 하나이다. 봄부터 겨울에 걸친 사계절 동안 우리나라 곳곳에 피어 오르는 백 가지 야생화들의 생태와 용도, 이름의 유래, 분포 지도 등이 아주 흥미 있게 소개되었으며, 특히 야생화들의 천연색 도판과 꽃에 얽힌 재미있는 옛이야기들이 꼼꼼하게 모아져 있다. 아울러 부록에는 백두산 지역에서 발견된 야생화들을 덧붙여 놓고 있다.

    문득 거대 도시의 반복적이고 기계적인 생활이 지겨울 때, 불현듯 인간사의 부질없음에 외로움을 느낄 때, 혼자 혹은 가족들과 함께 이 책 한 권을 가지고 그 어느 계절이든지 들판과 산야, 그리고 방죽과 저수지 근처를 거닐어 보라. 봄이라면, 별들이 떨어져 되었다는 노란 민들레꽃들이, 여름이라면 슬픈 사랑의 푸른 참등이, 붉은 가을 맨드라미와 겨울 수선화가 반길 것이다. 그리고 이름을 알 수 없는 무수한 꽃들이 지천으로 흐벅질 것이므로, 우리는 그 꽃들 속에서 우리들 자신의 가장 아름다운 얼굴을 비로소 확인하게 된다. 하여 우리는 꽃을 만나면서 진정한 삶을 만나고 진실의 향기를 맡으며 다시 또 하루를 살리라.

    『우리가 정말 알아야 할 우리 꽃 백 가지』─꼭 읽어 볼 만한 좋은 책이다.

그러나 아까운 '청춘'! 아무 책이나 소개하지는 말자. '가문의 명예를 걸고', '가족들에게도 권할 수 있는' 그런 책들을 골라 소개하자. (* 책 소개글은 '책으로 따뜻한 세상 만드는 교사들' 홈페이지에 가면 쉽게 얻을 수 있다.)

4_꼭 책만 돼요?: 음악, 비디오 등의 소개글

……컨베이어 벨트에 올려져 차례차례 햄으로 가공되는 맹목(盲目)의 학생들. 시(詩)를 조롱하며, 획일적 질서와 구시대적 가치관을 강요하는 망집(妄執)의 교사들. 더 이상 학교는 기성 사회를 건전하게 변화시켜 주는, 인간화의 요람이 아니다. 그저 똑같이 정해진, 일정량의 지식을 시험이라는 획일적인 판정 기준으로 규칙적으로 점검하다가 품질 검사 완료증과 같은 졸업장으로 전체 공정을 최종적으로 마무리하는 공장일 뿐이다. 막 졸업한 자들은 상품으로 쓰이다가 병사가 되어 전쟁터에서 누구를 위해서인지 모르게 죽어 가고, 각종 품질 검사를 받은 학생들은 큰 결격 사유만 없으면 공장 문을 나서서 여러 가지 값으로 판매되는 한낱 고깃덩어리 햄에 불과하다…….

핑크 플로이드Pink Floyd의 「벽The Wall」은 언제 들어도 새롭다. (그래서 더욱 슬프기도 하다.) 핑크 플로이드의 「벽」은 1979년 말 더블 앨범으로 발표되어 세상을 경악시킨 후, 1982년 앨런 파커 감독에 의해 같은 이름으로 영화화된다. 기묘한 느낌을 주는 배우인 밥 겔도 프가 주연인 이 영화는 역시 폭발적인 인기를 얻으면서 영국의 '프로 그레시브 록' 그룹인 핑크 플로이드의 이름을 세계인들이 영원히 기억하게 만든다. 다음은 영화 「벽」에 대한 소개글이다.

우선 이 영화는 같은 이름의 더블 앨범에 수록된 곡들이 약간을 제외하고는 모두 그대로 영화 진행의 스토리로 쓰였다는 특징이 있다. 따라서 영화는 직접적인 대화가 거의 사용되지 않은 채 전개된다. 이는 대화가 단절된 현대 사회의 일반적 양상을 고려할 때, 작품 자체가 갖는 주제 중 하나인 소외와 단절의 형식으로 해석될 수 있다.

찰리 채플린의 「모던 타임스」가 대체로 무성으로 처리되면서 많은 함축적 상상의 대화를 독자들에게 건네며, 끝내 관객들에게서 연민의 감정을 유도해 냈다면, 영화 「벽」의 경우는 무언을 통해, 극도의 대화 부재로 야기된 현대인들의 단절된 관계를 보이며 연민과는 다른 동일 시의 고통을 관객들에게 불러일으킨다. 다시 말해 채플린의 「모던 타임스」의 경우는 무언을 통한 공감의 연민이었다면, 앨런 파커와 핑크 플로이드의 「벽」은 무언이 될 수밖에 없는 소외의 공포를 보여 준다.

___「벽의 벽」, 숭문고등학교 학생들의 영화 동호지 『영(映)』

이 글은 「벽」이라는 영화를 소개하면서, 찰리 채플린의 「모던 타임 스」와 비교 분석하고 있다. 작품에 대해 '그저 좋다'는 막연한 단계에 서 이와 같이 작품 자체의 특성에 대해 관심을 갖고 다른 작품과 비교

분석하는 태도는 영화를 깊고 넓게 보는 시각에서 비롯된다.

> 그러한 예들로, 환상적인 그래픽과 애니메이션, 카메라 앵글의 다양한 묘사와 접근, 현실과 환상, 현재와 과거가 교묘하게 뒤섞이는 환각적 전개 등이 우선 돋보인다. 또한 끊임없이 이어지는 효과음들이 적절히 어떠한 소리로부터도 해방될 수 없는 현대인들의 고통을 암시한다. 또 「벽」에는 비행기 소리와 폭격음, 각종 신호음, 획일적으로 정리되는 함성 소리 등등의 소리들이 때론 잔잔한 기타와 키보드에 실려 곡의 가사와 음률, 영상과 매우 놀라울 정도로 연결되어 있다.
>
> _같은 글

모든 글이나 예술을 분석 불가능의 신성함 속에만 가두어 놓는 것은 잘못이다. 따라서 가능한 한 우리는 우리가 이해할 수 있도록 대상을 받아들이려는 노력을 게을리 하지 말아야 한다.

이제 자신이 좋아하는 가수의 새로운 앨범이 나왔을 때 자기 나름대로 평을 써 보라. 역시 음악 형식이나 가사, 이전 앨범들과의 차이, 새로운 시도 등에 대해 주의 깊게 살펴보는 것이 필요하다. 다음은 숭문고 1학년 학생이 서태지의 3집 앨범에 대해 쓴 글이다. 오래 전에 씌어진 글이지만 아직도 서태지 음악을 좋아하는 사람들이 많아 소개한다.

이번 서태지의 앨범은 전 앨범에 비해 불만스럽다. 물론 몇 가지 마음에 드는 작품이 없는 것은 아니지만 너무 가사가 튀는 것 같아서 싫다. 예를 들어 서태지가 「교실 이데아」에서 "됐어, 됐어…… 이젠 됐어"라고 하며 모든 가르침을 거부하는데 가사가 왠지 껄끄럽게 들리는 것이다. 뭔가 음악적인 형식과는 안 어울리는 결과 같다. 서태지의 음악이 발해를 팔고 교육을 파는 상업주의라는 비판이 그럴듯하게 들린다. 「하여가」가 훨씬 낫다.

인디 그룹인 크라잉 넛Crying Nut의 노래 「말달리자」에 대해 쓴 숭문고 2학년생의 글을 역시 예로 든다.

「말달리자」. 우선 경쾌하고 박진감 있는 사운드가 가슴을 파고든다. 그리고 중간에 "닥쳐! 닥쳐!"라는 말을 외치는 대목에서는 카타르시스의 쾌감마저 느낀다. 그들은 음과 말을 절묘하게 연관시키고 있다. 처음에는 무엇인가 기대감을 주고 적절한 순간에 강렬한 음의 세례, 절

규하는 듯 쏟아 내는 반항의 언어들, 이 모든 것이 젊음의 뜨겁고 불안한 열정을 사로잡는다. 그래서 「말달리자」는 기존의 모든 정지, 정체되었던 상태에서 과감하게 모든 안주를 단호하게 "닥쳐!"라며 거부하며 뛰쳐나가는 젊음의 주제가다.

제 **4** 장
글읽기와 생각하기

항상 무언가를 읽으라. 눈으로 보이는 세계의 모든 것들은 물론, 보이지 않는 것까지 읽으려 애쓰라. 무엇을 읽어야 할지, 어떻게 읽어야 할지 다소 막연하다면 책을 읽으라. 책은 가장 전통적인 인간의 읽을거리이다. 독서야말로 세상과 사물, 인간을 읽는 보편적으로 가장 확실한 방법이다.

많은 책을 읽고 신(神)에 대해서 고민하고 인생의 본질에 대해 생각하라. 이 사회와 인간의 삶이 가진 여러 가지 모순과 의미들에 대해서 열띤 토론을 나누라. 그리고 인간과 사물, 세계를 사랑한다는 것은 어떤 의미를 갖는지 늘 되새겨 보라. 자신의 삶을 진실하고 가치 있게 창조하는 데 꼭 필요한 사고력 또한 자연스럽게 생길 것이다.

이 장에서는 독서의 의미와 방법에 대해 알아본다. 그리고 책읽기의 여러 방법들을 제시하며 함께 모이거나 혼자 읽는 여러 가지 방법들을 보여 준다. 또한 독서 모임을 운영하는 방법과 독서 토론을 하는 데 필요한 도움말, 나아가 독서 토론의 실제를 간단히 소개한다.

1. 독서, 진정한 삶의 출발

책을 읽으면서 비로소 세계는 내게 의미를 갖기 시작한다.

"책을 읽어라! 책을 읽어야 한다!……"

많은 이들이 한결같이 책읽기의 중요성을 강조하고 있다. 그러나 왜 책을 읽어야 할까? 그저 남들이 좋다고 하니까 읽어야 하는 걸까? 우리가 책을 꼭 읽어야만 할 이유는 과연 무엇일까?

1_책, 거대하고 둥근 빛

글을 쓰는 작가들은 대개 인도를 가 보고 싶어한다. 인도의 심오한 철학이나 종교, 문화 등이 묘한 신비감과 함께 호기심을 자극하기 때문이다. 다음은 인도를 오랫동안 여행했던 시인이 쓴 글이다.

그때 나는 어떤 이상한 것을 보았다. 거대하고 둥근 빛 하나가 들판

끄트머리에서 떠오르고 있었다. 아, 그것은 보름달이었다. 나는 그렇게까지 거대한 달을 그 이전에도 이후에도 본 적이 없다. 모닥불의 불빛을 무색케 하는 휘황한 보름달이 지평선 위로 덩실 솟아올랐다. 달빛은 무차별하게 들판의 나무와 까마귀와 누더기 천막 위로 쏟아져 내렸다.

　　　　　　　　　　　　　_류시화, 『달새는 달만 생각한다』, 문학동네

　인도의 어느 광활한 들판, 그 들판 위로 문득 떠오른 보름달, 아, 지상 위의 모든 존재들을 흠뻑 적시는 거대하고 둥근 보름달빛. 그 달빛은 너무도 휘황하여 지상의 뭇 인간들이 피워 놓은 한낱 모닥불빛을 무색하게 만든다.

　그렇다. 문득 우리들 머리 위에 떠올라 어두운 세상을 환하게 밝혀 주는 거대한 보름달. 바로 그러한 존재가 책이다. 책이라는 엄청난 보름달은 우리들의 영혼 깊숙이 파고들며 지성과 감성의 빛들을 흠뻑 퍼부어 준다. 그리고 우리들은 이 세상의 모든 것들을 비로소 새롭게 보게 된다.

2_왜 책을 읽어야 할까

　책은 단순히 활자와 종이로 이루어진 사물이 아니다. 책에는 우리가 인간답게 성장하는 데 필요한 여러 가지 지적, 정서적 양분들이 풍부하게 담겨 있다.

어린 시절 동물원에 갔던 기억을 떠올려 보자. 온갖 신기한 동물들을 보면서 즐거워했던 추억이 누구에게나 있을 것이다.

동물원의 우리 안에 갇혀 초조하게 서성이는 한 마리 범의 모습 또한 우리를 슬프게 한다. 언제 보아도 철책 가를 왔다 갔다 하는 그 동물의 번쩍이는 눈, 무서운 분노, 괴로움에 찬 포효, 앞발에 서린 끝없는 절망감, 미친 듯한 순환, 이 모든 것은 우리를 더없이 슬프게 한다.

_안톤 슈나크, 「우리를 슬프게 하는 것들」, 『젊은 날의 전설』

안톤 슈나크의 눈에 비친 동물원의 범은 자유를 잃은 슬픈 동물이다. 야생의 생명력을 잃은 절망감에 미친 듯 괴로워하고 분노하는 존재이다. 그러고 보면 어디 범 뿐인가. 동물원에서 볼 수 있는 동물들이 모두 마찬가지다.

그렇다. 우리는 안톤 슈나크의 글을 읽으며 그동안 너무 인간 위주로, 고정관념에 빠져 동물들을 보아 왔다는 자각을 하게 된다. 그 결과 동물들의 외적인 모습을 보면서 그저 즐거워하던 동물원이 사실은 동물들의 감옥에 지나지 않았다는 내적인 깨달음을 얻는 것이다.

이렇게 책은 우리들의 시각과 정서를 좀더 '인간적으로' 성숙시켜 준다. 독서야말로 인격 형성과 창조적 사고, 정신적 만남을 가능하게 해 주는 것이다. 독서는 인격 차원에서 고결한 영혼들을 성장시키고, 또 그러한 영혼들을 정신적으로 만나게 해 주기 때문이다.

헤밍웨이의 『노인과 바다』. 홀로 고기잡이를 나간 주인공 노인은 거대한 물고기와 사투를 벌이면서 중얼거린다.

죽을 수는 있어도 패배할 수는 없다.
A man can be destroyed but not defeated.

끝내 노인은 싸움에서 이긴다. 비록 집에 오는 길에 그토록 어렵게 잡은 물고기를 상어 떼에게 모두 빼앗기지만 그 노인의 중얼거림은 실로 엄청난 영혼의 울림을 가져온다. 그 한 마디는 곧 작품 전체에 걸쳐 헤밍웨이가 독자들에게 건네는 영혼의 속삭임이다.

이렇게 절대로 운명이나 시련에 굴복하지 않겠다는 강철 같은 의지의 영혼과 만나는 행위, 그것이 바로 독서이다. 그리하여 우리들의 삶 또한 어떻게 살아야 하는가 가르침을 받고 대화를 나누는 일, 그것이 바로 독서이다. 독서는 삶을 거듭나게 하는 위대한 행위이다.

앞에서 독서는 인격 형성과 정신적인 만남을 가능하게 해 주는 행위라고 했다. 이 밖에도 독서는 '여가 선용'을 위해서 역시 꼭 필요하다. 책이라고 하면 교과서나 자습서, 학습서 등만을 떠올리는데 절대 그렇지 않다. 잠시 쉴 겨를을 주며 삶의 곳곳에 윤활유가 될 만한, 여가 선용을 위한 책들이 많이 있다. 이를테면 취미 활동을 도와 주는 각종 지침서, 여러 가지 웃음거리를 담은 유머집, 공부에 지친 머리를 가볍게 풀어 주는 퀴즈집 등, 이루 헤아릴 수 없을 정도로 많은 종류의 여가 선용을 위한 책들이 여러분의 선택을 기다리고 있다.

그러나 최근의 독서는 삶을 윤택하게 할 뿐만 아니라 생존 그 자체를 위한 행위로 중요성이 높아지고 있다. 탁월한 미래학자인 앨빈 토플러Albin Toffler는 이렇게 말한다.

우리는 낡은 문명의 최후의 세대이며, 새 문명의 최초의 세대이다.

우리 인류는 지금 정보화의 물결을 맞이하여 엄청난 변화의 시기를 살고 있다. 여기에 적응하는 사람은 앞으로 전개되는 시대에서 생존하고 그렇지 못하면 도태할 것이라는 의미가 토플러의 말에 숨어 있는 핵심이다. 따라서 앞으로 펼쳐질 사회에서는, 정보를 수집하고 처리하고 창출하는 행위가 가장 필수적인 생존 활동이 될 것이다.

독서를 중심으로 다시 말하자면, 정보화 시대의 책읽기는 종래의 인격 함양이나 여가 선용과 같은 포괄적이고 선택적인 차원에서 벗어나, 생존을 위한 필수적인 차원으로 범위가 확대되었다. 독서 능력은 정보화 시대를 살아갈 수 있게 해 주는 정보 활용 능력의 기초가 된 것이다. 따라서 취미란에 독서라고 당당하게(?) 써 넣는 시대는 지나간 지 이미 오래이다.

요컨대 독서는 한 인간이 바람직한 인격을 형성하고 여가를 선용할 수 있는 인간다운 존재로 성숙하기 위하여 반드시 필요한 활동이다. 또한 정보화 시대를 헤쳐 나가고 있는 우리들에게 매우 실제적인 활동이다. 독서는 늘 자신의 삶을 자리매김하며, 실제적으로 심화, 확대해 나가는 생존 행위인 것이다.

3_무엇을 어떻게 읽을까

책을 읽어야 된다는 생각은 누구나 하고 있다. 그러나 책을 읽지 않은 사람들이 많은 것은 무엇을 읽어야 할지 모르기 때문이다. 어떤 책을 읽어야 하는가……. 망설이고 또 망설이다 보면 아무 책도 들고 있지 않은 빈손, 공허하기만 한 가슴을 발견하게 되는 것이다.

대형 서점에 가득 찬 책들, 신문과 같은 각종 매체에서 끊임없이 광고의 물결을 타고 있는 책들 속에서 내가 원하는 책, 진실로 나에게 필요한 책을 찾기란 정말 어려운 문제라고 할 수 있다. 도대체 어떤 책이 내게 필요할까? 아니, 어떤 책을 읽지 말아야 할까? 이른바 '악서(惡書)'란 무엇일까?

이제 좋은 책을 찾아 즐겁게 읽는 몇 가지 방법에 대해서 말하겠다.

1) 쉬운 책부터 읽자

참고서를 택해도 꼭 어려운 것만 찾는 사람들이 있다. 그런 사람들은 대개 그 때문에 꾸준히 공부하는 데 실패하기 마련이다. 마찬가지로 책을 읽을 때도 굳이 자신의 이해 수준보다 썩 어려운 책을 선택한다면 잘못이 아닐 수 없다. 우선 다음 글을 읽어 보자.

독서란 문자 언어를 음성 언어로 바꾸어 주는 행위로서 의미를 구축

하는constructing 과정이다. 바꾸어 말해, 독서란 어떤 텍스트text를 읽고 해석하는 과정으로서 작가와 독자의 상호 작용 행위이다.

독서에 대한 이런 설명은 거의 대부분의 사람들에게 분명히 어려울 것이다. '의미의 구축'이라든지 '텍스트'라든지 '상호 작용' 등등은 흔히 쓰지 않는 말이다.

독서를 할 때는 어려운 책을 읽는다고 자신이 갑자기 성숙하거나 향상되는 것이 아니라는 점을 깨달아야 한다. 무난히 소화할 수 있는 쉬운 책부터 시작하여 점차 어려운 책으로 읽어 가는 것이 좋다.

여기서 쉬운 책부터 읽자는 말은 재미있는 책부터 읽자는 말과도 통한다. 그러므로 굳이 '고전(古典)'으로 불리는 책들만 읽으려는 고집은 과감히 버릴 필요가 있다. 물론 고전은 오랜 시간의 평가 속에서 많은 사람들의 인정을 받은 작품이므로 좋은 책임은 틀림없다. 하지만 맛있고 영양가 높은 음식을 고전이라고 했을 때 자신의 입맛이나 체질은 고려하지 않고 무조건 고전만 찾는 것은 독서에 흥미를 잃게 하는 요인이 된다.

2) 폭넓게 읽자

음식을 가려 먹으면 건강에 나쁘다는 사실은 여러분들도 잘 알고 있을 것이다. 독서 역시 어느 한 분야에만 치우치는 것은 별로 좋지 않다. 특히 지적, 정신적 성장기의 학생들에게 편식성의 독서는 세계와 인간, 사물들에 대해 자칫 협소하고 왜곡된 인식을 갖게 할 위험이 크다.

그러므로 문학·역사·전기·사회·예술·과학·교양·스포츠·오락·철학 등 주제별로 다양하게, 그리고 사전류, 도감류, 잡지류 등 종류별로도 폭넓게 읽어야만 한다. 특히 문학 작품은 삶의 다양한 체험과 진실을 풍부한 정서적 표현을 통해 받아들일 수 있으므로 많이 읽어야 하며, 철학과 역사 분야의 책들은 사고력을 깊고 넓게 만들어 주므로 열심히 읽어야 한다.

나쁜 책은 당연히 가려 읽어야 한다. 그렇다고 앞서 말했듯 고전만 읽는 것도 그다지 권장할 만하지는 않다. 맛있는 음식만 골라 먹는 사람은 비록 건강 상태는 좋더라도 대개 인간미가 떨어지는 법이다. 온갖 모습과 형태로 살아 꿈틀거리는 인간 세상에 대한 이해 또한 약하기 마련인 것이다.

3) 스스로 찾아 읽자

남이 읽으라고 해서 억지로 읽거나 남들이 좋다고 해서 무조건 읽는 태도는 좋지 않다. 책이란 누구에게나 똑같은 내용으로 이루어진 대상이 아니기 때문이다. 예전에 읽던 책이, 이를테면 어릴 때 읽은 『걸리버 여행기』를 훗날 읽어 보면 엄청난 비판과 풍자의 문학임을 깨닫게 되듯이 똑같은 책이라도 읽을 때마다 늘 다른 법이다.

그러므로 자신의 상황이나 수준에 맞게 저마다 책을 읽어 가는 것이 바람직하다. 궁극적으로 가장 좋은 독서 태도는 스스로 책을 찾아 읽는 태도이다. 그러나 그렇게 되려면 상당히 수준 높은 독자가 되어야 한다. 여러분에게 책 선택에 도움이 될 기준을 정리하면 대체로 이렇다.

먼저 ① 구체적인 우리 현실을 있는 그대로 보여 주며 공동체적인 선 (善)을 지향할 수 있도록 도와 주는 책들, ② 현실 도피 대신 밝은 내일을 꿈꾸며 그런 미래를 만들게 도와 주는 책들, ③ 우리 민족의 정서와 문화, 얼을 보듬으며 발전시켜 나가게 힘을 주는 책들, ④ 인간의 존엄성을 존중하고 보편적인 진실을 중시하는 책들을 고르면 좋을 듯하다.

거꾸로, 읽지 말아야 할 책들은 ① 현실 도피적이고, ② 폭력적이고, ③ 선정적(煽情的)인 쾌락 위주의 책들과, ④ 인종적 · 문화적인 편견, 성차별 등으로 왜곡된 책들이라 할 수 있다.

_허병두, 「독서, 진정한 삶의 출발」

특히 나중에 제시한 "인종적 · 문화적 편견, 성차별 등으로 왜곡된 책"들은 정신을 바짝 차리지 않고는 골라내기가 쉽지 않으니 주의 바란다. "피이, 그런 책이 아직도 있나요? 요즘이 어떤 세상인데……." 라고 할지 모르겠지만 아직도 이런 책들은 꽤 많다.

요컨대 좋지 않은 책들은 가능한 한 읽지 않아야 한다. 만일 그런 책을 읽었을 경우에는 왜 읽지 말아야 할 책인지에 대해 글을 써 보거나 대화를 통해 정리하는 것이 좋다. 왜 읽지 말아야 하는지 스스로 정리하는 자세가 꼭 필요하다.

⬛⬛◼ 함께 해 봅시다

· 자기가 요즘 읽고 있는 책을 한 권 택하여, 그것을 앞에 제시한 책 선택의 기준에 비추어 평가해 보자. 좋은 책인지 나쁜 책인지, 왜 그렇게 평가할 수 있는지 두세 개의 문장으로 쓰자.

· 자신이 읽었던 책들 가운데 가장 인상 깊은 대목을 찾아 큰따옴표("　")로 인용하고 왜 인상 깊었는지 간략하게 쓰자. 인용 쪽수와 함께 서지 사항, 즉 책 제목, 지은이, 출판사 등도 함께 덧붙이자.

· 책장에 있는 책들을 모두 꺼내 표지를 윗쪽으로 오도록 놓아 보자. 비슷한 책들끼리 모아 보되 어떻게 묶이는지 살펴보고 그에 따른 특징들이 어떻게 나타나는지 따져 보자.

2. 서재, 그리고 효율적인 책읽기

아침엔 우유 한잔, 점심엔 패스트푸드, 쫓기는 사람처럼 시계 바늘

보면서, 거리를 가득 메운 자동차 경적 소리……

_ 그룹 N.EX.T의 노래 「도시인」

유행가의 노랫말처럼 현대인은 제대로 먹지도 못하고 시간에 몰리고 일에 쫓겨다닌다. 21세기 문명 세계라지만 현대인의 정신은 이미 문명의 속도 이상으로 급격하게 무너지고 있는 듯하다. 오늘날의 인간은 왜 이렇게 무거운 짐을 지고 허덕거리며 살고 있는 것일까. 어떻게 해야 이 짐을 깨닫고 벗어던질 수 있을까. 어쩌면 영원할지도 모르는 이 화두(話頭)에 독서는 효과적인 해결 방안을 제시할 것이다.

1_서재, 나만의 공간

냉철한 지성의 공간, 그러면서도 지친 영혼을 언제나 편안히 다독거려 주는 어머니의 품속 같은 공간, 그곳은 바로 서재이다. 서재가

있는 집은 확실히 분위기가 다르다. 서재는 그 집안의 분위기를 가장 내밀하게 간직하면서, 동시에 그 품격을 분명히 드러내는 공간이다.

수많은 책들로 가득한 서재는 효과적으로 책을 읽을 때 꼭 필요하다. 사팔뜨기 소년 사르트르를 전후 프랑스의 최대 지성으로 키워 준 것도 서재였다. 어린 사르트르에게 할아버지의 서재는 새로운 세계로서 신들이 사는 궁전과도 같았다. 그는 서재에서 삶을 꿈꾸며 사색한다.

조부의 서재에는 도처에 책이 있었다. 1년에 한 번 10월의 신학기가 시작되기 전을 제외하고 책의 먼지를 터는 것은 금지되어 있었다. 나는 아직 읽을 줄은 몰랐지만 이들 고대 유적의 선돌〔立石〕을 존경하고 있었다.

어떤 것은 똑바로 서 있고 어떤 것은 기울어졌으며, 책장에 벽돌처럼 가득 채워 넣은 것도 있는가 하면 멘히르의 오솔길처럼 고상하게 간격을 벌려 놓은 것도 있었다. 나는 우리 집의 번영이 이 장서(藏書)에 달려 있다는 것을 느끼고 있었다. 그것은 어느 것이나 모두 서로 아주 비슷했다. 나는 땅딸막한 고대의 유물에 둘러싸인 작은 신전(神殿) 속에서 뛰어다니고 있었다. 일찍이 내가 태어나는 것을 보았으며 이윽고 죽는 것을 볼 터인 이들 유물의 항구불변성은, 과거에 못지않게 평온한 미래를 나에게 보증하고 있었다.

_장 폴 사르트르, 「유년 시절의 회상」, 『출판저널』 39호 재인용

서재를 갖고 있는데 책읽기를 싫어하는 사람들은 많지 않다. 삶에 필요한 지성과 감성을 흠뻑 만끽할 수 있는 영혼의 보금자리를 갖고서 책읽기를 싫어할 수는 없기 때문이리라. 이렇게 말하면 누군가는 볼멘소리로 불평할지도 모른다.

"아니, 혼자 쓸 수 있는 공부방도 없는데 웬 서재란 말인가?"

서재는 꼭 책으로만 채워진 방을 뜻하지는 않는다. 단 한 권의 책이라도 꽂힌 책꽂이가 있다면 그 곳이 바로 여러분의 서재이다. 어떤 서재이든 처음에는 책꽂이에서 출발한다. 책꽂이가 늘어 겹쳐 올리고 다시 여럿 늘어놓으면서 자연스럽게 만들어지는 책들의 자연스러운 주거지가 바로 서재를 만든다. 처음부터 서재랍시고 거창하게 꾸미는 것은 지폐의 궁전에 지나지 않는다. 그러니 서재가 없다고 불평하는 대신 지금 당장 한 권의 책이라도 더 읽고 책꽂이를 채우자. 그리고 다시 책꽂이를 늘리자. 그것이 서재를 갖는 가장 빠른 길이다.

서재는 단 한 권의 책을 쌓아 두는 데서부터 만들어진다. 좋은 책을

골라 서재를 만들고, 그 속에 깊이 파묻혀 효율적으로 책을 읽자. 인간으로 태어나서 경험해 봄 직한 삶이 아닌가.

2_효율적인 책읽기 방법

1) 책 제목부터 다시 한 번 확인하자

책을 살 때 이미 본 제목을 뭣 하러 다시 보냐고 궁금해 할 사람들이 있을 것이다. 그러나 본격적으로 책을 읽기에 앞서 제목을 다시 확인하며 곰곰이 생각해 보는 것은 반드시 필요하다.

대개의 경우 책의 제목은 글쓴이가 전하고 싶어하는 핵심을 담게 마련이다. 그래서 어떤 저자들은 아예 책 제목부터 먼저 정해 놓고 집필에 들어가기도 한다. 글에 담긴 가장 핵심 내용인 주제를 고스란히 줄여 책 제목으로 만드는 경우는 뜻밖에도 많다.

예를 들어 『독서 교육의 이론과 실제』 같은 책이 있다고 하자. 책 내용은 문자 그대로 '독서 교육에 대한 학문적 이론과 실제 현실'을 다루었을 것이 분명하다. '음, 그렇다면 어떤 이론이 담겨 있을까. 독서 교육의 실제 현실은 어떤가……' 표지의 제목을 곰곰이 뜯어보며 이런저런 질문을 던지면 책 전체를 읽기 위한 준비 운동을 하는 셈이다. 이와 같이 책 제목을 보면서 그 내용을 상상하고 추리해 나가면 자기 나름대로 책을 보는 안목과 독해 능력을 키워 갈 수 있다.

그러나 요즘에는 책 내용과 제목이 서로 관련성이 적거나 모호한 경우도 늘고 있다. 문학 작품에 대한 평론집 제목이 '시칠리아의 암소'로 붙는 식이다. 이렇게 얼른 그 내용이 짐작되지 않는 상징적인 제목들은 한편으로는 참신하기도 하지만, 때로는 오해를 불러일으켜 엉뚱한 결과를 빚기도 한다. 실제로 어떤 대형 서점에서는 『미국의 송어 낚시』라는 외국 소설이 제목 덕분(?)에 한동안 낚시 코너에 버젓이 꽂혀 있던 적이 있었다.

이와 같이 책 제목이 그 책의 핵심 내용인 주제를 언제나 완벽하게 암시해 주고 있지는 않다. 그렇지만 아직도 대다수의 책들은 제목과 내용 간에 깊은 관계를 맺고 있다. 그러므로 반드시 제목을 눈여겨보며 책 내용을 상상해 보라. 습관이 들면 분명히 무엇인가 향상되고 있음을 확신할 수 있을 것이다.

2) 머리말과 차례를 반드시 읽자

원고를 다 쓰고 책으로 묶을 때면 보통 머리말을 쓰게 된다. 그러나 머리말 쓰기가 책 내용보다 더 어려울 때가 많다. 바로 여기서 머리말의 특성이 잘 드러난다.

대개 머리말은 글쓴이 스스로 왜 이 책을 썼는가 하는 집필 의도를 밝히고, 책 내용의 가장 중요한 핵심을 요약하고, 책을 읽어 가는 효율적인 접근 방법, 그리고 집필 과정에서 도움을 받은 여러 책과 사람들에 대한 감사 등을 담고 있다. 따라서 머리말이야말로 글쓴이가 어떤 생각을 갖고 어떤 과정으로 어떤 내용의 책을 썼는가를 가장 쉽고 빠르게 알 수 있는 힌트가 된다. 그러니 머리말을 빼놓고 읽는다는 것은 보물 지도 없이 보물섬을 뒤지는 것과 마찬가지이다.

또한 머리말 뒤에 나오는 차례도 빼놓을 수 없는 도우미이다. 차례는 책 내용을 가장 간명한 구조로 요약한 것이다. 구체적으로 차례는 글쓴이가 맨 처음 책을 집필할 때 어떤 생각을 갖고 써 나갔는가를 보여 주는 가장 기본적인 설계도이자, 책을 완성한 뒤에도 오랜 시간 동안 심혈을 기울여 다듬었을 최종적인 조감도이다. 따라서 책을 처음 집어 드는 순간부터 차례를 중시해야만 한다. 이때 반드시 다음 몇 가지를 주의 깊게 살펴 읽도록 하자.

① 전체적으로 무엇에 대해 쓰고 있는가?
② 모두 몇 부, 몇 장으로 이루어져 있는가?
③ 각 부분은 어떤 비중으로 서술되었는가?

만일 차례가 너무나 간단하게 처리되었을 때는 어떻게 할까. 이 때에는 자신이 읽어 가며 적절하게 요약한 내용을 덧붙여 보완한다. 차례 옆에 자기 스스로 정리한 내용 요약을 덧붙여 놓으면 훗날 책을 다시 읽어 갈 때도 내용 이해에 매우 효과적이다. 뿐만 아니라 시험 공부와 연관되는 교과서 같은 책이라면 정리할 때 가장 명료한 최종 요약이 된다. 수험생이라면 최소한 모든 교과서의 차례는 머리 속에서 환하게 떠올릴 정도가 되어야 한다.

최근 대학 입시에서 중시되는 요약하기와 논술문 작성은 평소에 책에 있는 '차례'를 잘 따져 가며 읽으면 큰 효과를 볼 수 있다. 어떤 사람들은 아예 차례만 복사해서 자료로 만들어 갖고 있는 경우도 있을 정도다. 이런 방법은 특히 잡지 읽기에 활용하면 매우 좋다.

그러나 대부분의 사람들은 차례를 안 읽고 덥석 본문부터 읽어 가니 문제이다. 이는 별다른 준비 운동 없이 본 운동을 시작하는 일과 마찬가지이다. 아무런 준비 운동 없이 공부터 차는 사람들을 일러 축구광이라고는 부를 수는 있다. 그러나 동네 축구 식의 태도가 바뀌지 않는 한, 결과가 신통할 리는 없다.

이제 '동네 축구'를 하며 즐거워하던 어린 시절은 지났다. 또한 축구를 잘하는 사람을 보면서 "아이구, 참 잘 한다!" 하며 감탄만 하고 있을 나이도 지났다. 그러므로 본격적으로 책을 읽기 위해서는 차례를 면밀하게 분석하면서 책 내용을 잠시라도 상상하고 추리해 보아야한다. 그러면 시간이 지날수록 책읽기의 효율성 역시 비례하며 높아질 것이다.

3) 색인을 뒤적여 보자

색인index은 책에서 다룬 중요 사항이나 개념, 인명 등을 쉽게 찾아볼 수 있게 만든 목록이다. '찾아보기'로도 부르는 색인은 예외 없이 책 뒤쪽에 붙어 있다. 색인은 책 속의 중요 항목 등을 정하여 'ㄱ, ㄴ, ㄷ, ㄹ……'의 사전 순서로 표시하되 다루고 있는 쪽수를 모두 표시한 것이다. 그러므로 자신이 모르는 어떤 사항이 있다면 책 전체를 뒤질 필요 없이 색인을 통해 확인하고 직접 해당 부분을 찾아 읽으면 된다.

다음은 실제 색인의 예이다.

　　　　　　　__이재선,『우리 문학은 어디에서 왔는가』, 소설문학사

　처음 보는 책이든 읽은 지 오래된 책이든 잘 만들어진 색인이 붙어 있다면 자신에게 필요한 부분들만 발췌해서 읽을 때 큰 도움이 된다. 그러나 색인의 장점은 여기에 그치지 않는다. 색인을 들추어 보면, 글쓴이가 어떤 개념이나 사항들을 '어느 정도 강조했는가' 잘 알 수 있다. 차례가 언뜻 형식적으로 짜일 수 있다면, 색인은 저자의 의도가 가장 솔직하게 드러나는 곳이라 하겠다.

　색인의 이러한 특성을 활용하면 책을 읽고 중요 내용을 정리할 때도 좋다. 예를 들어 문학을 공부하는 사람들이 가장 먼저 읽어야 하는 『문학 개론』과 같은 입문서에 첨부된 색인은 어떤 개념이 얼마나 중요한가를 금세 파악할 수 있게 해 준다. 그러므로 색인을 사전의 검색어처럼 활용하여 잘 모르거나 이해하기 힘든 항목들을 점검해 보는 것은 너무도 당연하다.

　색인을 챙겨 읽는 습관이 들면 책을 읽어 갈 때 글쓴이가 중요하다고 생각하는 개념이 무엇인지 의식하면서 읽게 된다. 나아가 책을 다

읽은 후에도 색인을 펼쳐 놓은 다음 자신이 그것들에 대해 얼마나 잘 설명하는가를 따져 봄으로써 책에 대한 자신의 이해도를 스스로 점검할 수 있다.

그러나 색인에 들어가 있는 미지의 항목들을 하나씩 차분하게 음미하듯 살펴보는 일은 그리 쉽지 않다. 그것은 어쩌면 차례를 자세히 보는 일보다 어려운 일일 것이다. 하지만 분명히 강조한다. 책을 읽을 때는 먼저 색인이 붙어 있나 안 붙어 있나 확인하자.

만일 색인이 없다면 간단하게나마 색인을 직접 만드는 것이 꼭 필요하다. 이 경우 책 뒤쪽에 붙어 있는 몇 장의 백지들을 활용하면 된다. 색인의 항목 또한 얼마나 많고 적으냐는 그리 큰 문제가 아니다. 중요한 것은 그 책의 핵심 사항들을 얼마나 정확히 골라 알기 쉽게 정리했느냐이다. 쓰기도 싫은 독후감을 어설프게 남기는 것보다는 자기 나름으로 정리한 간이 색인을 남겨 놓는 것이 열 곱 스무 곱 유익하다.

3_덧붙이는 충고

한 권의 책은 대개 '머리말—차례—본문—색인'이라는 하나의 완결된 얼개를 갖추고 있다. 그러므로 본격적으로 책을 읽기 전에 이러한 전체 짜임새를 가볍게라도 살펴보면 구체적인 내용을 이해하는 데 매우 효과적이다. 반드시 '전체'를 읽고 '부분'을 읽는 것이 독서 효과를 높여 준다.

특히 이론서와 같은 책들에는 '참고 문헌'이 덧붙어 있는데, 어떤 부분에 대하여 좀더 자세히 알고 싶어 책을 찾을 때 활용하면 효과적이다. 즉, 저자가 어떠한 근원(참고 문헌)에서 어떠한 주장을 했는지 좀 더 잘 알 수 있으며, 나름의 관점이나 의도 때문에 생략한 부분들을 더욱 깊이 검토함으로써 새로운 의견이나 주장을 궁리하는 데 크게 도움이 된다. 스스로 참고 문헌까지 찾아 읽는 태도는 단순히 그 책을 읽는 데 그치지 않고, 장차 그와 같은 책을 직접 쓸 수 있는 경지를 개척하게 해 줄 것이다.

한편, 책에도 날개가 있다. 책의 표지를 펼치면 안쪽에 접혀 있는 표지 뒷면이 바로 책 날개이다. 여기에 책 선전이 담겨 있는 경우도 있지만, 글쓴이를 소개하거나, 책 전체에서 가장 핵심적인 내용을 뽑아 싣는 경우가 많다. 따라서 책 날개에 실린 글들을 잘 읽어 보면 뜻밖에 쉽게 책 전체를 이해할 수 있다.

함께 해 봅시다

· 집의 서재나 대형 서점의 서가에 꽂힌 책들의 제목을 살펴보고 비유와 상징적인 경우를 모아 보자.

· 이 책의 차례를 살펴보자. 왜 5범주로 크게 묶었을까 생각해 보자.

· 『고집쟁이와 어떻게 토론할 것인가?』라는 제목의 책은 어떤 차례로 되어 있을까? 모두 4장, 각 장 3절 안팎의 차례를 꾸며 보자.

· 색인이 중요하다고 하면서 정작 이 책에는 색인이 없다. (*^^*) 이 책의 색인을 직접 만들어 보자.

---

3. 책과 함께하는 생활

책읽기란 단순한 독해가 아니다. 책읽기란 자신이 원하는 책을 효과적으로 찾고 즐겁게 읽으며 정확히 이해하는 활동을 뜻한다. 낚시에 비유하자면, 책읽기란 물고기를 낚는 기술만이 아니라, 어디에서 물고기가 잘 잡히는가 정확히 파악하는 정보력, 그리고 낚시를 즐겁게 누릴 수 있는 여러 가지 방법 등을 모두 아우르는 복합적인 활동이다.

책읽기의 생활화를 위해 서점이나 집과 같은 곳에서 가족과 함께, 그리고 홀로 읽고 쓰며 경험할 수 있는 책읽기 방식을 소개한다. 이는 독서가 말하기와 읽기, 듣기와 쓰기라는 통합적인 활동이라는 점을 고려한 것이다. 또한 정보를 수집하고 정리하고 창출하는 정보 활동의 기초로서 독서의 중요성을 강조함과 아울러 단순히 눈으로 보고 머리로 해석하는 '독해'로만 한정하지 않기를 바라서이다. 책읽기는 삶 그 자체이기 때문이다.

이제 몇 가지 측면에서 책읽기의 여러 가지 방법에 대해 살펴보자.

1_서점, 놀이터 또는 순례지

서점 하면 보통 작은 규모의 동네 책방이 떠오른다. 물론 이렇게 작은 서점들이야말로 우리가 가장 쉽게 드나들 수 있는 책방이다. 집으로 오는 길에 심심하면 들러 서가의 책들을 한 권 한 권 볼 수 있는가 하면, 책 고르다 말고 서점 아저씨와 함께 이야기꽃을 피울 수도 있는 삶의 공간이다.

그러나 규모가 매우 큰 서점들도 있다. 서울의 교보문고와 영풍문고 같은 도심 한가운데의 서점은 세계적인 문화 공간이라 해도 지나치지 않다. 이런 서점들은 서가의 길이만 해도 수십 킬로미터가 되며, 책의 양 또한 수십만 권을 훨씬 웃돌게 마련이다. 또 음반, 문구 등을 갖추고, 간단한 식사까지 할 수 있는 그야말로 복합적인 문화 공간이다.

이제 대형 서점에 가 보자. 놀이터에 놀러 가듯, 또는 미지의 여행지로 가듯, 순례지에 가듯…….

서점에 들어온 책들은 분야별로 잘 배열된다. 하지만 도서관과 달리 서점은 고객들이 제일 많이 찾는 책들을 가장 눈에 잘 띄는 곳에 배치해 놓으니 후미진 곳까지 구석구석 돌아보아야 한다. 자주 들락거리는 서점이라도 한 번쯤 전체적으로 어디에 어떤 책들이 전시되어 있는가 살피는 것이 좋다. 도대체 몇 개의 코너로 구분되어 진열되어 있는지 한 바퀴 쭉 훑어보자. 이번에는 자신이 가장 관심 있는 분야의 책들이 꽂혀 있는 곳으로 가자. 자, 어떤 분야에 가장 관심이 있는가. 문학? 음악? 미술? 아니면 요리? 육체미? 컴퓨터?……. 다음에는 선물로 받고 좋았던 책이나 선물해 주기에 좋은 책들의 이름을 생각해 보자. 장정이 잘 되어 있고 활자가 보기에 편한 책들이 적절함은 물론이다.

■■■ 함께 해 봅시다

· 관심 분야의 서가에 꽂힌 책들의 이름을, 전부는 힘드니까 꼭 읽어 보았으면 하는 책의 이름만 가능한 한 많이 써 오자.
· 선물로 받는 사람의 마음을 꼭 사로잡을 만한 책을 골라 보자. 이를테면, 부모님이나 형제들에게 의사이자 작가인 A. J. 크로닌의 『성채』나 『천국의 열쇠』 같은 책들은 참 좋은 선물이 될 것이다.
· '가장 훌륭한 책 선물'이란 주제로 10권 이상 책 이름이 담긴 목록을 만들어 보자.

2_헌책방 자주 가기

동네마다 구석진 길모퉁이에서 찾을 수 있게 마련인 헌책방. 지금까지 살펴본 책방들이 새 책들을 중심으로 활발하게 다량 거래되는 특징을 보여 준다면 헌책방은 이와 전혀 다르다. 수많은 책들이 빨려 들어와 서서히 사라지는 책들의 블랙홀인가 하면, 어느 날 갑자기 진귀한 고서들이 발견되는 말하자면 화이트홀도 되기 때문이다.

헌책방을 돌아다니다 보면 옛것에 대한 애착심과 보호 본능이 저절로 든다. 그리고 사람으로 태어나서 무엇인가 써서 남기고 싶다는 표

현 본능도 뭉클 솟구친다. 그런가 하면 헌책방 서가에 아무렇게나 꽂혀 있는 많은 책들은 어느 한쪽으로 치우치지 않는 평등한 균형 감각을 살려 준다. 그것은 세상의 모든 풍경을 압축한 현실을 뜻한다.

학교나 사무실, 집 근처의 헌책방들의 위치와 전화번호를 표시한 헌책방 전체 지도를 만들어 보는 것도 좋다. 미묘하게 차이가 나는 장서의 종류와 판매 가격 등을 서로 조사해서 알뜰하게 책을 살 수도 있다. 덧붙여 헌책방을 찾아가는 '길'과 연관하여 다음과 같은 측면에서 글을 써 보면 좋겠다.

① 헌책방과 새 책방의 분위기는 어떻게 다른가. 각각 구체적으로 표현한다.
② 헌책방을 찾아가 돌아오기까지의 과정을 잘 살려 표현한다. 특히 책값을 깎는 사람들과 주인이 어떤 행동과 말을 하는가 관찰한다.

③ 헌책방을 찾다 보면 책값이 주인 마음대로인 경우가 많다. 자신

　이 잘 가는 헌책방의 책 판매 가격 상황을 정확히 조사한다.

④ 헌책방은 도시 미관을 살리기 위해서 철거되어야 한다는 주장이

　시 의회에서 제기되었다고 가정하고 이를 반박해 본다.

　앞의 ①에서 ④까지를 글로 쓰면, 글의 서술 방식 네 가지와 그대로 연관된다. 즉, ①은 묘사, ②는 서사, ③은 설명, ④는 논증 등의 서술 방식을 공부할 수 있는 것이다. 서술 방식과 연관하여 이런저런 연습을 하면, 글쓰기는 물론 글읽기에도 많은 도움을 얻을 수 있다. (* 헌책방에 대해 더 자세히 알고 싶으면 다음 책을 꼭 읽어 보자.『전작주의자의 꿈—어느 헌책 수집가의 세상 건너는 법』〔조희봉, 함께읽는책〕,『세계의 고서점』1~3〔가와나리 요, 신한미디어〕)

3_가족끼리 책 권하기

　독서는 집안 환경에도 크게 좌우된다. 맹자의 어머니께서 지금 살아 계신다면 도서관이나 큰 책방, 헌책방 등과 같이 책들이 살아 숨쉬는 공간 곁에 가서 살지 않을까. 실제로 책을 많이 읽는 가정에서 태어난 학생들은 거의 모두 책을 많이 읽는다. 반면에 책을 거의 안 읽는 가정의 학생들은 책읽기를 멀리하는 것 또한 사실이다. 독서하는 분위기, 바로 이것이야말로 책읽기를 좌우하는 기본 요소인 것이다.

이때 가족끼리 책을 권하기는 아주 좋은 방법이다. 혼자 책을 읽는 데서 오는 지루함이나 치우침을 멀리할 수 있고, 가족들끼리 서로를 배려하면서 책을 권하다 보면 가족 간의 사랑도 깊어지고 책의 선택 범위를 넓게 해 주며 심도 있게 소화할 수 있기 때문이다. 다음의 예를 읽어 보자.

1) 내가 가족들에게 권하는 책들

부모님께

『읽으면 약이 되는 상식』(이인덕 외)

『나의 문화유산 답사기』1~3(유홍준), 『정관정요』(나채훈)

형, 언니에게

『죄와 벌』(도스토예프스키), 『삶의 지혜』(발타자르 그라시안)

동생에게

『별』(알퐁스 도데), 『어린 왕자』(생텍쥐페리)

『나의 라임 오렌지 나무』(바스콘셀로스)

『정민 선생님이 들려주는 한시 이야기』(정민)

친구에게

『중고생을 위한 철학 강의』(김용옥)

『오주석의 한국의 미 특강』(오주석)

『수레바퀴 아래서』(헤르만 헤세)

2) 가족들이 내게 권하는 책들

할아버지께서

　『논어』: 동양 문화와 정신의 기본서이기에

아버지께서

　『섬』(장 그르니에): 자신을 돌아볼 수 있게 하기에

어머니께서

　『빈센트 반 고흐』(어빙 스톤): 열정적인 삶을 배우라고

형이

　『아무도 미워하지 않는 자의 죽음』(잉게 숄): 나치에 저항하는 독

　일 청년의 삶이 감동을 주기에

언니가

　『젊은 날의 초상』(이문열): 방황하는 주인공을 통해 자신을 돌아

　보게 만들기에

동생이

　『천국의 열쇠』(A. J. 크로닌): 봉사와 희생의 아름다움을 배우라고

　책만 소개하는 정도로 가족과 함께 책읽기를 끝내서는 미흡하다. 가족들과 함께 토론할 만한 주제를 몇 개 정도 잘 정리해 놓자. 당장의 뜨거운 쟁점이 되는 주제 말고도 핵 개발 지속, 낙태와 안락사, 개고기 식용, 양심적 병역 거부 등에 관해 이런저런 토론을 할 수 있을 것이다. (＊더 많은 주제들은 각 언론사의 인터넷 홈페이지에 가면 얻을 수 있다. 이 곳에서는 즉각 확인 가능한 설문 조사들도 실시하여 토론의 바탕을 마련하고 간단히 여론을 확인해 볼 수도 있다.)

■■■ 함께 해 봅시다

· 가족들에게 '감명 깊게 읽었거나 특별히 기억하는 책, 작품의 구절, 대목'을 조사해 보자. 완전히 떠올리기 어렵다면 책을 찾아 직접 확인해 보자. 다음은 한 예이다.

> 갈라진 두 길이 있었지. 그리고 나는 —
> 나는 사람들이 덜 다닌 길을 택했고,
> 그것이 모든 것을 바꾸어 놓았네
>
> _로버트 프로스트, 「가지 않은 길」

· 가족들과 함께 의논하여, '읽지 말아야 할 책들', '읽어서 후회가 되는 책들'의 종류나 이름을 몇 가지만 적어 보자.

4_상황에 맞는 책 권하기

밤을 새워 책을 읽어 본 사람은 안다. 한밤중 어느 순간에 갑자기 주위가 환해지듯이 읽다 그대로 둔 책이 환상처럼 보이는 어느 한 순간을. 그것은 마치 알퐁소 도데의 소설 「별」에서 스테파네트 아가씨를 처음 본 목동의 경험과도 같다.

책을 무척 읽고 싶은 마음은 어느 때 드는가? 자신의 경험에 비추어 구체적으로 생각해 보자. 계절, 월, 요일, 시각, 감정 상태, 특정 사건들을 고려하면 무난하다. 이를테면 '시험이 끝난 후', '괜히 불안해질 때' 등등 자세히 나눌수록 더 손쉽고 재미있다. 그렇게 상황별로 읽을 만한 추천 도서 목록을 만들고 서로 교환하자.

다음으로는 어떤 상황에서 어느 책을 읽었더니 좋았다는 개인적인 독서 경험을 구체적으로 써 보자. 이를테면 '비 오는 날에 『젊은 베르

테르의 슬픔』을 읽었더니 좋았다'든지 '마음이 불안하고 왠지 초조해질 때 성경책을 읽었더니 좋았다' 든지……. 생각해 보면 꽤 많은 책들이 오늘의 자신을 만들어 온 것이 아닐까. 만일에 그런 경우가 없다면 지금부터라도 열심히 좋은 책들을 찾아 읽고 자기만의 도서 목록을 반드시 만들어 보자. (* 좀더 자세히 '상황별 권장 도서 목록'에 대해 알고 싶다면, 한국도서관협회에서 지난 1999년에 발간한 『상황별 도서 서지목록 작성연구』〔허병두 외〕를 참조할 것. www.readread.co.kr 자료실에도 관련 자료가 있다.)

1) 이런 날 이런 책을 읽었더니 좋더라

· 무지무지 더운 날에는 에드가 앨런 포의 「검은 고양이」

· 우울할 때는 생텍쥐페리의 『어린 왕자』

· 잠이 오지 않을 때는 『논리학』

· 짜증나고 심심할 때는 이문열의 『삼국지』

· 가슴을 따뜻하게 하고 싶을 때는 로버트 풀검의 『내가 정말 알아야 할 모든 것은 유치원에서 배웠다』

· 막연하게 소외감을 느끼지만 아무와도 이야기가 안 통할 때는 카뮈의 『이방인』

· '인간답게 사는 길이 무엇인가' 고민되는 날에는 에리히 프롬의 『사랑의 기술』

이러한 목록은 많을수록 좋다. 친구들과 함께 서로 머리를 맞대고 조사하여 상황별 추천 도서 목록을 만들어 보자. 여러 사람과 의견을 같이 나눌수록 넓고 깊고 알찬 목록이 될 것이다.

덧붙여, 좋은 책을 읽기 위해서는 자신이 직접 글을 써 보는 것도 한 방법이다. 그저 막연히 책을 읽기보다는 글을 쓰는 사람의 시각에서 어떤 책을 써야 할 것인지 구상하고 실제로 조금씩 자료를 모아 분량에 상관없이 자유롭게 글을 써 본다. 읽기는 쓰기와 함께 사고 활동의 양 날개이다. 굳이 문학적인 글이 아니더라도 이런저런 세상사나 느낌을 문장에 담아 보기 바란다.

■■■ 함께 해 봅시다

· 먼저 TV의 교육 관련 프로그램을 한 편 이상 감상한 다음, 자신이 제작자라면 만들고 싶은 프로그램 기획안을 쓰자. 프로그램의 주제, 제작 희망 이유, 제작 방식 등을 자세히 밝힌 보고서를 쓰면 된다.

· 자신이 감독이라면 만들고 싶은 영화의 줄거리를 직접 구상하여 쓰자. 시나리오로 발전시킬 수 있는 토대인 대본 줄거리를 쓰기 바란다.

· 연극을 한 편 보자. 그런 다음 자신이 연극의 주인공이라고 가정하고 작품에 관하여 관객에게 해 주고 싶은 설명의 글을 쓰자.

· 신문이나 잡지에서 미담을 찾아 읽은 다음, 가상의 인물을 덧붙여 새로운 이야기로 바꾸어 쓰자.

· 이런저런 글도 쓰기 싫다면 '가 볼 만한 곳'이라는 주제로 관련 자료를 모아 보자.

4. 독서 모임 어때요!

읽고 쓰며 다양하게 경험하는 여러 가지 책읽기 방식을 살펴보았다. 이는 독서가 단순히 주어진 내용을 이해하는 '독해'만은 아니기에 필요한 것이었다. 여기에서는 책읽기를 더욱 생활화하기 위해서 친구들과 함께 만들 수 있는 독서 모임에 대해 자세하게 알아보자. 이 글을 잘 읽고 옹골찬 독서 모임을 만들어 재미있고 효율적으로 책을 읽었으면 한다.

독서는 지극히 개인적인 정신 활동이다. 자기 손으로 책을 들고, 자기 눈으로 글자를 읽고, 자기 머리와 가슴으로 의미를 생각하고 정서를 느끼기 때문이다. 그러기에 개인차가 매우 다양한 모습으로 나타난다.

그러나 책읽기가 오로지 개인적 차원의 활동만은 아니다. 혼자서 밥을 먹는 것보다는 여럿이 함께 먹는 것이 훨씬 즐겁고 소화도 잘 되듯이, 책 역시 혼자보다 여럿이 함께 읽을 때 훨씬 재미있고 효율적이다.

이를테면 혼자 읽을 때는 잘 이해가 안 된 부분을 서로 깨우쳐 주며, 독후감을 교환하면서 자기의 사고를 폭넓고 정교하게 다듬을 수 있다. 또한 자칫 한쪽 방향으로만 편중되기 쉬운 독서를 넉넉하고 다양하게 하며, 자칫하면 게을러지는 마음을 미리 막을 수도 있다.

책읽기는 본질적으로 개인적인 활동이되 집단적으로 시도할 때 효과적인 활동인 셈이다. 그러므로 독서를 생활화하는 데는 무엇보다도 책읽기 모임에 참가하는 것이 좋지 않나 생각한다. 특히 독서에 별로 흥미를 못 붙인 사람들은 체계적인 독서 프로그램에 따라 정기적으로 다양한 활동을 하다 보면 자기도 모르는 사이에 독서의 즐거움에 빠져들게 된다.

1_독서 모임 만들기

독서 모임은 글자 그대로 책을 읽는 사람들의 모임이다. 따라서 책을 읽으며 서로의 이성과 감성을 고양하고, 이를 적절히 표현하는 능력을 발전시켜 나가는 것을 목표로 한다. 독서 모임이 활발하게 이루어지려면 각 구성원들이 공동의 목표를 위해 능동적으로 활동하는 자세가 대단히 중요하다. 그리고 이를 위해 적절한 프로그램을 마련하고 개발하는 것이 좋다.

한편 독서 모임은 책읽기를 통하여 서로를 깊이 알고 이해하는 측면 또한 중요하다. 책읽기가 삶읽기라고 했을 때, 독서 모임이야말로 서로의 삶을 읽는 좋은 계기가 되기 때문이다. 다양한 취미나 개성을 가진 사람들끼리 모여 같은 책을 읽으며 이런저런 활동을 하다 보면

서로 좋은 친구가 되기 쉽다. 특정 분야의 전문 잡지를 함께 읽는 독서 모임은 이러한 경우 특히 효과적이다.

독서 모임은 딱히 몇 명이 해야 한다고 정할 수는 없다. 규모가 크면 체계적인 진행은 가능하나 모든 구성원들과 친해지기 어렵고, 규모가 너무 작으면 서로 친해지기는 쉬우나 체계적으로 진행하기 어렵다.

그러므로 모임의 구성원 수는 대략 여덟 명에서 열다섯 명 정도가 무난하지 않나 싶다. 새로 만드는 독서 모임의 경우에는 처음부터 너무 규모를 크게 하는 것은 좋지 않다. 뜻이 맞는 사람이라면 비록 둘이라도 일단 시작해서 차츰 숫자를 늘려 가는 것도 좋다.

또한 독서 모임을 어떤 내용과 형식으로 꾸려 나갈지에 대해서도 미리 생각해 두어야 한다. 해를 거듭하며 계속해 나갈 것인지, 필요에 따라 일정 기간만 진행하고 말 것인지에 따라 모임의 활동 내용이 달라지게 마련이다. 지금 여러분은 어떤 모임을 원하는가. 각자 질문을 던지고 그 대답에 따라 독서 모임의 운영 프로그램 역시 달라져야 한다.

모임의 구성원들은 시간을 적절히 정하여 일정 분량의 글들을 꾸준히 읽어 가며 서로에게 지적이고 정서적인 자극을 주려고 노력해야 한다. 한걸음 더 나아가 같은 모임의 친구들끼리 잡지에서 취급한 기사나 별도로 정한 주제에 따라 토론하는 것도 바람직하다. 단지 책만 읽는 모임보다는 책에서 안내하는 곳들을 조사해서 함께 견학을 가 본다든지, 같이 글을 쓰거나 토론을 하는 모임이 훨씬 소속 회원들에게 도움이 되며 모임 자체의 수명도 길게 마련이다.

어떤 형태의 모임이든지 구성원들 사이에 적절한 역할 분담이 있어야 한다. 일단 다음과 같이 생각해 볼 수 있으나 회원의 많고 적음과 열정의 정도에 따라 결정하면 된다.

① 모임을 총괄하는 대표
② 상호 연락이나 예산 집행 등 전체 살림을 맡는 총무
③ 진행 계획을 짜고 추진하는 기획(연구)
④ 다른 독서 모임이나 외부 모임과 긴밀한 관계를 맡는 섭외
⑤ 정기적으로 회지나 기타 읽을거리를 만드는 출판
⑥ 모임의 모든 결과를 일정한 형태로 정리하는 기록…… 등

모임의 장소 또한 미리 정해 놓아야 한다. 학교의 빈 교실 또는 도서관의 여유 공간들을 적절히 이용하는 방법을 생각해 보자. 이런 공간들이 적절하지 않다면 구성원들 간에 순번을 정해 각자의 집을 모임 장소로 활용하는 것도 무난하다. 그러나 구성원들이 언제나 쉽게 만날 수

있는 별도의 독립 공간이 확보된다면 가장 좋다.

(* 최근에는 인터넷상에서 진행하는 온라인 독서 토론 모임들도 많이 있다. 아직 완전히 정착되어 있지는 않지만 인터넷에서 관련 사이트들을 찾아보자.)

2_무엇을 어떻게 할까

거의 모든 모임이 처음에는 아주 잘 된다. 그러다가 어느 정도 시간이 흐르고 나면 그냥 흐지부지되는 모임이 있고, 빛나는 전통이 쌓이며 자꾸 발전하는 모임도 있다. 일정 기간 동안에만 활동하고 해체하는 모임이라면 몰라도 사람들이 모여 만든 모임이라면 모름지기 오래 계속되어야 바람직하다. 이런 맥락에서 특별히 오래된 독서 모임이 별로 없는 우리 현실은 무척 아쉽기도 하다.

강조하건대 독서 모임은 만들 때도 중요하지만, 만들고 난 다음부터가 정말로 중요하다. 애써 만든 모임이라도 활동 내용이 부실하고 열기가 나지 않으면 오래가지 못하기 때문이다. 따라서 모임의 목표에 따라 작은 계획이라도 하나씩 실천해 나가며 저력을 축적하는 것이 필수적이다. 모임의 활동 장소, 운영 경비(예산)를 비롯한 각종 관련 문제들을 능동적으로 처리해 나가는 슬기로움이 아울러 필요하다.

이와 함께 학교 도서관이나 가까운 공공 도서관에서 적절한 도움을 받을 수도 있다. 이러한 곳에는 전문가인 사서 선생님들이 계시며, 운영에 필요한 프로그램이나 기타 관련 자료들이 이용에 편리한 형태로 많이 확보되어 있으니 일단 찾아가고 볼 일이다.

다음은 독서 모임에 관해 많은 연구를 하신 강남대학교의 문헌정보
학과 김승환 교수가 제시한 자료를 나름대로 다시 고친 계획표이니
참고하기 바란다.

독서 모임 연간 표준 계획표

월	행사 내용
1월	정기(창립) 총회/월례 모임, 신입 회원 모집, 회원 개인 연간 독서 계획 수립
2월	월례 모임, 독서 감상문 발표(1), 독서 수련회(봄 방학 1박 2일)
3월	월례 모임, 독서 교육(특강)(1)
4월	월례 모임, 도서관 탐방, 독서 토론(1)
5월	월례 모임, 주말 소풍, 독서 감상문 발표(2)
6월	월례 모임, 독서 모임 회원의 날, 독서 토론(2)
7월	월례 모임, 독서 감상문 발표(3), 독서 캠프(여름 방학 2박 3일)
8월	월례 모임, 독서 토론(3)
9월	월례 모임, 독서 교육(특강)(2), 출판사 탐방
10월	월례 모임, 독서 감상문 발표(4), 독서 감상문 쓰기 대회, 그림 엽서, 삽화 전시회
11월	월례 모임, 독서 토론(4), 회보(문집) 발간
12월	월례 모임, 독서 감상문 발표(5), 송년 독서 여행(겨울 방학 2박 3일)

이는 현재 우리나라의 공공 도서관에서 운영되고 있는 독서 모임의 연간 계획표이다. '표준'이라는 말이 붙었으니 만큼, 실정에 맞게 적절히 또 고쳐도 무방하다. 물론 경우에 따라서는 앞의 계획표조차 거의 필요 없는 특수한 상황도 있을 수 있다. 운영 계획은 어디까지나 모임의 성격과 구성원들의 의사에 따라 적절히 조정되는 것이다.

중요한 것은 구성원들의 다양한 참여를 얼마나 유도할 수 있느냐이다. 그리고 독서 모임이니 만큼 알맹이 있는 독서 토론은 꼭 있어야 하며, 책과 연관된 다양한 관련 활동을 통해 흥미롭게 참여할 수 있어야 한다. 그저 모임에 나와 시간이나 보낸다든지, 도대체 뭘 얻었는지 모르는 독서 모임이라면 만들지도 참여하지도 않아야 한다. (＊독서 토론의 구체적인 방법에 대해서는 '5. 독서 토론, 지혜의 겨루기와 나누기'를 참조할 것.)

3_독서 정보는 어디서 얻나

앞서 독서 모임의 연간 계획표에 제시된 월례 모임은 다달이 빠짐없이 진행되어야 모임 자체의 활력이 계속 유지될 수 있다. 안 보면 멀어진다는 말처럼 월례 모임이 없다면 자신이 모임에 참여하고 있다는 소속감도 희미해질 뿐더러 구체적인 활동을 하는 데 어려움이 많아진다.

월례 모임은 대체로 한 시간에서 두 시간 사이로 끝나는 것이 무난하다. 아무리 재미있는 영화나 연극이라도 거의 대부분 두 시간을 넘지 않듯이 모임이 너무 길면 지루해지고 나중에는 아예 참석조차 꺼리게 만들기 때문이다.

모임은 구체적으로 간단한 인사말과 함께 전달의 회의록을 점검하여 기억을 환기시킨 다음, 진행된 행사의 보고로 시작하면 된다. 이어서 이달에 활동할 내용에 대해 다시 심층적으로 토의하고 각종 공지사항을 말한다. 그러나 이 모든 일들을 가능한 한 짧게 하는 것이 좋으며, 독서 발표나 독서 토론 등에 시간을 더 많이 할애할 수 있게 한다. 아울러 모임을 끝낼 때는 간단한 뒤풀이를 갖는 것이 서로의 친목 도모에 많은 도움이 된다.

이러한 월례 모임을 알차게 만드는 주역은 역시 독서 발표나 독서 토론 활동이다. 그러나 독서 토론이나 독서 감상문의 대상으로 어떤 책을 골라야 하느냐는 막상 그리 쉬운 일이 아니다. 물론 앞서 말했듯 여러 방법이 있지만, 평소에 책에 대한 전반적인 정보를 스스로 얻고 정리하는 자세가 무엇보다도 중요하다. 특히 요즘과 같은 정보화 사회에서는 어떤 것을 아느냐know-how보다 그것이 어디 있는지를 아는 것know-where이 더 중요하다.

끝으로 책에 대한 정보를 얻을 수 있는 대략 5갈래의 길을 간단히 소개하니 참고하기 바란다.

1) 도서 관련 각종 정보지: 서점, 출판사, 관련 단체

서점이나 출판사, 관련 단체들에서 각종 정보지들을 내고 있다. 거의 대부분 무료이므로 직접 가거나 연락을 하면 얻을 수 있다. 교보문고의 『더 북The Book』, 정평이 나 있는 도서 정보지인 『출판저널』(유가) 등이 대표적이다. 이 밖에도 한국간행물윤리위원회가 매달 발간하는 잡지 『서평 문화』 등 관련 단체와 공공 도서관, 출판사 등에서 발간하는 각종 자료들이 적지 않다.

2) 신문/잡지 : 도서, 독서, 출판란

신문이나 잡지의 관련 난에는 특정 위치의 지면에 정기적으로 각종 도서/독서/출판 정보가 실린다. 신문의 경우에는 주로 토요일 치 북 섹션book section에 실리는데 이 밖에도 출판 면의 경우 한 번 더 주중에 싣는 경우도 적지 않다. 따라서 출판 면을 비롯하여 각종 관련 정보들이 언제 어느 면에 실리는지 평소에 잘 확인하여 활용하면 좋다.

3) 독서 도움 서적들

전문적으로 독서에 도움이 되는 지침서들도 적지 않게 나와 있다. 독서 모임을 만들지 않더라도 책읽기에 관심이 있다면 꼭 읽어 보는 것이 좋다. 참고로 간단하게 목록을 제시하면 다음과 같다. (*단, 절판되었을 수 있음.)

권장 도서 모음과 독서 관련서
- 『21세기@고전에서 배운다』 1~2, 성석제 외, 하늘연못
- 『99 새내기를 위한 책읽기 길라잡이』, 편집위원회, 그날이오면

- 『과학도가 읽어야 할 인문교양서 67선』, 한국과학기술원 인문사회과학연구소 엮음, 한울

- 『독서의 역사』, 알베르토 망구엘, 세종서적

- 『아름다운 지상의 책 한 권』, 이광주, 한길아트

- 『어느 게으름뱅이의 책읽기』, 이권우, 한국출판마케팅연구소

- 『장정일의 독서일기』 1～5, 장정일, 하늘연못/범우사 등

- 『장충동 김씨를 위한 책 이야기』, 전사섭, 시공사

- 『전작주의자의 꿈──어느 헌책수집가의 세상 건너는 법』, 조희봉, 함께읽는책

- 『책과의 만남』(1999～2002), 권영필 외, 한국출판인회의

- 『책은 나름의 운명을 지닌다』, 표정훈, 궁리

- 『책의 운명──조선·일제 강점기 금서의 사회 사상사』, 이중연, 혜안

- 『책 읽는 젊은이에게 미래가 있다』, 조만제, 두란노

- 『길을 찾는 책읽기』, 김학민, 아침이슬

- 『청소년 교양 도서 목록』, 편집부, 한국출판인회의

- 『책──사람이 읽어야 할 모든 것』, 크리스티아네 취른트, 들녘

- 『책』, 강유원, 야간비행

- 『각주와 이크의 책읽기』, 이권우, 한국출판마케팅연구소

- 『책 읽는 소리』, 정민, 마음산책

- 『생각을 넓혀주는 독서법』, 모티머 J. 애들러 외, 멘토

- 『강철로 된 책들 ── 장석주의 책읽기』, 장석주, 바울

독서 교육서

- 『과정 중심 독서 지도』, 한철우 외, 교학사

- 『독서 교육의 이론과 방법』, 신헌재 외, 서광학술자료사

- 『독서 안내』, 서머싯 몸, 탐구당

- 『독서 지도 사전』, 독서지도연구회, 경인문화사

- 『독서술』, 에밀 파게, 서문당

- 『독서와 이노베이션』, 정을병, 청어

- 『독서의 이해』, 전정재, 한국방송출판

- 『독서의 힘』, 김효정 외, 구미무역
- 『독서 지도 방법』, 어윈 베이커, 한철우/천경록 옮김, 교학사
- 『독서 치료』, 한국어린이문학교육학회 독서치료연구회 엮음, 학지사
- 『독해와 논술의 이론과 실제』, 위르겐 그르제식(Jürgen Grzesik), 이상욱/최보근 옮김, 한국문화사
- 『미디어 환경과 독서 교육』, 이정춘, 이진출판사
- 『선생님들이 직접 겪고 쓴 독서 교육 길라잡이』, 책으로 따뜻한 세상 만드는 교사들 모임, 푸른숲
- 『신독서지도방법론』, 손정표, 태일사
- 『창의력을 신장시키는 통합적 독서 교육(상/하)』, 형지영, 인간과자연사
- 『창조적 독서 교육』 1~2, 조영식, 인간과자연사

4) 인터넷

최근 인터넷, 특히 월드 와이드 웹(WWW)을 통해서 각종 도서 정보를 얻을 수 있다. 각종 국내외 인터넷 서점들에 접속하면 방대한 도서 정보와 작가 소개, 언론 매체의 서평 기사들을 쉽게 찾아볼 수 있다. 또한 독자로서 직접 서평을 올릴 수 있으며, 이렇게 올려진 독자 서평 기사들을 통해 상업성이 배제된 독자 중심의 평가도 확인할 수 있다. 비슷한 종류의 책들을 한꺼번에 묶어 찾기가 편리하며 적절한 상황 중심으로 추천 목록을 제공하기도 한다. 이 밖에도 인터넷에는 독서에 도움이 되는 전문 정보들을 얻고 네티즌끼리 서로 교류하면서 친목도 다질 수 있는 공간들이 많다. 게시판과 동호회, 학회와 같은 관련 모임, 개인이나 출판사 홈 페이지, 독서 관련 방송 홈 페이지, 공공 도서관 홈 페이지 등을 잘만 찾으면 아주 유익한 정보와 경험을 얻을 수 있다.

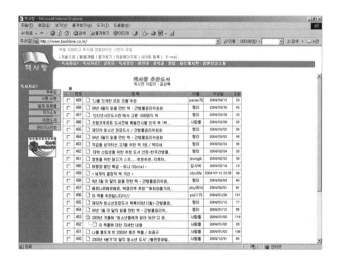

　직접 독서와 관련되지 않더라도 잘만 응용하면 얼마든지 독서에 도
움을 받을 수 있는 곳도 많다. 연극이나 대중 문화, 문화 관련 동호회
등에는 해당 부문의 책에 대해 해박한 마니아들이 숨어 있기 때문이
다. 그러나 얼마나 많은 독서 관련 서비스를 찾느냐도 중요하지만 실
제로 얼마나 활용하느냐가 더욱 중요하다.

5) 인간망

　가장 중요한 정보는 언제나 '사람'에게서 나온다. 독서에 관심 있
는 사람들끼리 주고받는 정보야말로 가장 빠르고 정확하다. 책을 많
이 읽고 관심이 많은 사람들을 가능한 한 많이 사귀고 서로 친하게
지내는 것이 가장 좋다. 그리고 전문가의 조언에 귀를 기울이는 것이
좋다.

함께 해 봅시다

· 신문 기자들이 기사를 쓰면서 참고 의견을 인용해 오는 사람들은 전문가라 보아도 무방하다. 따라서 해당 주제에 대해 신문 검색을 하면 관련 전문가들을 쉽게 찾을 수 있다. 신문을 읽으면서 관심 있는 분야의 전문가 리스트를 작성해 보자.

· 여러 갈래의 정보들을 체계적으로 모으고 활용할 수 있도록 자신만의 분류표를 만들어 보자. 분류 항목마다 특별한 기호를 만들어 쓰는 것도 좋겠다.

5. 독서 토론, 지혜의 겨루기와 나누기

사람들과의 폭넓은 만남 역시 생각하는 힘을 기르는 데 도움이 된다. 사람들은 그 자체로 하나하나의 세계다. 우리가 누군가를 처음 만날 때마다 하나의 새로운 세계Universe를 만나는 셈이다. 대화란 그 세계로 들어가는 가장 빠른 통로이다.

노크를 하듯 인사를 하고 짧거나 길게 대문간에서 말을 건네다가 마음에 드는 인물이라면 무례를 무릅쓰고 그의 내밀한 공간으로 들어가 더 말을 하자. 이때 상대가 나를 역시 인정해 준다면 이야기는 끝이 나지 않고 두 사람, 아니 두 세계는 어느 틈에 하나로 커져 버린다.

자신과 생각을 같이 나눌 만한 사람들과의 만남, 그리고 진지하고 유쾌한 대화와 토론은 생각하는 힘을 길러 준다. 그러니 사람들과 진지하게 만나자. 유쾌하게 대화하자. 토론하자.

토론은 자기의 의견을 합리성과 정당성을 갖추어 상대에게 효과적으로 주장하는 설득 행위이다. 따라서 자기의 의견을 논리적으로 잘 정리하여 표현하는 것이 중요하며, 필요하다면 각종 관련 자료들을 가능한 한 많이 수집하여 활용해야 한다.

하지만 토론은 자신의 의견을 일방적으로 주장하는 행위가 아니다. 또한 자신의 지적 우월성을 과시하며 상대를 망신 주려는 말싸움도 아니다. 그러므로 토론은 어디까지나 자기 생각을 설득력 있게 주장하되, 그것이 좀 더 성숙하게 발전될 수 있도록 늘 열린 사고, 능동적인 자세를 가져야 한다. 우리가 자신의 생각을 수정하거나 발전시키는 활동이 바로 토론이기 때문이다.

토론에는 크게 독서 토론과 주제 토론이 있다. 여기서는 독서 토론에만 한정하여 말하기로 하자.

1_독서 토론이란 무엇인가

독서 토론은 문자 그대로 책을 읽고(독서), 서로의 의견을 나누는 (토론) 언어 활동이다. 즉 특정 도서를 선정하여 핵심 토론 주제들을 추출한 다음 각자 이해한 바를 토대로 서로 의견을 나눔으로써, 토론 대상인 책에 대한 자신의 이해를 높이고자 하는 집단 활동이 바로 독서 토론인 것이다. 따라서 독서 토론은 어떤 책을 읽고 그 핵심 사항들에 관해 폭넓고 깊이 있게 이해하고 표현하는 활동으로서 참여자의 독해력과 사고력, 표현력과 청취력을 높여 주는 종합적 지적 활동이라 할 수 있다.

독서 토론의 효과를 자세히 살피기에 앞서 다음 글을 읽어 보자. 숭문고등학교 도서반 '책누리'에 가입한 신입 회원이 독서 토론을 몇 차례 한 다음 쓴 글이다. 내용을 고치지 않고 그대로 소개한다.

평소 어떤 책을 읽어야 할지 막연한데 독서 토론을 하면 좋은 책을 읽을 수 있어 일단 좋다. 그리고 선배들과 함께 하니까 여러 가지 좋은 책들을 소개받을 수도 있고 혼자서는 잘 모르던 곳들도 쉽게 이해가 가고 '아 저런 생각도 있구나' 할 때가 많다. 또 토론을 잘하려고 집에서 준비하면서 자세히 읽게 되고 이걸 어떻게 말할까 고민하게 되니까 말도 좀 느는 것 같다. 토론할 때 자유스럽게 하니까 참 좋다. 끝내고 나도 좋다. 뒤풀이하면서 떡볶이나 라면 먹으러 가니까. 어떤 때는 빨리 끝내고 뒤풀이나 했으면 하고 꾀가 날 때도 가끔 있긴 하다.

_고 1의 글, 「독서 토론을 하면서」

독서 토론의 효과는 대체로 다음과 같다.

① 책에 대한 여러 가지 다양한 해석을 쉽게 접함으로써, 개인적인 책읽기에서 흔히 빚어질 수 있는 피상적이고 독단적인 이해의 위험을 피할 수 있다.
② 좋은 책을 골라 정밀하게 읽는 능력과 자세를 키울 수 있다.
③ 자기 의사를 논리적이고 효율적으로 표현할 수 있는 능력과 상대의 의견을 존중하며 듣는 자세를 키울 수 있다.

④ 합리적인 이성을 중시하는 토론 과정을 통해 참가자 각자의 민주
적 소양을 기를 수 있다.

독서 토론은 '과정과 결과'의 두 측면에서 모두 성과를 거둘 수 있
다는 매력이 돋보인다.

2_흔히 저지르는 잘못들

그러나 독서 토론을 제대로 못하는 경우도 적지 않다. 독서 토론에
참여하는 학생들이 지적하는 문제점들은 대체로 다음과 같다.

· 독서 토론인지 토의인지 잘 모르겠다. 토론은 뭐고 토의는 뭔가.
· 독서 토론을 할 때 결론을 꼭 내려야 하는가.
· 책은 어떻게 선정해야 하는가.
· 주제를 어떻게 선정해야 하는가.
· 몇 사람 중심의 토론으로 지지부진해지는 경우는 어떻게 하는가.
· 의견 존중을 안 할 때의 해결 방법엔 말을 끊는 것 말고 뭐가 있나.
· 말꼬리를 잡는 질문인지 논의에 도움이 되는 질문인지 어떻게 판
단하나.
· 토론 방향에서 자꾸 옆길로 새는 것은 어떻게 막아야 하는가.
· 과연 무엇이 중요한 토론 주제이며 의견인가.

이상을 종합할 때, 토론할 때의 문제점을 다음과 같이 크게 정리할
수 있다.

1) 자신의 주장을 제대로 정리하지 못한다

이는 전적으로 논제에 대한 자기의 이해가 아직 미숙한 데서 빚어
진다. 우선 해당 논제에 대한 자기의 생각이 무엇인지 시간을 두고 깊
이 생각해 보아야 한다. 토론을 하고 싶어도 무엇을 해야 할지 모르는
것도 여기에 속하는 경우이다.

2) 자신의 주장을 제대로 표현 · 전달하지 못한다

이는 머릿속에 표현하고자 하는 생각은 있는데 제대로 말로 표현 ·
전달하지 못하기 때문이다. 이를 고치기 위해서는 논리적으로 표현하
는 여러 방법들과 함께 일반적인 말하기의 요령 등을 익혀야 한다. 상
당히 논리적으로 글을 쓰는 사람도 말을 하려고 하면 계속 더듬거리
는 경우도 있는데 후자가 미흡해서이다.

3) 남의 말을 제대로 듣지 못한다

토론할 때 가장 두드러지는 문제점이다. 많은 사람들이 위의 두 가지
문제점은 스스로 깨닫고 고치려 애쓴다. 그 결과 어느 정도 개선하게 되
지만, 남의 말을 제대로 듣지 못한다는 문제점은 좀처럼 자각되지도 않
고 쉽사리 고쳐지지도 않는다. 남의 말을 그저 건성으로만 듣거나, 상대
얘기를 듣고도 핵심이 무엇인지, 그것이 자기 생각과 어떻게 다른지 파

악하지 못하는 경우는 너무나 많다.

4) 토론 자체에 대한 기본 지식이 부족하다

왜 토론을 하는 것이 좋은지, 무엇을 어떻게 토론해야 할지에 대해 거의 아는 바가 없는 경우다. 이는 토론 문화가 그리 발달하지 못했던 우리 사회에서는 더욱 심각한 문제가 된다. 단 두 사람이 하는 토론이라도 토론 자체를 전개하는 각종 진행 방법들과 유의 사항들을 잘 알아 두어야 한다.

합당한 근거도 없이 자기 주장만 일방적으로 제시하거나, 비논리적이고 감정적으로 상대를 비판하는 토론은 아예 하지 않는 편이 낫다. 토론 주제에 대해 자신의 생각을 넓히거나 고치지 못하는 토론이라면 그 토론은 의미가 없다.

따라서 바람직한 독서 토론을 하기 위해서는 일반적인 토론 진행의 미덕을 그대로 받아들이되, 상대의 의견을 통해 자신의 입장과 태도가 올바른가 반성적으로 사고하는 것이 중요하다. 극단적으로 말해, 자기 생각에 대한 반성이 없다면 독서 토론이라고 보기 힘들지 않을까 싶다. 토론 이전과 이후의 인식 상태가 바뀌어야 의미 있는 독서 토론이라 할 수 있겠다.

그러므로 상대의 의견과 자신의 의견을 변별해 보면서, 상대가 어떤 입장과 태도를 갖고 있기에 자신과 다른가를 검토해 보아야 한다. 그래서 자신이 미처 발견하지 못했던 관점과 사실을 토론을 통하여 얻을 수 있어야 토론의 의미가 있다. 또한 주입식 교육에서 비롯되는 수동적이고 타율적인 자세에서 벗어나, 상대를 존중하는 자세로 스스로 문제를 찾고 해결해 나가는 능력을 길러야 한다.

3_독서 토론은 어떻게 하는가

바람직한 독서 토론을 진행하기 위해서는 구체적으로 어떻게 해야 할까. 몇 가지 측면에서 살펴보자.

1) 도서 선정

전반적으로 양서(良書)를 택하면 무난하지만, 청소년들의 독서 토론이라면 이해 수준과 흥미 정도에 따른 적절한 책[摘書]인지 여부를 고려해 보아야 한다. 바꾸어 말해 청소년들의 독서 토론 대상으로 선정될 수 있는 책들은 책 자체의 내용도 내용이려니와 그것을 어느 정도 이해하고 흥미 있어 하는가의 측면에서 참여자들에 대한 배려도 있어야 한다는 것이다.

대개의 경우 청소년들의 독서 토론은 양서 위주로만 결정되어 그 결과 서로 텍스트에 대해 완전히 이해하지 못한 나머지 피상적인 언어 나열에 그치는 경우가 많다. 더욱이 이른바 '필독 도서' 또는 '권장 도서'라고 제시되는 책들의 목록은 대개 지나치게 어렵거나 획일적이어서 문제가 많다. 그러므로 특별히 영재 교육의 차원이 아니라면 학생들의 보편적 독서 토론은 어디까지나 토론 참여자인 학생 자신의 이해 수준과 흥미 정도를 중심으로 학생 위주로 진행되어야 한다. 특히 논제를 찾기 쉬운 책을 미리 많이 확보해 두는 것도 중요하다.

2) 논제 찾기

책을 고르고 나서도 무엇에 대해 토론을 해야 할지 잘 모르는 경우가 있다. 또한 도대체 토론할 가치조차 없는 지엽적이고 기초적인 논제들을 선정하여 비생산적인 말장난을 하고 마는 경우도 적지 않다. 이는 성인들의 경우에도 흔히 발견되는데 학생들의 독서 토론에서는 더욱 문제가 심각하다.

따라서 이러한 문제점들을 해결하려면 다음과 같은 측면에서 논제들을 정해 보는 작업이 필요하다.

· 잘 이해가 안 되는 부분들과 중요 개념들에 대한 점검.
· 선정된 책의 배경, 즉 그 책이 나오기까지의 여러 가지 전후 상황.
· 그 책의 저자가 갖고 있는 문제의식들.
· 주제에 대한 저자의 접근 태도나 해결 방식의 장단점.
· 관련 분야의 의의. 문학의 경우라면, 문학사적 의의 등.

논제를 좀더 적극적으로 책 밖에서 찾는 것도 생각해 봄 직하다.

3) 참여자 정하기

토론 참여자는 가능한 한 자원자를 원칙으로 하는 것이 좋다. 참여자는 책을 꼼꼼히 읽는 것은 물론, 사전에 관련 자료를 충분히 수집하고 자신의 의견이나 주장을 잘 정리해 두어야 한다. 실제 토론을 할 때에는 발언 순서를 잘 지키되 미리 약속된 발언 시간 동안 자신의 주장을 합리적으로 전개해야 한다. 상대의 발언 내용을 효과적으로 반박하기 위하여 메모하는 것도 대단히 중요하다.

특히 발제자를 정하여 토론하면 효과적이다. 여기서 발제자란, 논제를 정하여 토론을 유도하는 주제 발표자를 뜻한다. 구체적으로, 발제자는 우선 전체 대의나 줄거리를 요약해서 말한다. 그런 다음 논제(또는 논점)에 대한 자신의 주장을 제시한다. 논제는 가능한 한 미리 발표하여 참여자들도 준비하게 하는 것이 토론을 활발하게 진행할 수 있다. 적절한 자료가 있다면 적극적으로 제공한다.

다음에는 토론을 이끌어 갈 사회자를 정해야 한다. 사회자는 사전에 토론의 주제와 종류, 규칙들을 참여자들과 결정하여(또는 참여자들에게 설명해 주어서) 독서 토론을 효과적으로 진행해야 한다. 토론을 시작하면서 토론의 목적과 진행 방법 등을 다시 간단히 설명한 다음 발제자에게 주제를 발표하게 한다. 참여자 모두가 적극적으로 토론에 참여하도록 유도하며, 특정인이 발언을 독점하지 않도록 적절히 발언 기회를 조정해 준다. 특히 쓸데없이 시간을 낭비하지 않도록 적절한 질문과 요약으로 참여자들의 발언들을 잘 정리하여 토론이 논제에서 벗어나지 않도록 노력해야 한다. 어느 정도 토론이 진행되었다고 생각하면 그때까지 나온 의견이나 제안 등을 종합·요약하여 결론을 맺게 한다. 질문과 대답의 시간을 별도로 줄 수도 있다.

4) 진행 방식: 토론의 형태

독서 토론은, ① 발제자 1~3명과 사회, 참여자 15명 안팎, 일부 청중들의 구성원으로 사회자의 진행에 따라 발제자가 발표를 한 다음 참여자를 중심으로 토론을 진행하는 학술 세미나 같은 형태, ② 도서반 또는 독서반과 같은 동아리 활동으로 비교적 시간과 제한 없이 독자적으로 진행하는 형태, ③ 50분이라는 제한된 시간과 50명 정도의 대집단 속에서 진행할 수 있는 약식 토론, ④ 한 주제에 대해 서로 논박하는 형태 등이 대표적이다.

4_창조적 사고를 키워 주는 독서 토론

독서 토론은 효율적인 독서를 위해 빼놓을 수 없는 활동이다. 거의 대부분의 사람들이 이미 다 아는 글로 치부하는 우리 고전 작품들도 독서 토론을 하면 매우 흥미 있게 감상할 수 있다. 이를테면, 『심청전』, 『흥부전』, 『춘향전』 등의 판소리계 소설은 물론 『온달전』과 같은 우리 고전을 대상으로 '심청은 과연 효녀인가', '놀부는 과연 악인인가', '춘향은 과연 정절녀인가', '온달은 과연 바보인가' 등의 논제는 흥미 있는 토론을 위해 적합하다. 또한 이러한 토론은 좀 더 심층적인 차원에서 새롭게 사색할 수 있게 하는 중요한 디딤돌 역할을 한다. 이를테면 '홍길동이 과연 중세적 질서를 깨는 인물인가' 등의 논제는 근대와 인간의 관계에 대해 깊이 생각해 보는 계기가 되는 것이다. 나아가 홍길동이 과연 실제 인물이냐 아니냐를 토론하는 데서 벗어나, 실제 인물과 허구 인물의 차이는 무엇이며, 그 의미는 어떠한가 등에 관해 토론해 보는 것이 매우 필요하다.

그러나 말꼬리를 붙잡고 늘어지는 소모적인 독서 토론의 경우, 자칫 토론 자체가 상당히 피곤하고 불필요한 행위로 전락할 수도 있다. 또한 토론을 원만하게 끝맺으려 하다 보면 자칫 제 눈에 안경이라는 식으로 모든 것을 좋게만 보는 식의 지나친 상대주의나 다원주의의 함정에 빠지게 될 수도 있으므로 주의해야 한다.

독서 토론은 단순히 말싸움이 아니다. 따라서 토론 활동에 임할 때에는 논리적 대처 능력을 기르려 할 뿐만 아니라, 모르는 것을 알려고 해야 하며, 확신했던 것조차 회의함으로써 문제의식을 다듬고 가치관을 보듬는 바람직한 자아로 성장할 수 있도록 부단히 노력해야 한다.

인간 홍길동에 관한 토론

　다음은 『홍길동전』을 읽고 주인공인 홍길동의 행동에 대해 벌인 토론의 일부이다. 즉, 홍길동을 악인으로 보는 의견과 그는 단순히 희생자에 불과하다는 의견이 맞서 서로 반박하는 내용이다. 도움이 되도록 괄호 안에 별도의 설명을 덧붙였으니 참고 바란다.

비판의 입장: 홍길동은 악인이다

　홍길동은 악인입니다. 왜냐하면 그는 살인자이기 때문입니다. (*토론시 발언은 '주장과 근거'의 형태로 합리적으로 진행되어야 한다.) 생각해 보십시오. 그가 곡산모 초란의 흉계로 말미암아 위기에 빠졌을 때를. 그는 태어났을 때부터 탁월했던 능력을 충분히 과시하며 자신을 해치러 온 자객 특재를 죽입니다. 자, 홍길동, 그는 특재를 꼭 죽여야 했을까요? (*설의법을 활용하여 자신의 주장을 강조한다. 적절한 표현 기교는 효과적이다.)

　그는 특재를 죽이면서 이렇게 말합니다. "네 재물을 탐하여 사람 죽임을 좋이 여기니, 너 같은 무도한 놈은 죽여 후환을 없이 하리라." (*근거는 가능한 한 구체적으로 제시하는 것이 좋다.)

　그러나 특재를 죽이는 것이 앞으로 자신에게 해될 것을 막는 길이라는 홍길동의 말은 그대로 받아들이기 어렵습니다. 왜냐하면 홍길동은 사실상 이미 특재를 두려워할 아무런 이유가 없기 때문입니다. 좀더 구체적으로 말해, 그는 특재가 올 것을 미리 예견하는 놀라운 능력을 갖고 있으며, 둔갑법은 물론 각종 병법과 도술에 능한 초인이기 때문입니다. 그러한 그가 특재를 죽이면서 후환을 없앤다는 말을 하는 것은 교묘한 변명일 뿐입니다. 반면에 특재는 홍길동을 죽이려 하기 전 길동에게 자신을 너무 원망하기 말라는 말을 잊지 않는다는 점에서 오히려 인간적인 모습을 보입니다. (*토론의 초점을 특재에게로 옮기므로 바람직하지 않다.)

　물론 특재가 나쁜 죄를 지은 것은 사실입니다. 무고한 사람을 재물을 탐하여 죽이려 했다는 사실은 누가 뭐래도 용서하기 어려운 큰 죄입니다. (*예견

되는 상대의 주장을 미리 반박하는 것도 유용한 토론 방법이다.) 그러나 특재가 죄인이라고 해서 그를 마구 죽여도 좋다는 것은 정당한 행동이 못 됩니다. 이렇게 볼 때, 길동의 행위는 자신의 분노를 못 이겨 그저 파리 죽이듯 인명을 살해한 것에 불과합니다. 당시에도 법이 있었을 테고, 저지른 죄에 마땅한 벌을 받게 했어야 옳음에도, 길동은 법은 안중에도 없이 자신의 감정대로 사람을 죽인 것입니다. (＊보편적인 기준을 토대로 비판하는 것은 매우 설득력이 강하다.)

많은 사람들이 길동을 무슨 의적이나 영웅처럼 추앙하고 있습니다. 그러나 그의 행동에 약간의 칭송할 점이 있다고 해서 그를 살인자가 아니라고 말할 수는 없습니다. 그는 감정에 못 이겨 관상녀(觀相女)를 그날 밤으로 잡아 죽이기까지 하지 않았습니까. 더욱이 홍길동은 "분기를 참지 못하여 또 초란을 죽이고자 하다가, 상공이 사랑하심을 깨닫고" 초란을 죽이기를 포기합니다.

사실 누군가를 죽이려면 초란을 죽여야 하는 것 아닙니까. (＊여러 가지 경우들을 상정하며 말하면 좀 더 설득력이 강해진다.) 문제의 주모자는 초란이니 초란을 죽여야 하는 거 아니겠습니까. 겨우 돈 받고 행한 하수인에 불과한 특재나 관상녀를 그 자리에서 죽인 다음, 자신의 아버지가 사랑하는 여자라는 이유만으로 그녀를 죽일 것을 포기하는 길동의 행위는 그가 얼마나 충동적이고 즉흥적으로 사람을 죽였는가를 보여 주는 단적인 증거가 아니고 무엇이겠습니까.

이제 홍길동은 다시 평가되어야 마땅합니다. 논의를 집중시키기 위해, 그가 서자로 차별받는 것을 한탄했으면서도 자신이 율도국의 왕이 되었을 때는 주저 없이 몇 명의 후궁들을 거느려 자식, 곧 서자를 둔 이율배반은 문제삼지 않겠습니다. (＊이미 제시한 것 말고도 이유가 더 많이 있음을 암시하며 상대의 반박 가능성을 봉쇄하는 것도 한 방법이다.) 그는 법이 아닌, 자신의 감정에 따라 사람을 죽였다는 그 자체만으로도 벌써 용서할 수 없는 죄를 지은 악인입니다. 그는 더 이상 영웅이나 의적으로 칭송되어서는 안 됩니다. 어린 나이에 사람을 무차별로 죽인 살인마이기 때문입니다. (＊자신의 주장을 명료하게 제시하며 끝맺는 것은 매우 효과적이다.)

옹호의 입장: 홍길동은 희생자이다

홍길동을 악인이라고 하신 말씀을 잘 들었습니다. 아주 예리한 지적에 박수를 보냅니다. (＊상대방을 토론의 맞수로 충분히 존중하는 태도가 필요하다.) 그러나 결론을 말하라면 역시 그는 선인이라는 것입니다. 이는 누구도 부정할 수 없는 명확한 결론입니다. (＊자신의 주장을 처음부터 미리 명확하게 제시하는 것은 인상적이다.)

우선 홍길동이 특재를 죽인 것은 정당방위일 뿐입니다. 자신의 목숨이 위태롭게 되었을 때 부득이하게 방어하는 과정에서 일어난 행동을 법적으로 도덕적으로 벌주고 비판할 수는 없습니다.

또한 홍길동이 특재와 관상녀를 초란과 차별하여 죽였다고 해서 악인이라고 주장하셨는데 이는 받아들이기 힘듭니다. (＊상대의 주장에 대한 논리적인 반박은 토론을 할 때 매우 효과적이다.) 왜냐하면 이들의 죽음 사이에는 시간 차이가 꽤 나기 때문입니다. 즉, 특재, 관상녀를 차례로 죽인 다음 곡산모 초란을 죽이려 하다가 그만둔 것은 오히려 칭찬받아야 할 일이 아닐 수 없습니다.

이 자리에 있는 모든 분들께 진심으로 묻습니다. 솔직하게, 아주 솔직하게 대답해 주십시오. 만일 여러분이 길동의 입장이었다고 생각해 보십시오. 자신을 죽이러 온 자를 그냥 가만 내버려 둘 수 있겠습니까. 무조건 인명이 중요하니까 살려 주마고 자비를 베푸시겠습니까. 설령 그렇다고 해도 눈앞에 사건이 벌어지는 현장에서 정말 가능한 일이겠습니까. 그럴 것이라고 말씀하시지 마시고 냉정하게 생각해 보십시오. 자신의 목숨이 달린 싸움을 치러 감정이 격해질 대로 격해져 있는 상태에서 과연 그럴 수 있겠습니까. (＊상대방의 감정에 호소하는 것은 비논리적이긴 하지만 하나의 방법이다.)

홍길동, 그는 어린아이입니다. 정상적인 상황이 아니라는 점을 강조하는 이유가 바로 여기에 있습니다. 전문 자객이라 할 수 있는 특재가 죽이러 왔을 때 그는 분명 어린아이였습니다. 비록 남다른 능력을 가졌지만 홍길동은 분명 이름 그대로 아이에 불과했습니다. 아이에 불과한 그에게 정상적인 상황에서 자제심이 유별나게 강한 성인에게서나 나올 자기 절제를 요구한다는 것은 그 자체가 모순 아니겠습니까.

더욱이 서자라는 굴레를 쓰고 온갖 서러움을 경험한 것은 어린 나이의 길동에게 너무나 힘들었을 것임을 우리는 쉽게 알 수 있습니다. 그렇습니다. 길동이 오죽 힘들었겠습니까. 오죽 마음 고생이 많았겠습니까. 자기 목숨이 위협받는 상황을 당한다면 성인이라도 정상적인 판단을 하기 힘들 것입니다. 어린 나이에 처음으로 큰일을 당한 길동에게는 더더욱 힘들었을 것입니다.

법률은 미성년자라는 개념을 인정하고 있습니다. 성년과는 다른 미숙한 상태, 나이가 어림에서 오는 미숙한 상태를 인정하는 것입니다. 법률에서는 어떤 행위에 대해 성년과 미성년을 차별하여 판단한다는 것은 여러분들도 잘 아시리라 믿습니다.

이제 다시 묻겠습니다. 길동은 성인입니까. 미성년자입니까. 그렇습니다. 분명 미성년자입니다. (＊법과 같은 객관적인 기준에 입각하여 자신의 의견을 주장하면 설득력이 강하다.) 이름도 아이 동(童)자를 쓰는 아이일 뿐입니다. 영어로 말하면 길동이란 이름은 재수 있는 아이, 럭키 보이 lucky boy 아닙니까. (＊쓸데없는 요설은 토론의 실패를 자초한다.)

따라서 그의 행동을 성인의 입장에서 보는 것은 잘못된 발상입니다. 그가 특재를 죽인 것은 사실이지만 그렇다고 해서 미성년자인 그를 살인자로 모는 것은 잘못입니다.

실제로 그는 그 후 그날 밤과 같이 사람을 죽이지 않습니다. 그렇기에 그는 서자 제도의 희생자일 뿐 살인자가 아닙니다. 살인자를 그토록 오랫동안 우리 민족 대다수가 의적과 영웅으로 받아들였다는 것입니까. 선악의 판단은 그 사회의 사람들이 내리는 것입니다. 단지 누구를 죽였다는 사실만 가지고 도덕적인 판단을 내린다는 것은 너무 단순한 사고가 아닐까 생각합니다. (＊비논리적인 부분이다.) 다시 한 번 힘주어 말하건대 그는 악인이 아닙니다. 그는 희생자일 따름입니다.

부록
다시 읽기, 다시 생각하기

읽는다는 것은 생각한다는 것이다. 읽는 과정은 생각하는 과정과 거의 일치한다는 연구 결과도 있다. 따라서 읽는다고 해서 모두 똑같이 읽는 것은 아니다. 생각하는 능력에 따라 읽는 능력 또한 달라진다는 것이다.

이 장에서는 흔히 지나치기 쉬운 우리의 고전들을 대상으로 새롭게 분석을 시도했다. 새로운 시각으로 접근하는 과정을 읽으며 새로운 관점의 중요성을 느꼈으면 한다.

읽으며 생각할 수 있도록 모든 글들의 뒤에 왜 그것들을 쓰게 되었는가를 나름대로 말하는 방식을 택했다. 이는 어떤 대상을 어떻게 접근하고 생각하여 글로 써 나가는 가를 보여 줌으로써, 단순히 글의 내용을 전달하기보다는 사물과 세계를 새롭게 해석하는 힘에 대해 생각해 보았으면 하는 바람에서이다.

1. 저기 들판에서
— 호동과 해명

겨울 들판에 나가 본 적이 있는가. 멀리 산자락 끝이 아스라이 머물고, 살아 있는 것 하나 보이지 않는 겨울 들판에, 오직 차가운 바람만이 온몸을 휩싸는 겨울 들판에, 홀로 걸어 본 적이 있는가. 어디선가 들려오는 깊숙한 들판의 소리를 들은 적이 있는가……

1_문학은 인간의 삶을 밝히는 작업

문학은 인간의 살림을 밝히는 작업이다. 문학은 단순한 유희에 머물지 않으며, 삶에 대한 진지한 질문과 대답의 과정이자 결과로서 인간을 진정한 인간으로 가능하게 해 주기 때문이다. 그래서 문학은 언제나 인간을 위해서 존재하며, 인간은 언제나 문학의 궁극적 주제가 된다. "인간은 아직도 확정되지 못한 인간"이라는 니체의 말대로, 인간은 늘 끊임없이 자기를 완성해 가는 존재이기 때문이다. 그리고 그 완성은 늘 언어를 통하여, 다시 말해 가장 엄밀하게 고차원적으로 조직된 문화적 언어를 사용하여 비로소 가능해진다. 하여 우리는 비로소 왜 사는가, 어떻게 살아야 하는가 등의 자기 규명과 실천을 문학을 통해서 할 수 있다.

문학 작품 속에서 인간은 인물로 나타나며 구체화된다. 바로 이 구체화된 모습이야말로 인간을 말하는 여타의 예술 장르에 비해 문학이 가진 특별한 장점이라고 할 수 있다. 살아 숨쉬는 듯 구체화된 인생을 읽고 듣는 것이야말로 생생하게 인간을 경험하고 그 본질을 밝혀 주는 가장 중요한 요소가 된다. 우리가 고구려 시대의 인물인 해명과 호동을 살펴보고자 하는 이유도 바로 여기에 있다. 과거의 인물을 문학적으로 탐색하는 것이야말로 현재의 인간, 우리의 삶을 발견할 수 있는 창조적인 도전이 되기 때문이다.

2_호동왕자와 해명태자의 죽음

고구려 제2대 유리왕의 손자이자, 고구려를 괴롭혀 온 북부여를 공격하여 부여 왕을 죽인 대무신왕(大武神王)의 아들, 그가 바로 호동(好童)왕자이다. 일찍이 대무신왕은 고구려의 안녕과 기반 확립을 위하여 먼저 낙랑군의 여러 작은 국가들을 없애려는 계획을 갖고 있었다. 호동왕자는 이러한 아버지의 뜻에 따라 옥저와 연합하고자 길을 떠난다. 도중에 우연한 계기로 낙랑군의 최씨 낙랑국에서 낙랑공주와 사랑에 빠지게 되어 결혼하나, 고구려의 풍속상 홀로 고구려로 돌아온다.

고구려에 돌아온 호동은 사랑하는 낙랑공주에게 고구려인의 아내임을 멀리서나마 깨우치어 낙랑국 최대의 보물인 스스로 울리는 북 '자명고(自鳴鼓)'를 찢게 하고 때맞춰 공격한다. 방심한 낙랑국은 격파되고, 낙랑공주의 아버지는 나라를 배신한 딸을 죽이고 자결한다. 조국을 위해 사랑하는 아내를 잃고 만 호동은 처절한 심정으로 조국으로 돌아오나 호동을 시기하는 무리들만 기다리고 있어서 그를 괴롭힐 뿐이다. 더욱 비통해진 호동은 죽은 낙랑공주를 그리며 자결한다.

호동의 큰아버지뻘인 해명(解明)태자의 이야기는 잘 알려져 있지는 않으나 더욱 비극적이다. 해명은 대무신왕의 형이 되는데, 왕위에 오르기 전에 아버지 유리왕의 명령으로 죽은 태자이다.

해명은 일찍부터 기골이 장대하고 용감하여 왕위를 잇는 데 손색이 없던 인물이다. 그는 이웃나라 황룡국에서 고구려를 시험하고자 강궁(强弓)을 보내오자, 그 속셈을 예리하게 파악하여 단숨에 그 강궁을 꺾어 황룡국의 간담을 서늘하게 한다. 한편 유리왕은 화희와 치희라는 두 부인(유리왕이 지은 「황조가」와 연관) 사이에서 원래의 진취성을 점점 잃고 만다. 그리고 현상 유지에 급급한 나머지 이웃 황룡국과 친하게 지내려던 차에 태자의 이러한 행동은 불손하고 불충한 일이었다.

유리왕은 대노하여 황룡국 왕에게 자식인 해명을 죽여 달라고 하였다. 이에 고무된 황룡국 왕은 태자인 해명을 만나 보기 원하였다. 주위 사람들은 죽이려는 것이 틀림없다며 가지 말라고 만류하나, 해명은 의연히 황룡국에 가서 그 왕을 만났다. 처음엔 무조건 죽이려 하였던 황룡국 왕은 태자 해명을 보고 오히려 감복하였다. 끝내 예로써 대우하여 돌려보내 주었다.

그러나 유리왕은 사람을 보내 끝내 해명에게 자결하기를 명했다. 해명은 도망치라는 권유에도 불구하고 자신을 불효자라고 오해하는 아버지일지라도 명을 어겨서는 안 된다며 자결을 하고 만다. 여진의 동원이라는 곳으로 가서 들판에 창을 무수히 꽂아 놓고 말을 달려 비상(飛翔)하여 창에 찔려 죽으니, 태자의 나이가 21살이었다. 나라에서는 그 들판을 창원(槍原)이라고 이름하며 후히 장례를 치르고 사당을 세워 주었다. 김부식의 『삼국사기』에는, "아비가 아비 노릇을 못하였고, 아들 또한 아들로서 아들 노릇을 못하였다"는, 양비론(兩非論)적인 평을 고루하게 달아 놓고 있다.

　해명태자의 이야기 속에는 호동왕자의 경우와 같이 남녀간의 사랑이
라는 로맨스조차 없기에, 그리고 아버지가 자식을 끝내 죽인다는 점에서
더욱 비극적인 요소가 강하다. 그러나 우리 문학사상 가장 장렬하고 비
극적인 죽음으로 꼽힐 만하다는 점에서 주목할 만하다. 그 죽음은 한 사
나이의 영혼이 스스로 판단하고 결정한 가장 주체적인 선택이었다는 점
에서 삶에 대해서 많은 것을 생각하게 해 준다. 아버지에 대한 효와 조국
에 대한 뜨거운 사랑을 가진 영웅이 스스로 죽음을 선택함으로써 자기의
삶을 완성한 경우이기 때문이다. 아울러 들판에 무수히 창을 꽂아 놓고
목숨을 끊는 최후는 용감한 고구려인들의 정신적 초상을 보여 주고 있
다. 그 정신은 호동으로 이어지며, 수많은 호동으로 보이지 않게 구현되
어 고구려의 광활한 동북아시아 대륙의 제패라는 역사를 낳게 했음이 분
명하다.

3_인간과 죽음, 그리고 재발견

　　인간은 죽음이라는 피할 수 없는 운명을 놓고 누구나 자신의 유한성에 절망한다. 그 결과 선약(仙藥)을 찾으며 불로장생을 꿈꾸기도 하고, 자손이라는 자기의 분신을 남김으로써 간접적으로 죽음을 극복하려고 노력한다.

　　그러나 인간에게 죽음의 극복은 육체적으로 죽지 않는다는 것이 아니라 정신적으로 죽음을 이겨 낸다는 의미이다. 즉, 죽음을 통하여 자기 삶을 궁극적으로 완성하는 것이야말로 유한한 인간이 취할 수 있는 가장 진실한 방법이라는 말이다. 사실 신이 아닌 인간이기에 죽음이란 꼭 필요한 것이 아닐까. 상상하건대 인간에게 죽음이 없다면 지금의 현실은 더욱 '비인간적'이 될 것임이 틀림없다. 인간은 죽음이 있기에 진정한 삶을 추구하게 되며, 유한하기에 무한을 꿈꾸는 존재이다. 인간을 인간답게 해 주는 요소 중의 하나가 바로 죽음이며, 인간은 그 죽음의 극복을 통하여 비로소 인간다운 인간으로서 존재하게 되는 것이다.

　　호동은 둘째 왕비에게서 태어난 왕자이다. 당시 고구려는 왕권이 아직 확립이 안 된 때였기에, 왕위 또한 부자 상속이 아닌, 형제 상속이었다. 형제 상속은 왕이 한낱 왕권을 잡을 수 있는 가문의 대표자 구실밖에 못할 때나 가능하다. 그러기에 호동의 거세는 왕위 세습으로 진행되는 왕권 강화를 위한 움직임과 연관시켜 해석할 수도 있다. 호동이 자신을 음해하려는 무리의 뒤에 첫째 왕비가 있다는 사실을 알고도 스스로 죽음을 택한 것은 단순히 낙랑공주의 죽음으로 실의에 빠져서가 아니다. 자신이 왕이 되는 것을 포기함으로써 왕권이 강화되며 고구려의 기틀이 확립될 수 있도록 스스로 살신성인한 듯하다. 물론 사랑하는 낙랑공주를 잃게 되어 이러한 결정을 쉽게 할 수 있었을 것이다.

이것은 해명태자 이야기에서 더더욱 강하게 느낄 수 있다. 해명은 유리왕의 두 부인 중 한족(漢族) 출신인 치희의 소생으로 여겨진다. 당시 고구려인들은 한족에 대한 증오감이 가득했다. 따라서 한족의 피가 섞인 해명태자보다는 조금 어리지만 역시 명민했던, 고구려족인 화희의 소생 구휼왕자(후일 대무신왕)에게 더욱 호감이 갔을 것이다. 이러한 민심을 총명하게 파악한 해명 또한 자신의 출생에 따른 한계를 직시하고, 조국에 대한 사랑으로 스스로 희생양이 되었을 가능성을 무시할 수 없다. 요컨대 해명의 죽음은 순수 고구려 혈통으로 왕권이 넘어옴을 뜻하며, 그는 기꺼이 그 길을 택하되 가장 무사다운 죽음의 풍경을 연출함으로써 고구려의 지속과 발전을 위한 정신적인 경지를 제시한 것이다.

그렇다면 해명이야말로 고구려 초기의 어려운 상황을 자신의 죽음으로써 성공적으로 풀어 나간 인물이라고 볼 수 있다. 이 점은 우리에게 인간을 다시 생각하게 만들어 준다. 인간성의 고귀함을 믿게 만드는 이러한 해석은 실제로 해명이 그랬는가 안 그랬는가 하는 사료 차원의 사학적인 탐색이 아닌, 인간 삶의 구체적 살핌이라는 문학적인 상상 그 자체로 충분히 의미 있는 것이다.

끝으로, 해명은 척박한 땅과 보잘것없는 자원 때문에 끝없이 외부로 팽창해 갈 수밖에 없는 당시 고구려에 필수 불가결한 원심적인 진취성을 요구하던 백성들의 정신적 공감대가 만들어 낸 집단적인 자아의 투영인지도 모른다.

4_새로운 문학적 창조를 위하여

문학은 인간과 세계에 대한 발견이자 해석이며 실천이다. 또한 문학은 한 나라의 문화와 역사 등, 여러 특성들을 가장 생생하게 반영하는 자화상(自畵像)이다. 그러나 우리의 경우 문학적 전통을 창조적으로 계승하기가 힘들었다. 그 결정적인 이유는 물론 일제 식민지 지배를 받은 경험이다. 이로 말미암아 우리는 우리의 문학을 창조적으로 계승하는 대신에 심각한 단절과 파행적인 굴절을 거쳤다. 식민지 지배를 당한 역사적 경험은 지금까지도 사회 각 부분에 심각한 후유증으로 남아 있지만, 한 나라의 정신적 집단 자화상이라고 할 수 있는 문학의 경우 그 상처는 더욱 심각하다.

그렇기에 식민지 잔재를 빨리 청산하고, 민족 문화를 올바르게 계승해야 하는 우리는 우리 문학에 대한 뜨거운 애정으로, 지나간 우리 역사 속에 명멸하는 무수한 '인간'들을 찾아 나서야 한다. 이러한 인간 찾기의 길은 우리에게 삶의 의미를 규명하게 해 줄 것이며, 우리가 지금 여기에서 왜 사는가, 또 어떻게 사는 것이 훌륭한 삶인가 하는 질문과 실천을 의미 있고 심도 있게 만들어 줄 것이다.

우리 역사 속에는 해명과 호동 이외에도 무수히 많은 인물들이 생생하게 호흡하며 우리가 찾아 주기를 기다리고 있다. 우리가 그들을 발견하는 순간, 우리 자신 역시 진정 발견될 수 있을 것이다.

이제 아무것도 보이지 않는 황량한 겨울 들판에 나가면 자신의 영혼 깊숙한 곳에 다가오는 소리가 들릴지도 모른다. 일찍이 이육사(「광야」)와 이상화(「빼앗긴 들에도 봄은 오는가」) 등에서 이미 들렸던 소리가……. 뜨거운 가슴으로부터 솟구쳐 나왔던 바로 그 소리를…….

■ 글을 쓰게 되기까지

해명태자를 알게 된 것은 대학 시절 로욜라 도서관 5층의 서쪽 창가에서였다. 나는 거기서 책상 위에 펼쳐져 있는 『삼국사기』를 우연히 들쳐 보다가 몇 줄의 짧은 글을 발견할 수 있었다. 일명 창원 전승(槍原傳承)으로 불리는 해명의 죽음에 관한 대목이었다. 마침 뉘엿거리던 겨울 해가 붉은 기운을 서강 하늘에 길게 퍼뜨리던 순간이었고 나는 놀랍도록 비장한 그 죽음의 풍경을 머리 속에서 오랫동안 그릴 수 있었다.

그는 단순히 무사로서 비장한 죽음을 택했던 것일까. 이후 나는 해명에 관한 자료를 수집하리라 마음먹고 저인망식으로 고구려에 관한 자료라면 무조건 모았다. 그는 나에게 고구려라는 나라로 한 걸음씩 꾸준하게 다가가게 만든 주역이었던 셈이다.

그러나 막상 고구려에 관한 자료들을 흡족하게 구할 수는 없었다. 서점에 가 보아도 삼국 시대 자료는 별로 없었고 그나마도 신라에 관한 연구가 대부분이었다. 객관적인 사료가 있어야 연구가 가능한 사학의 특수성을 감안해도 분명히 편중된 국내 사학 연구의 현실을 보는 듯했다. 아무리 고구려 고분에 대한 접근조차 어려웠던 상황이라 해도 우리의 고구려는 암흑 속에 갇혀 있을 뿐이었다.

호동왕자는 해명태자에 대한 관심으로 비로소 다시 알게 되었다. 잘 알려져 있는 사랑 이야기로 호동왕자를 보려 한 고정관념 때문이었다. 그러나 해명을 찾고자 고구려 초기 자료들을 읽는 동안 나는 호동을 다시 객관적으로 바라볼 수 있었다. 그리고 그들의 묘한 공통점, 모두 스스로 자결하는 일련의 과정에 깊은 관심을 갖게 되었다.

해명과 호동, 그들은 역사의 저편에서 우리에게 손짓하고 있는 인물들이다. 나는 사학의 손길 대신 문학의 손길로 그들을 맞이하고자 애써 보았다. 이 글은 그들에 대한 내 애정의 표현이다.

2. 꿈과 좌절, 운명애와 극복
— 온달과 평강

바보 온달에 관한 이야기는 잘 알려져 있다. 바보 온달이 평강공주라는 훌륭한 여인의 슬기로운 내조를 받아 훌륭한 장군이 되었다는 이야기. 언뜻 남성판 신데렐라 이야기 같다. 즉, 여성들에게는 꿈속의 왕자를 기다리는 신데렐라 콤플렉스가 있다면, 우리나라의 남성들에게는 어느 날 갑자기 평강공주 같은 여성이 자신을 성공시켜 주었으면 하는 온달 콤플렉스가 있지나 않은지 모르겠다. 바보인 온달도 여자만 잘 만나면 성공하는데……. 지금 이 순간에 중얼거리는 남자들이 적지 않은 듯싶다.

그러나 과연 온달은 바보였을까? 이러한 질문을 던지며 『온달전』에 대한 또 다른 시각을 검토해 보자.

1_온달이 바보라고요?

온달에 대해 확인할 수 있는 기록은 『삼국사기』 열전(列傳)에 실린 『온달전』이다. 온달과 같은 동아리에 속해 서술된 열전의 인물들로는 을파소, 밀우와 유유, 박제상 등, 그야말로 충신 중의 충신들이다. 바보의 뜻이 담겨 있지 않은 제목으로 보거나, 서술된 비중과 위상으로 보거나, 적어도 『삼국사기』의 저자 김부식에게는 온달이 바보가 아니고 고구려를 대표하는 충신으로 인식된 듯하다.

실제로 많은 사람들이 한결같이 '바보 온달'로 해석하는 "우온달(愚溫達)"이라는 어구는 글 전체에서, 그것도 처음에 단 두 번 나올 뿐이다.

온달은 고구려 평강왕 때 사람이다. 용모는 우스꽝스럽게 생겼으나 속마음은 고왔다. 집이 매우 가난하여 언제나 밥을 빌어 모친을 봉양하며 헤어진 적삼에 뚫어진 신발로 거리를 오가니 사람들이 보고 "우온달(愚溫達)"이라고 하였다. (*여기서 평강왕은 평원왕을 뜻한다.)

비록 용모는 소박하나, 구걸을 하며 눈먼 어머니를 봉양하는 마음씨 고운 온달을 거지나 효자도 아닌, 바보로 해석하는 것은 문맥상 아무래도 이상하다. 또 『온달전』의 그 어느 대목에서도 온달이 바보임을 보여 주는 구체적 언행은 한 군데도 없다. 오히려 온달은 평강공주가 자기와 결혼하겠다고 찾아왔을 때, 계급의 차이와 빈부의 차이에서 오는 결합의 비현실성을 지적하면서, 공주로 둔갑한 여우가 아닌가 의심한다. 이러한 사려 깊음은 두말할 필요도 없이 온달이 바보가 아님을 보여 준다. 물론 이는 온달을 충신으로 보는 김부식의 서술 태도 때문일 수도 있다. 그러나 온달을 무조건 바보라고 단정하고 『삼국사기』의 기록을 접근하는 태도는 시정되어야 옳다.

그럼 온달이 분명 바보가 아니라면, 당시 사람들은 왜 '우(愚)'라는 글자를 그의 이름 앞에 붙여 불렀을까? 많은 고구려 관련 연구서들에서 이미 입증되었듯, 6세기 말의 당시 고구려는 평강공주가 궁궐에서 가지고 나온 패물로 밭과 집, 노비와 우마, 기물 등을 직접 살 수 있는, 초기 형태의 금전 만능 사회였다. 이러한 세속적 현실 속에서 오로지 노모를 봉양하면서 세상과 담쌓고 살아가는 거지 온달의 고지식한 효성을 약삭빠른 시속(時俗) 사람들이 냉소적으로 '어리석다(愚)'고 말할 수 있을 것이다.

그러므로 굳이 온달에게 '바보'라는 수식어를 붙이기 위해서는, 그 뜻을 세상 사람들과는 다른 어떤 '우직함'이나 '고지식함'으로 이해해야 할 듯 싶다. 즉 '愚'의 진정한 의미는 '바보'가 아니고, '인간다운 인간'이라는 심층적 차원에서 생각하는 것이 좋겠다. 이런 관점의 연장에서, 울보 평강공주 또한 새롭게 해석해 보자.

2_평강: 온달이라는 원(圓)의 중심

평강공주는『온달전』의 또 다른 주인공이다. 평강공주가 없다면『삼국사기』의『온달전』은 처음 몇 줄에서 끝나게 될 정도로, 평강공주는 아주 중요한 존재이다. 비유컨대, 평강공주 없는 온달은 중심 없는 원(圓)이다. 중심과 원 ── 이것은 바로 평강과 온달의 관계를 단적으로 함축한다.

두루 알다시피, 평강공주는 어려서부터 '울보'였다. 부왕은 평강이 울보이므로 사대부 집에 시집갈 수 없으니, 크면 '바보 온달'과 결혼시키겠다고 매번 희언(戲言)을 한다. 이윽고 16세가 되었을 때 평강은 아버지가 정해 준 '상부 고씨'가 아닌, 온달과 결혼할 것을 주장한다.

누구에게나 잘 알려진 이 대목을 잘 살펴보자. 평강이 울보이기 때문에 사대부 집에 시집 갈 수 없다는 부왕의 말은 도대체 논리적인 말인가. 또한 온달에게 시집 보내겠다는 부왕의 말이 그저 단순한 농담 정도의 희언이었다면, 총명한 평강공주가 그것을 진담으로 여겨 후일 온달과의 결혼을 고집스레 주장하는 것은 이상하지 않은가. 어떤 이는 여기서 결혼하면 아버지 대신 남편을 섬기는 유교의 전통을 근거로 내세우고 있으나 말이 안 된다. 처녀가 부모의 뜻을 거스르고 결혼을 자기 마음대로 정하는 유교적 규범은 없기 때문이다.

이러한 의문들을 풀기 위하여 여기서 잠깐 '울보'라는 말의 의미에 대

해 깊이 생각해 보자. 인간에게 울음은 소극적인 자기 표현의 방법이다. 대개 욕구 불만에서 표출되는 울음은 소극적이라는 점에서는 부정적이나, 자기 표현이라는 점에서는 긍정적이다. 평강공주가 어려서부터 울보라는 사실은 그녀가 어릴 적부터 부왕과는 대립되는, 욕구 불만의 여아(女兒), 자기 주장이 소극적이나마 일관된 여아였음을 뜻하는 것은 아닐까. 그러기에 왕은 평강에 대한 권위를 세우기 위해서, 자꾸 울면 온달에게 시집 보내겠다는 '위협적인 희언'을 딸인 평강공주에게 되풀이하게 되었을 것이다.

따라서 부왕의 희언은 평강이 그저 울기만 하는 맹목적인 울보이므로 '바보'에게 시집 보내겠다는 단순한 농담이 분명 아니다. 즉, 사대부 계급과는 같이 공존할 수 없는 평강공주의 어떤 반왕족적, 반사대부적인 자기 주장과 태도(소극적인 표현의 울음으로 상징된다!)에 대해, 그렇다면 하층 계급의 온달에게 시집 보내 신분 전락을 시키겠다는 위협의 뜻으로 해석하는 것이 더 자연스럽다. 요컨대 이제까지는 바보 온달에게 시집 보내겠다는 왕의 말을, 지나치게 '바보'에 집중한 나머지(그것도 온달을 선천적 열등아로 속단하는 잘못 위에서) 그릇되게 해석한 것이다.

여기서 다시 울보 평강공주의 본질적 속성이, ① 계층적 차원에서는 사대부적인 속성과 통하지 않고, ② 인간적 차원에서는 온달이라는 인간다운 인간과 통해 있다는 것을 확인할 수 있다. 그러므로 온달과 결혼시키겠다는 부왕의 말은 부왕의 의식에서는 위협이 되겠으나, 공주의 의식에서는 위협이 아닐 뿐만 아니라, 후일 16세의 나이로 혼기가 되었을 때 당당히 자기 주장으로까지 내세우는 근거가 된다.

그러므로 평강공주와 바보 온달 이야기는 일단 왕족인 평강과 민중인 온달의 관점으로 바꾸어 이해해야 한다. 그리고 한 걸음 더 나아가, 이때 온달은 그저 계급적 차원의 민중에만 머무는 것이 아니라 인간적 차원에서 '인간 온달'로 파악해야 한다. 앞서 '우온달(愚溫達)'을 선천적 바보가 아닌, 어떤 어려움 속에서도 일관성과 효성을 갖춘 인간다운 인간으로 해석한 점을 되새겨 보자. 참고로 온달을 일반 민중으로 보지 않고, 몰락한 명문의 후예라고 볼 수도 있으나, 역사적 고증을 할 수가 없다. 따라서 온달을 몰락한 명문의 후예로 추단하는 것보다는, 상부 고씨 및 왕가와는 대립되는 여타 계급을 대표하는 인물로 범박하게 보는 것이 나을 듯싶다.

3_결혼: 원과 중심의 결합

이제까지 사람들은 평강공주의 총명함이 바보 온달을 고구려 제일의 명장으로 만든 것처럼 『온달전』을 파악해 왔다. 이러한 오류는 앞서 밝혔듯, '우(愚)'라는 글자를 바보의 의미로 속단하고, 울보의 의미를 너무 쉽고 간단히 처리한 데서 발생한다. 그 결과 『온달전』의 주인공은 바로 평강공주인 것처럼 일부에서 해석하기도 했다. 그러나 『온달전』의 주인공은 분명히 평강과 온달, 두 사람이다. 온달과 평강의 공주는 앞서 비유했듯 원과 중심의 관계이다. 중심이 있어야 원이 되고, 원이 있어야 중심도 있다. 온달과 평강은 결코 우열의 관계로 따질 인물이 아니다.

또한 이들의 결합, 곧 결혼은 여러 가지 다양한 의미를 갖는다. 우선 평강 개인으로서는, 온달과 결혼하는 것은 부왕인 아버지로부터 완전히 독립한다는 의미가 있다. 그리고 자신의 결함이었던 '울음'(총명하지만, 여전히 소극적인 자기 주장이나 태도)을 완전히 긍정적으로 극복할 수 있는 결정적인 계기가 된다. 따라서 궁궐에서 뛰쳐나온 평강은 더 이상 울보 소녀가 아니다. 그리고 자기 존재의 독립을 선언한 적극적 여성으로 성숙해 간다. 급기야 온달이 죽었을 때는, 평강은 그 죽은 영혼을 달랠 수 있는 일종의 무신(巫神)의 역할까지 하게 된다.

이는 온달의 경우도 역시 마찬가지이다. 품성이 착하고 효자이기는 하나, 어머니라는 울타리를 벗어나지 못했던 온달이 평강공주와 결혼한 것은 새로운 세계에 대한 눈뜸을 뜻한다. 그 결과, 온달은 개인적 차원의 효자라는 폐쇄적 한계성을 탈피하여, 대형(大兄)이라는 고구려 최상층의 벼슬을 얻을 수 있었고, 마침내 고구려를 위한 싸움을 통해 외침을 격퇴하고 잃은 땅을 회복하고자 온 힘을 다하는 일종의 무신(武神) 역할까지 하게 된다.

종합적으로 말해서, 온달과 평강은 결혼을 통하여 각기 절대적인 부모(막강한 권력의 아버지와 지혜를 갖춘 장님 어머니)의 영역으로부터 벗어나 완전한 독립된 성인으로 성숙해 간다. 결혼을 통해 이들은 각기 막강한 힘을 가진 온달과 지혜를 갖춘 평강공주로 성숙하면서 서로의 부모를 엇갈려 극복해 간다.

좀 더 부연하자면, 평강은 온달의 어머니를, 온달은 평강의 아버지를 각각 지혜와 용감함으로 넘어서는 이러한 결합은 곧 새로운 세대의 탄생을 의미한다. 이런 맥락에서, 『온달전』은 젊은 남녀가 부모의 영향에서 벗어나 완전한 성인이 되어가는 부모 극복담이며, 일종의 입사식담 initiation story이다.

4_고구려의 꿈과 좌절, 그리고 운명애와 극복

6세기 말 고구려는 격변의 시기였다. 북으로는 후주(後周: 北周라고 도 함)의 침입이 있었는가 하면, 어느새 그 후주와 진 등을 멸망시킨 강 력한 통일 국가인 수(隨)가 건국되어 요동을 또다시 위협하고 있었다. 또 한 남으로는 신라가 끊임없이 세력을 키워 삼국 간의 요충지라고 할 수 있는 한수 이북을 강점하고 있는 등 국제적 역학 관계가 변화무쌍한 위기 상황이었다.

고구려는 이미 건국 초부터 확장하지 않으면 붕괴할 수밖에 없는 국가 적 속성을 갖고 있었다. 즉, 끝없는 확장이야말로 위기 상황을 극복하고 국가를 존속시키는 데 절대적으로 필요했다. 원심력이야말로 고구려를 지탱하는 힘이었다. 바로 이 원심력은 온달의 실지(失地) 회복을 향한 자 발적이고도 결사적인 행동에서도 엿볼 수 있다.

원심력은 강력한 구심력이 바탕이 되어야 존재한다. 고구려의 경우 그 구심력은 공주가 민중과 결혼하는 데서 암시되듯, 계층을 초월한 단결이 라는 전통 깊은 민족적 결속력에서 얻어졌다. 왕궁에서 쫓겨나와 다시 아 버지이자 군왕인 평원왕의 휘하로 온달 부부가 들어가는 것 역시, 자기가 속한 공동체에 대한 존중으로서, 조국 고구려에 대한 사랑을 의미하는 또 다른 구심력을 뜻한다. 이러한 구심력이 국가를 존속시키기 위한 확장적 원심력과 함께할 때, 언제나 고구려는 강대한 동방의 대제국이었다.

온달과 평강 이야기는 단순히 바보와 울보의 결합이 아니라, 이 강대 한 대제국의 원심력과 구심력의 이모저모를 잘 보여 준다. 동시에 애정을 갖고 고구려를 읽어 가는 후세의 사람들에게, 계립현과 조령 이북을 다시 되찾기 위하여 싸움터로 가는 온달에게서 고구려인들의 꿈을 읽게 해 준다. 또한 한수 근처의 아차산성에서 유시(遺矢)에 맞아 죽는 온달에게서 고구려인들의 좌절을, 움직이지 않는 관을 어루만지며 "생과 사가 이미 정해졌으니 돌아가라."는 말로써 온달의 영혼을 위로하는 평강공주에게서 고구려인들의 운명애와 정신적 초월을 선명하게 보여 준다.

■ 글을 쓰게 되기까지

온달과 평강에 대한 이야기를 처음 들은 때가 언제일까. 기억이 나지 않는다. 할머니 무릎 위에서 들었는지 어린 시절에 그림책에서 읽었는지 나도 모르게 자연스럽게 알게 된 이야기이기 때문이다. 비단 나만이 아니라 한국인이라면 모두 그냥 자연스럽게 알게 되는 이야기가 바로 온달과 평강 이야기 아닐까.

그러나 스무 살이 넘은 어느 날 문득 나는 온달과 평강에 바보와 울보라는 수식어를 붙이는 것이 의심스러워졌다. 온달이 왜 바보인가? 평강이 왜 울보인가? 겉으로 보기에는 바보요 울보이지만 그들은 모두 훌륭한 삶을 영위한 고구려 최고의 자랑스러운 부부 아닌가? 며칠 동안 의문은 꼬리를 이었고 나는 어떻게 정리해야 할지 몹시 혼란스러웠다.

먼저 온달과 평강의 기록이 어디에 나오는가를 확인해 보았다. 설화라고는 하지만 『삼국사기』에 실려 있어 가능한 한 객관적인 눈으로 읽어 보았다. 한문으로 씌어진 아주 짧은 분량의 글에서는 특별히 온달이 바보라는 것이 부각되어 있지 않았다. 그러나 김부식의 서술 태도는 분명히 온달에게 대단히 호의적이었다.

몇 번을 다시 읽었다. 대학 시절 국문학을 공부하면서 배운 작품 분석의 방법은 내게 많은 도움을 주었다. 많은 의문들이 떠올랐고 나는 철저히 작품 중심으로 읽으며 때로는 외재적인 차원에서 해석에 도움이 되는 관련 논문들을 읽어 보았다.

유감스럽게도 그리 마음에 드는 논문은 없었다. 설화의 문학화가 제대로 연구되지 않은 국내 연구 실태 탓이었다. 그나마 대개 평강공주의 측면만을 강조한 글들이었다.

  나는 온달과 평강을 모두 존중하는 시각을 갖고 있다. 언뜻 바보로만 보이는 민중의 아들 온달과 역시 울보이기만 한 왕족의 딸 평강이 만나 시련을 극복하고 서로 자신들이 모자랐던 부분을 채우며 상대 또한 완성시켜 가는 이야기로 생각하기 때문이다.

3. 닫힌 사회와 자유 의지
— 심청

꽃다운 나이에 인당수로 몸을 던진 소녀. 아버지의 눈을 뜨게 하기 위해 공양미 삼백 석에 자신의 생명을 맞바꾼 지극한 효녀. 심청을 모르는 한국인은 없을 것이다. 심청은 절대적인 효(孝)의 상징으로서, 그리고 착하기만 한 비극의 주인공이 행복한 결말을 맞이하는 이야기의 전형으로서, 우리 민족 누구에게나 친근한 인물이다.

그러나 언제나 교훈적인 미담으로 제시되면서, '효도해라', '착한 사람은 하늘이 돕는다'는 생각을 널리 심어 온 『심청전』의 주인공 '심청'을 우리는 과연 얼마나 정확히 알고 있는 것일까.

1_심청! 심청?

심청전은 자연스럽게 민중 속에서 창작되어 다듬어지면서 오랫동안 그 의미의 폭과 깊이를 더해 온 집단적 공동 문학인 것이다. 이러한 문학을 유동(流動) 문학, 적층(積層) 문학이라 한다. 모든 적층 문학이 그러하듯이 『심청전』역시 『춘향전』에 버금갈 정도의 이본(異本)들과 다양한 장르로 구현되어 왔다. 그러므로『심청전』은 어느 판본, 어느 장르를 구체적인 검토 대상으로 삼느냐에 따라 배경 사상과 줄거리, 인물의 성격과 주체가 달라질 수 있다.

『심청전』이 이렇게 다양함에도 공통적인 것은 아비에 대한 효성을 다하기 위해 인당수에 빠지는 불쌍하고 착한 딸의 이미지이다. 그러나 과연 그런가. 그냥 그렇다고 해석하면 그만일까? 혹시 심청을 자유 의지로 자신의 운명을 스스로 개척한 여자로 볼 수는 없을까?

2_심청: 자유 의지의 인간

자신을 낳은 산후 탈로 돌아가신 어머니. 먹일 젖조차 없어서 동네 아낙들에게 조금씩 동냥젖을 얻어 자신을 키워 준 장님 아버지. 먹고 살기도 버겁던 극도로 빈한한 어린 시절.

심청은 요즘으로 말한다면 가난에 찌든 결손가정의 아이였다. 더구나 그녀가 살던 사회는 봉건 사회였다. 빈한한 부모에게서 운명처럼 이어받는 가난과 기아는 봉건 사회의 구조적 병폐로서 아무리 노력해도 결코 벗어날 수 없었다.

개인의 능력과 의지가 별로 빛을 내지 못하는 신분 사회 속에서 심청은 물질적 가난에 앞서 정신적으로 몹시 괴로웠으리라. '나는 나 자신과 아버지 심 봉사의 행복을 위해서 무엇을 할 수 있을까…….' 아무리 생각해 보아도 뾰족한 답을 찾을 수 없었을 것이다. 그렇다고 좌절할 만큼 한가한 삶이 심청에게 허용되지도 않았다. 너무나 가난한 자에게는 좌절이라는 손님조차 오지 않으니까.

할 수 없이 이 세상에 '내던져진 존재'로서 심청은 소극적인 삶을 살 수밖에 없었다. 눈먼 아버지를 봉양하며 하루하루의 생존을 위해 안간힘

을 쓰며 일할 뿐 다른 뚜렷한 방법을 찾을 수 없었다. 그러나 가난에 찌든
채 무의지의 삶을 매일 반복하던 어느 날, 심청에게 '일생일대의 기회'가
찾아온다. 심청에 대한 소문을 듣고, 월평(月坪) 마을의 장(張) 승상(재
상) 댁 부인이 심청을 수양딸로 삼고 싶어한 것이다. 심청을 만난 자리에
서 승상 부인은 늙고 말벗이 없어 쓸쓸하다고 호소하며 은근히 말한다.

나으 수양딸이 되었으며, 예절도 숭상허고, 문자도 학습하야, 기출(己出)
같이 성취시켜 만년 영화를 볼 것이니, 네 뜻이 어떠하냐?

여기서 자기를 기출같이 성취시켜 준다는 말은 곧 자기가 낳은 자식처
럼 대해 준다는 것을 뜻한다. 따라서 장 승상 부인의 이 같은 제안은 몰락
한 양반의 계집자식인 심청이 자기 운명을 전환할 수 있는 천재일우의 기
회가 아닐 수 없다.

그러나 심청은 그 자리에서 즉시 거절한다. 왜 심청은 거절했을까? 도대체 왜 그토록 좋은 기회를 스스로 박찼을까? 궁금하지 않을 수 없다.

심청은 완강하게 자신과 아버지 심 봉사를 가난과 질곡 속에 가두어 두는 사회의 구속에서 벗어나 자신의 운명을 스스로 결정하고 싶었다. 기회가 주어지지 않아 감추어져 있었으나, 근본적으로 심청은 자신의 운명을 스스로 결정짓고 싶었던 듯하다. 이미 예닐곱 살 때 심청은 아버지 심 봉사에게 이렇게 말한 바 있다.

하루는 심청이 저의 부친 앞에 단정히 꿇어앉어, "아버지, 오늘부터 제가 나아가 밥을 빌어 조석 공양하오리다." 심 봉사, "엊그제 강보에 싸였던 네가 이제 내 앞에 와 그런 말을 허게 되니 기특코 고마운 자식이다마는, 그런 말은 당초에 말아라."

아버지 심 봉사는 어린 심청이 자신을 공양하겠다는 말에 기특해하며 한사코 말리나, 심청은 기어이 그날부터 아버지 대신 동냥질을 나간다. 이처럼 어린 시절부터 자신의 의지를 뚜렷이 말하고, 행동으로 옮겨 왔던 심청은 조숙한 자유 의지의 인간이었음이 분명하다.

따라서 심청에게 장 승상 댁의 수양딸로 들어간다는 것은 자신의 처지가 안락해진다는 것을 제외하면 새롭고도 완벽한 구속이었다. 자유 의지의 인간에게는 구속이란 어떠한 불온보다도 더 견디기 힘든 형벌이다. 그렇다면 심청은 승상 댁 부인의 말벗이 되어 주기 위해 제 아비와 인연을 끊어야 하는 구속을 거부한 셈이다.

물론 어린 나이인 심청에게 수양딸로 가고 싶은 유혹이 없었던 것은 아니었다. 만일 그러한 유혹이 심청에게 없었다면 그녀는 인간이 아닌 신이라는 차원에서 해석되어야 한다.

"명도가 기구허여 낳은 지 칠 일 만에 모친을 잃사옵고, 앞 어두운 부친께서 동냥젖을 얻어먹여 근근이 길렀더니, 내가 부친 모시기를 모친 겸 모시옵고, 우리 부친 날 믿기를 아들같이 믿사오니, 사정이 서로 의지허여 모쪼록 모시자 허나이다." 말을 마치면서 두 눈에 눈물이 듣거니 맺거니 떨어지는 양은, 춘풍 세우가 도화 잠겼다 점점이 떨어지니, 부인이 가긍허여 부끄러이 말허면서, "출천지대효로다."

만일 심청의 태도가 기존의 해석과 같이 진정 효에서 비롯되었다고 한다면, 왜 장 승상 댁 부인 앞에서 심청은 울었을까? 자기 아버지를 모시는 것이 당연하고 떳떳한 효인데 도대체 왜 심청은 울고 있는가. 너무나 고마워서? 그냥 슬퍼서? 어느 쪽의 답도 너무나 쉽게 해석하는 듯싶다.

바로 여기서 우리는 심청이 장 승상 댁 부인의 달콤한 제의를 거절한 것을 단순히 효의 행동으로 보는 대신, 스스로 자기 운명을 결정하는 태도로 볼 수는 없을까 주의를 기울여야 한다. 심청은 스스로 자기 운명을 결정했으나, 자기와 아버지 심 봉사에게 주어진 가혹한 운명에 대해 걱정과 슬픔을 통제할 수는 없던 것 아닐까. 다시 말해, 심청은 자신의 운명을 의지대로 꾸릴 수 있는 강인한 여인이지만, 그녀 역시 사람인지라 나약한 일면 또한 숨기지 못하는 것이다.

심청을 무조건 효녀라고만 볼 수 없는 증거가 또 있다. 만일 심청이 효녀라면, 아버지의 안 보이는 눈을 고치기 위해서 자신의 목숨을 버리는 행동은 쉽게 이해하기 어렵다. 두루 알다시피, 효가 강조되는 유교 윤리에서 자식이 부모보다 먼저 죽는 것은 가장 큰 불효이기 때문이다. 부모에게서 받은 터럭 하나라도 상하지 않게 하는 것이 효의 시작이기 때문이다.

인간이 자신의 한계인 유한성을 벗어나는 방법 가운데 하나가 바로 자기의 분신을 세상에 남겨 놓고 죽는 것이다. 특히 유교 문화권에서 자신의 제사를 돌볼(祖宗香火) 남아에 대한 선호는 그야말로 절대적이었는데, 조선 시대의 문학 작품 중 '기자(祈子)─태몽(胎夢)─출산(出産)'이라는 과정이 하나의 모티프로 거의 빠짐없이 등장하는 것도 바로 그런 이유에서이다. 따라서 심청이 "이십(二十)에 안맹(眼盲)한" 아버지 심봉사의 개안(開眼)을 위하여 자신의 목숨을 버리는 것을 효행이라고 해석하기는 힘들다.

3_닫힌 사회와 계약 존중(殺身成約)

앞서 말했듯이 심청이 장승상 부인의 제의를 거절하는 것은 혈연 관계를 바꾸면서까지 아버지와 자신의 운명을 바꾸고 싶지 않아서였다. 그러나 심청은 여전히 가난했으며 능동적으로 무엇인가 할 수는 없었다. 이러던 차에 심청은 자신의 의지로 아버지를 눈뜨게 할 수 있는 기회를 맞게 된다. 이는 공양미 삼백 석을 시주하면 눈을 뜰 수 있으리라는 몽은사 화주승의 말에서부터 비롯된다. 그리고 마침 마을에 들러 제물을 찾던 북경 상인들과 자신의 목숨을 공양미 삼백 석에 맞바꾼다.

이때 화주승의 말과 심청의 행위는 각각 '일종의 계약(契約) 형태'를 취하고 있다. 즉, 어떤 요구나 조건을 충족시켜 주면, 그에 대한 반대 급부로 상대의 요구나 조건을 충족시켜 준다는 점에서 본질적으로 계약인 것이다. '공양미 삼백 석을 시주하면 눈을 뜰 수 있다', 그리고 '공양미 삼백 석을 주면 인당수에 던질 제물이 되어 주겠다'는 것은 모두 일종의 계약에 해당하는 것이다.

계약은 자유 근대 국가의 가장 기본 되는 행위이면서 동시에 인류에게 가장 기본적인 행위이다. 자유 의지의 인간인 심청은 자연스럽게 양쪽의 자유스러운 의지의 결합인 계약을 중시한다. 이것은 장 승상 부인이 심청을 위해 공양미 삼백 석을 대신 내주겠다는 판본에서 심청이 이를 단호히 거절하는 데서도 드러난다.

단순히 효의 관점에서 보자면, 심청이 이 같은 행동을 하는 것은 도저히 이해가 가지 않는 일이다. 부친을 위한다는 목적이 아무리 좋더라도 그 수단이 목숨을 버리는 잘못된 행위임이 분명한 상황, 게다가 대신 그 값을 치러 주겠다는 장 승상 부인의 간곡한 만류에도 불구하고 이를 묵살하는 것은 효와 연관시키기 힘들게 하는 것이다.

그러나 이런 행동을 자유 의지의 정신, 끝내 자신의 목숨을 버리더라도 자신의 운명을 스스로의 힘으로 만들어 가겠다는 의지와 이 의지를 실현시켜 주는 계약의 실천이라고 보면 어느 정도 이해할 만하다. 앞서 말한 바 있는 심청의 언행—어릴 때 심 봉사에게, 그리고 조금 더 숙성해서 장 승상 댁 부인에게 한 언행을 돌이켜 보라.

그러므로 "공양미 삼백 석에 팔려 가는 심청" 운운의 표현은 잘못된 것이다. 이는 물질과 목숨의 교환이라는 터무니없는 조건을 갖고 있지만, 심청에게는 자기 의지를 끝까지 관철하려는 자유 의지의 실천이라는 차원에서 중요한 계약이었다.

요컨대 심청의 죽음은 효를 위한 결연한 자기 희생이라기보다는, 자유 의지의 구체적 실천이자 계약을 존중하는 행동이었다. 그것은 유일하게 심청이 자신의 인생을 의미 깊게 만든 마지막 살신성약(殺身成約)의 행동이었다.

심청은 이야기 속에서는 소생하지만, 사회적으로는 거듭 완전히 죽어 갔다. 그럼에도 작품 전반 곳곳에서 심청을 효와 연관시키는 것은, 가난과 질곡으로 얼룩진 당시 일반 민중의 삶에 숨어 있는 구조적 병폐를 오히려 효를 내세워 은폐하고자 하는 것이리라. 그리하여 심청과 눈먼 아버지 심 봉사의 가난은 분명 개인의 잘못이 아닌, 사회적인 문제임에도 효라는 개인 윤리의 차원으로서 문제의 본질을 상실하게 만드는 것이다.

인당수에 빠져 죽은 심청은 효라는 유교 윤리의 그물로 인당수에서 다시 끌어올려졌다. 그리고 당시의 봉건 사회가 갖고 있는 구조적 한계와 병폐라는 본질적 사망 원인은 은폐된 채, 그저 숭고한 자기 희생을 통한 절대 효의 상징으로서 끊임없이 봉건 체제 유지를 위한 도구로 유기되어 온 것이라고 볼 수 있다. 우리의 고전 소설 일반에서 보이는 '천상과 지상의 이중적 배경 구조' 또한 이러한 보이지 않는 음모에 가담하는 장치 노릇을 톡톡히 했다.

■ 글을 쓰게 되기까지

경기 옹진군은 백령도에 심청각을 만들어 관광 수입을 올리고 있다고 한다. 절대적인 효의 상징인 심청으로 외딴 섬을 관광 명소로 만든다는 것은 분명히 좋은 일이다.

그러나 나는 옛날부터 심청이 효녀라는 사실에 의문을 품어 왔다. 그녀가 효녀라면 과연 아버지 앞에서 죽을 수 있는가. 아버지의 눈을 뜨게 하기 위하여 자신의 목숨을 던지는 행동을 효녀라고 본다면 너무 지나치다고 생각했다. 설사 아버지의 목숨을 구하기 위해서라도 자식이 부모 앞에서 죽는 일이 그렇게 쉽게 정당화될 수 있을까.

다행히 여러 자료를 읽다 보니 심청의 평가에 대해 나와 같이 의심을 품는 사람들이 적지 않다는 사실을 알게 되었다. 그녀가 효녀가 아니라는 주장에 나 역시 동의한다. 그렇다면 심청의 행동은 어떻게 보아야 하나?

나는 심청의 행동을 다시 꼼꼼히 살펴보았다. 그녀는 효녀가 아니라는 주장과 불효를 저질렀다고 하는 주장 모두 너무 효라는 잣대로만 본 것이 아닌가 하는 생각이 들었다. 왜 한 인간의 행동을 효냐 불효냐 하는 이분법적인 흑백 논리로 재단할까. 나는 불만스러웠고 심청의 행동을 계약이라는 원초적인 인간 행동 방식으로 이해하고자 했다.

　그러고 보니 『심청전』은 계약으로 뒤덮여 있는 작품이었다. 공양미 삼백 석을 시주하면 눈을 뜨게 해 주겠다는 화주승의 말이나, 자기의 수양딸이 되어 주면 부귀영화를 누리게 해 주겠다는 장 승상 댁 부인의 제안이나, 엄청난 돈을 주고 인당수에 빠져 죽을 처녀를 구하는 북경 상인의 공개적인 행동, 모든 것이 계약과 연관되지 않은 것이 없었다.

　나는 심청을 자유 의지를 가진 인물로 살펴보았다. 그녀는 효녀이면서도 자유 의지를 가진 인간으로서 계약 존중이라는 근대 합리주의의 사고를 가진 반중세적인 인물이었다. 그녀는 스스로 자신의 운명을 선택하고 행동하는 능동적인 인간이었다. 심청은 그저 아비의 눈을 뜨게 하기 위하여 자신의 몸을 던지는 나약한 처녀가 아니었다.

　오히려 심청은 그렇게 만들어졌다. 심청을 둘러싼 여러 가지 요소들이 심청을 절대적인 효라는 차원에 고정시켜 생기를 잃게 하였다. 심청은 효의 상징으로 오랫동안 추앙받았지만, 이제 다른 관점에서도 해석할 필요가 있다. 나는 그녀를 자유 의지의 인간으로 다시 새롭게 평가하게 되었다. (* 최근에는 심청을 몸 파는 여자로 해석한 소설도 나왔다. 황석영, 『심청』, 전2권, 문학동네 참조.)

4. 여성의 꿈, 인간의 이상
── 춘향

이리 오너라, 업고 놀자. 이리 오너라, 업고 놀자. 사랑, 사랑, 사랑, 내 사
랑이야. 사랑이로구나, 내 사랑이로다…… 이이이이, 내 사랑이로다. (판소
리 「춘향가」 가운데 '사랑가'에서)

1_우리네 삶과 춘향

한쪽 구석에선 술판이 거나하고 이미 취기가 돈 남정네들, 마당 한가
운데 널찍이 벌어진 사랑가(歌)의 중중몰이 흥청거림 속으로 얼굴을 디
민다. 부채 든 양반 차림으로 너름새를 하며 창(唱)을 하는 소리꾼, 옆으
로 두세 발자국쯤 떨어져 역시 갓을 쓰고 점잖게 앉아 북을 두드리는 고
수(鼓手), 그 주위를 빙 둘러앉은 채로 혹은 선 채로 "얼쑤, 잘한다" 열면
추임새를 넣으며 한바탕 소리판을 이루어 내는 사람들……. 어느 새 소
리꾼의 가슴 깊숙이 슬프고도 느린 진양조가 길어올려지고, 뜨겁게 달구
어진 소리판이 옥에 갇힌 춘향을 흐느끼며 천천히 잠겨 든다. 어느덧 기
울어진 늦여름 오후의 해거름녘.

……그때여 춘향이는 내일 죽을 일을 생각을 허여 홀연히 잠이 드니, 비몽사몽간의 〔……〕 가삼이 벌렁벌렁, 부르난 소리가 얼른얼른 들리거늘, 모친일 줄을 모르고 귀신 소리로 송기허여, 아이고 이 몹쓸 귀신들아! 나를 잡아갈려거든 조르지 말고 돌아가거라. 내가 무슨 죄 있느냐? 나도 만일으 이 옥문을 못 나가고 이 자리에 죽게 되면 저것이 모두 다 내 동무로구나…….

변사또를 응징할 추상같은 어사의 호령 장면이 빨리 나오길 고대하면서, 옥에 갇힌 춘향의 처지에 연신 슬픈 눈물을 찍어 대는 아낙과 노인, 아이들. 붉어진 얼굴의 청장년들 또한 깊은 한숨에 무릎을 치며 안타까워한다. 이어 잠시 뜸이라도 들이듯 아니리로 풀어 대는 목청 좋은 소리꾼의 사설(辭說), 자진모리의 암행어사 출두야! 허둥대는 탐관오리들의 작태에 아직 눈물 담긴 눈으로 소리판은 다시 웃음으로 출렁인다. 문득, 소리판 한가운데로 가볍게 불어오는 서늘한 저녁 바람.

이렇듯 춘향은 우리네 조상들의 생활 속에서 가장 인기 있는 주연이었다. 삶의 한 대목 한 대목에서 함께 울고 함께 웃으며 민중 속에서 호흡하던 춘향은 판소리를 비롯하여 구비 설화, 소설, 창극, 연극, 영화 등으로 다양하게 변이되면서 지금까지 향유되어 왔다. 실제로 춘향은 민중의 생활 속에서 생성되고 유동되기를 오랫동안 거듭해 온 민중의 공동작이며 수십 종을 헤아리는 이본(異本)들을 파생시키며 변모하는 '적층 문학(積層文學)'의 대표작이다. 춘향은 어느 한 작품의 주인공이 아니라 거의 2백여 종에 달하는 다양한 이본들과 예술 장르들 사이에 나타난 주인공들의 이름이다.

분명 춘향은 실존 인물은 아니다. 그럼에도 앞서 말했듯이, 작자와 제작 연대 미상으로 창조된 후 약 2백여 년 이상을 흐르면서 많은 민중들의 거듭 새로운 창작 속에서 공감되고 있다. 춘향의 무엇이 시대를 뛰어넘는 다양한 장르적 실험과 공감을 가져오게 하는 것인가. 무엇이 춘향을 하나의 신앙 대상처럼 춘향제(春香祭)를 올리게까지 가깝게 만드는 것인가.

2_열녀(劣女)와 열녀(烈女)

될성부른 나무는 떡잎부터 알아본다. 춘향은 그 출생부터가 보통 사람들과는 다르게 특히 비범했다. 또한 자라면서는 최고의 효녀였으며 미인이었다. 더욱이 재주까지 총명하여 나이 16세가 되기 전에 벌써 '천하의 절색'이니 '만고의 여중군자'니 하는 말을 주위에서 끊임없이 들을 정도였다.

그러나 춘향은 그럼에도 늘 자신의 신분적 한계에 대한 좌절감으로 괴로워하던 여인이었다. 기생 월매의 몸에서 태어나서 기생의 신분을 그대로 이어받은 것이 춘향에게 늘 심리적인 상처를 주며 괴롭혀 온 것이다. 이는 춘향이 보통 사람이 아닌, 비범한 인물이기에 더욱 괴로운 것이 될 수밖에 없다. 아무리 뛰어나도 하층 신분으로 태어난 이상 일개 기생일 따름인, 엄연한 봉건 신분 제도는 비범한 능력의 소유자인 춘향에게 늘 좌절감을 주었다.

이제 변사또의 관점에서 춘향을 생각해 보자. 변사또에게 춘향은 앞서 말한 대로 일개 기생일 뿐이다. 기생은 노비의 일종이다. 새로 부임한 신관 사또 변학도가 자기 관아의 세습적 재산인 관노 기생 춘향에게 수청을 들라고 하는 것은 당시 관습이나 통념으로 자연스러운 하명인데, 어린 기생인 춘향이 놀랍게도 거부한 것이다. 그것은 변사또에게는 체제에 대한 도전이자 공권력에 대한 반란이었다. 당연히 그는 춘향을 하옥한다. 변사또의 충복인 회계 생원은 춘향을 이렇게 다그친다.

너 같은 천기들에게 충신이니 열녀니 하는 글자가 어디에 합당한 일이란 말이냐.

변사또를 비롯한 당시의 지배 계급적 시각에서는 관노인 기생 춘향이 수청 들기를 거부한다는 것 자체가 도대체 이해 안 되는 노릇이었다. 더욱이 전임 사또의 어린 자제와 정분이 있었다는 이유로 수절을 내세운다는 것이 말이나 될 법한가. 전임 사또의 자제인 이몽룡 역시 춘향과의 관계를 부모에게 인정조차 못 받은 채 서울로 올라가지 않았는가. 그가 춘향과 나눈 사랑은 지배 계급인 양반 자제에게 흔히 있는 한때의 불장난 정도일 따름이다. 그런데 그 말도 안 되는 관계를 공식적이고 정당한 것처럼 내세워서 수절 운운하는 어린 기생이라니! 변사또로서는 결코 이해될 리 만무한 것이다. 따라서 그는 춘향이 기생이니 수청을 들라는 당연한 요구를 했을 뿐이다.

그럼 왜 춘향은 변사또에게 수청 들기를 거부했을까. 앞서 말했듯이, 춘향은 뛰어난 재능과 미모의 소유자로서 자기에게 주어진 기생이라는 신분적 한계에 늘 좌절하고 열등감을 품어 왔다. 구체적인 인물로 비유하자면, 춘향은 신사임당이나 허난설헌 같은 재능을 가지고 있으면서도 그렇게 대접받지 못하도록 애초부터 운명적으로 결정된 신분을 갖고 태어난 것이다.

그러므로 춘향의 수청 거부는 변사또에 대한 신분적 열등감이 공격적으로 표현되었다고 볼 수 있다. 즉, 춘향이 원래 도덕적으로 순수한 열녀라서 수청을 거부했다기보다는, 자의식과 자존심이 매우 강한 춘향의 유일한 약점─신분상의 한계를 변사또가 상처 낸 데 대해 저항한 것이다. 반면에 이몽룡은 나이는 어리지만 풍광 좋은 광한루에서 처음 만난 기생 춘향에게 이렇게 말한다.

내가 너를 기생으로 알아서 그러는 것이 아니다. 내 들으니 네가 글을 잘한다더구나. 그래서 너를 청하는 것이다.

이렇게 변사또와는 아주 대조적으로 이몽룡은 춘향을 기생 아닌 인간으로 존중하였다. 이몽룡은 그날로 놀랍게도 춘향과 부부의 예로 첫날밤까지 맞게 된다. 그리고 매우 빠르게 사랑이 무르익어 가 미성년자 관람 불가의 성인용 애정 영화를 보는 듯 대담해지고 노골화된다.

그러므로 춘향은 분명 정절을 목표로 하는 순수한 열녀(烈女)는 결코 아니다. 다만 뛰어난 재능을 가진 신분적 열녀(劣女)로서 자신의 약점을 보호하고 싶은 마음에서, 또 침해받은 데 대한 반감과 저항의 수단으로 정절(烈)을 내세운 것 뿐이다. 즉, 자신이 열녀(烈女)라고 주장함으로써 자신의 상처를 치유하려 한 것이다.

춘향의 열등감은 자신을 기생이라고 무시하는 곳에서는 언제나 공격적으로 나타난다. 이 점은 대상이 변사또가 아닌, 이몽룡이라 할지라도 마찬가지이다. 이몽룡이 이별을 해야 한다고 처음 말하는 장면에서 춘향은 원귀가 되어 해를 끼치겠다고까지 극단적인 발언을 서슴지 않는다. 이

밖에도 춘향은 작품 곳곳에서 그녀가 나오는 대목마다 신분적 열등감을 드러내며, 동시에 강력한 신분 상승의 욕구를 보여 준다. 이 점에서 춘향의 사랑을 처음부터 순수한 차원에서만은 볼 수 없다. 오히려 춘향은 이몽룡이라는 적절한 동년배 상대를 신분 상승을 할 수 있는 절호의 수단으로 삼아 사랑을 맺었다고 볼 수 있다. 춘향은 신분적 열등감을 극복할 수 있는 현실적 방법으로써 적당한 양반 자제와 사랑을 한 것이다.

3_춘향: 인간 해방과 사랑의 실현자

요컨대 춘향은 진정한 의미에서 열녀(烈女)는 아니다. 가장 민감하게 자신의 신분적 한계에 반응했던, 열등감으로 가득 찬 신분적 열녀(劣女)였던 것이다. 수청 거부로 나타나는 수절 주장도 자신의 신분적 열등감을 건드리면서도 신분 상승의 가능성은 조금도 인정하지 않는 기존의 보수 세력(이몽룡의 아버지를 비롯한 변사또 등의 지배 계급)에 대한 대응 논리로 보면 무난하다. 즉, 춘향은 수절을 '목적'으로 삼는 대신, 신분제 현실 속의 자기 처지에 대한 불만스러운 의사 표시 '수단'으로 삼았던 것이다. 이 점에서 춘향은 자신의 운명에 적극적으로 대항하는 근대적 인간형의 모습을 보여 주고 있다.

그러나 정작 춘향을 의미 깊게 생각하게 되는 것은 춘향의 성격과 사랑의 차원이 변화·발전되고 있다는 점 때문이다. 춘향이 이몽룡과 나누는 사랑은 열등감으로 얼룩진 한 여인이 자신의 열등감을 위로받고, 또한 현실적으로 삶을 개선하고 싶어서 이루어진 것이다. 그러나 신분 상승을 방해하는 기존의 보수 세력(이몽룡의 부친, 변학도—이들은 모두 남원이라는 동일 공간의 전임, 신임 부사들이다)의 탄압(이별과 수청의 강요)을 통해서 춘향(과 이도령)의 사랑이 점점 순수한 사랑으로 승화되어 가는 과정을 보여 준다는 점은 매우 의미 깊다.

신분제 사회를 유지하려는 이들 보수적인 세력들의 탄압은 서로 전임 사또와 신임 사또로 이어지면서 끝내 '이별—하옥—죽음'이라는 시련의 심화로 춘향을 핍박한다. 그러나 춘향은 지배 세력이 탄압하는 과정을 하나씩 견뎌 내면서 자신의 결점이었던 신분적 열등감을 극복하고, 마침내 신분 상승과 동시에 절대적인 사랑을 완성하는 과정을 보여 준다.

바로 이 점이 사랑의 실현자로서 춘향을 영원히 기억하게 만든다. 다시 말해 신분제의 극복, 곧 인간 해방이라는 민중들의 공통 소망이 춘향 개인의 해방을 통해서 낭만적이고 상징적으로 이루어지게 된다. 진정한 사랑의 획득과 신분제의 극복이라는 개인적, 사회적 성취가 동시에 이루어지는 낭만적인 현실 해결로 모든 사람을 설레게 하는 것이다. 그리하여 춘향은 사랑의 봄내음(春香)으로 영원한 인간상으로 계속 새롭게 우리들에게 다가오는 것이다.

■ 글을 쓰게 되기까지

춘향과 향단이 광한루에서 놀다가 이몽룡과 방자를 만난다. 금세 가까워지는 춘향과 몽룡……. 서로를 사랑하는 장면들이 나오고 이내 떠들썩한 잔치판, 탐관오리들이 방탕하게 즐기고 있다. 연신 헤헤거리는 아전들, 봉두난발한 채로 끌려 나와서도 절개를 고집하는 형틀 위의 춘향, 마침내 사방이 떠들썩하게 울리는 목소리, 암행어사 출두야!

극적인 난장판이 차츰 수습되면서 동헌 마루청에 어사또가 부채로 얼굴을 가리고 묻는다. 네 죄를 알렷다! 이제 모든 것이 끝났다고 생각하며 끝내 이몽룡의 여자라고 강조하는 춘향. 잠시 후 고개를 들라는 어사또의 목소리에 쳐다보니, 꿈에도 그리던 서방님. 사방은 다시 흥겨운 잔치판으로 변하며 서서히 자막이 올라온다.

지난 1960~70년대를 경험한 세대들에게 춘향전은 명절날 TV에서 방송되는 단골 프로그램이었다. 그리고 그 이전의 우리 한민족에게 『춘향전』은 근 2백여 종의 이본(異本)들을 낳은 엄청난 베스트셀러였다. 그러나 어느 판본이건 간에 원전을 펼쳐 놓고 『춘향전』을 차분히 읽은 사람은 별로 없다. 그저 TV 프로그램이나 구전되는 이야기로서 『춘향전』은 우리에게 익숙할 뿐이다.

춘향은 널리 알려져 있으면서도 제대로 알려져 있지 않은 인물 가운데 하나이다. 그저 절개를 지킨 기생 정도로 떠올려지는 인물이 바로 춘향이라는 말이다. 그러나 춘향은 기생의 자식, 그녀가 절개를 지킨다는 것은 있을 수 없는 일이나 마찬가지다. 아니 희극에 가까운 행동이었는지도 모른다.

나는 사람들이 『춘향전』을 말하면서 기생 춘향이 절개를 지킨다고 옹호하는 분위기를 도저히 이해할 수 없었다. 춘향이 열녀(烈女)라고? 왜 기생인 그녀가 절개를 지켜야 하는가? 춘향을 둘러싼 인물들이 희극적으로 제시되는 TV 프로그램을 보면 더욱 그런 생각이 들었다. 정작 '웃기는 인물'은 춘향이었음에도 그녀는 엄숙하게 품위를 지키고, 막상 그래야 할 인물들은 한결같이 과장스러운 연기로 웃기고 있었다. 아, 저게 아닌데……. 언제부터인지 나는 뭔가 다른 시각으로 춘향전을 해석할 필요가 있다고 생각했다.

꽤 많은 논문들을 뒤적이던 중에 조동일 교수의 논문을 읽고 적지 않은 암시를 받았다. 특히 기생인 춘향이 기생 아님을 주장하는 의견 등에 부분적으로 동의한다. 그러나 나는 춘향을 좀 더 다른 각도에서 보고 싶었다.

나는 춘향의 행동을 나름대로 분석하였다. 그리고 『춘향전』이라는 작품이 어떻게 그리 오랫동안 우리 민족의 인기를 끄는지 밝히려고 노력했다. 나는 춘향을 영원한 사랑과 인간 해방을 추구해 온 여인이라고 생각한다.

5. 무속, 한국인의 뿌리
—— 바리데기 공주

옛날 어느 왕국에 오구 대왕(大王)이 살았다. 오구 대왕은 길대 부인과의 사이에 내리 딸만 여섯을 두었다. 아들을 못 낳는 팔자를 한탄하던 길대 부인은 모든 정성을 다해 백일 불공을 드린다. 그러나 태어난 아이는 역시 딸. 아버지 오구 대왕은 불같이 화를 내며 어린 아기를 갖다 버리게 한다. 바리데기는 버려지지만 무지개와 청학, 백학 등이 보호해 준다. 한편 오구 대왕은 깊은 병이 든다. 무당은 길대 부인에게 서천서역국의 약수만이 병을 고친다고 말한다. 길대 부인은 여섯 공주에게 생명수를 찾아오라고 부탁하나 모두 핑계를 대고 거절한다. 시름에 잠긴 길대 부인은 꿈을 통해 바리데기가 살아 있음을 알게 된다. 마침내 모녀는 상봉하고, 오구 대왕은 바리데기에게 이제는 죽어도 한이 없다고 말한다. 그러나 바리데기는 아버지의 병환을 고치러 저승의 세계로 길을 떠난다. 여러 도움을 받으며 바리데기는 신비한 능력으로 온갖 난관을 극복해 간다. 그리고 생명수를 얻기 위해 동수자라는 존재와 백년가약을 맺게 되고 아들 삼형제를 낳는다. 마침내 동수자는 하늘로 올라가고, 생명수를 얻은 바리데기는 아들 삼형제와 함께 이승의 세계로 돌아온다. 여러 가지 난관을 겪지만 모두 극복하고 돌아온 바리데기 앞으로 아버지 오구 대왕의 장례 행렬이 지나간다. 바리데기는 곧 생명수로 아버지를 살린다. 그리고 바리데기는 극락으로 가는 사람들을 인도하는 신(神)이 된다. (바리데기, 동해안본)

1_무가와 바리데기

무가(巫歌)란 굿의 현장에서 신에게 기원하는 인간의 노래이며, 동시에 거기에 응답하는 신의 노래이다. 또한 무가는 오랫동안 무당의 구전을 통해 전해지는 구비물로서 공동체의 의식과 사회상을 잘 보여 주고 있다. 우리가 한국 문화를 이해하고자 할 때 무가를 빼놓을 수 없는 것은 바로 이러한 이유들 때문이다. 즉, 우리의 무가는 불교, 도교, 유교 등의 영향을 받으며 다른 문학 장르들과 복잡한 관련을 맺고 있다. 특히 서사 무가(敍事巫歌)인 경우 한국의 서사 문학사를 탐색하는 데 많은 도움을 준다.

바리데기는 서사 무가의 이름이자 그 주인공 이름이다. 바리데기는 바

리공주, 칠공주 등으로도 불리며, 죽은 자의 넋을 편안히 인도하는 굿인 '진오귀', '오구굿', '씻김굿' 등 무의(巫儀: 굿)에서 구연되는 서사 무가로서 현재도 전국적으로 전승되고 있다. '제석본풀이'가 출산과 양육의 생명 창조를 주관하는 신의 유래라면, '바리데기'는 서사성이 강한 죽음과 부활의 이야기이자 죽음을 주관하는 신의 유래를 담아 서로 구별되며 우리나라 2대 무속 신화로서 귀중한 가치가 있다.

전국 각지에서 오랫동안 구전 변이되어 온 바리데기는 채록된 것도 여러 본(本)이 있으나, 공통적인 내용은 버림받았던 딸이 아버지가 병들어 죽게 되었을 때 온갖 시련을 극복하고 생명수를 얻어다가 살려 낸다는 것이다. 여기서는 앞서 요약해 놓은 동해안본을 중심으로 보자.

2_바리데기는 누구인가

바리데기의 '바리'는 '버린다'는 뜻을 갖는다. 어떤 이는 바리를 발의의 연철로 보고, 우리말에서 '발'이라는 말에 담긴 '없던 것을 새로 만든다'는 의미를 중시하여 생명을 소생시키는 공주라고 보기도 한다. 또 다른 이는 한걸음 더 나아가 바리를 '부루'의 와전된 음으로 해석, 부루의 옛 뜻인 '신(神)' ─ 즉 부모를 소생시킨 공주가 신격화되어 공주신으로 존신하는 것으로 보기도 한다.

명칭과 관련된 이런 몇 가지 해석들 속에 바리데기의 모든 의미가 거의 담겨 있다. 버림받은 존재, 생명을 소생시키는 존재, 그래서 무신(巫神)이 된 공주……. 바리데기를 곰곰 살펴보면 우리 민족을 말할 때 흔히 얘기되는 한(恨)을 떠올리지 않을 수 없다. 태어나자마자 부모에게 버림받아 죽음의 위협을 겪어야만 했던 존재, 바리데기는 철저히 한 맺힌 존재다. 한은 가슴속에 응어리진 그 무엇이다. 한은 맺혔을 때, 그리고 풀리지 않을 때 죽음에까지 이르게 한다.

바리데기는 도대체 왜 버려졌을까. 아기로 버려짐은 곧 죽음을 뜻하는데, 바리데기를 죽이려던 궁극적 이유는 과연 무엇일까. 물론 버려진 아기들은 예전의 기록들에서 수많이 나타난다. 구약 성서의 모세Mose, 희랍의 오이디푸스Oedipus, 고구려의 고주몽……. 이들은 태어나자마자 곧 버려졌고 신비한 구원자의 힘과 자신의 비범한 능력으로 모든 고난을 극복하게 되며 자신이 버림받았던 공동체로 성공적으로 되돌아온다. 바리데기는 이들과 서사 구조가 일치한다는 공통점을 갖고 있다. 그러나 왜 버림받았는가에 이르면 바리데기는 이들과 확연히 구분된다.

그럼 처음부터 살펴보자. 오구 대왕은 가부장제 사회 속에서 부계로 이어지는 왕권을 계승할 수 있도록 왕자를 희망했다. 대를 이을 아들에 대한 집념, 곧 남아 선호 사상은 부권 위주 사회의 의식이다. 그러나 할 수 있는 모든 공을 들인 노력이 여섯 공주에 이은 바리데기의 출생으로 좌절되고 만다. 즉, 오구 대왕의 부권은 더 이상 이어질 수 없다는 한계를 갖게 된다. 이는 왕국과 자신의 삶이 간접적이나마 영원할 수 없음을 뜻한다.

한편 오구 대왕이 바리데기를 버린 행동은 심리적으로 볼 때 아버지의 부정(父情)과 왕권 수호자인 왕의 부권(父權) 사이에서 갈등하다가 내린 비인간적인 결정이다. 바리데기를 버린 후 오구 대왕은 중병에 걸려 사경을 헤매게 된다. 자기 딸을 버렸다는 아버지로서의 심한 자책감 때문에 아버지 오구 대왕의 가슴에 한이 맺힌 것이다. 이렇듯 한은 풀리지 못할 때 급기야 죽음으로 이어지게 된다.

노래 속에서 바리데기는 자신을 버린 아버지 오구 대왕의 생명을 구하고자 저승으로 길을 떠난다. 앞의 여섯 공주가 핑계를 대고 거절한 길이기에 숭고하고, 저승으로 떠나는 산 자의 여행이기에 신비하고 신성하다. 더욱이 그 여행은 실로 무한한 고통을 수반하는 위험한 길이다. 그러나 바리데기는 때로 신성한 존재들에게 도움을 받고 때로 자신의 신비한 능력을 발휘하며 마침내 모든 고난을 극복하고 생명수를 가져온다. 자신을 버린 아버지에 대한 딸의 한이 긍정적으로 전환하며 풀리고 있으며, 아버지 오구 대왕에게는 딸의 효(孝)야말로 육체적 생명의 연장보다 중요한 정신적 한을 풀어 주는 것이 된다. 바리데기는 개인적 한맺힘을 고난을 통해 승화하여 공동체의 한을 푸는 한의 완벽한 해결사가 되는 것이다.

바리데기는 자신의 한풀이를 해당 공동체의 모든 인간들과 함께 하는 존재, 또 해당 공동체의 인간들의 한을 풀어 주는 존재이다. 가장 수난받은 자가 다른 이들의 수난을 해결해 주면서 자신의 시련을 극복해 가는 것이 무당이라면, 바리데기는 무당인 동시에 모든 무당의 대모(代母)다. 바리데기는 여권이 부재하는 세속적 삶의 한을 무속적 신권으로 풀어 주는 무신이다.

3_새로운 바리데기를 기다리며

바리데기는 가부장제 사회 속에서 부계로 이어지는 대를 잇지 못해 버림받았다. 그것은 남권 위주 사회 속에서 모든 여성들이 겪는 비극적 삶을 함축적으로 상징한다. 구체적으로 볼 때, 특히나 우리 전통 사회에서 그 비극은 한결 심각했던 듯하다. 바리데기를 비롯한 많은 수의 서사물들에서 아들이 없어 한이 맺힌 나머지 '발원하고 태몽을 얻고 마침내 아들을 얻게 되는' 모티프를 만날 수 있는 것만 보아도 그렇다. 이렇듯 남권 위주 사회는 모든 여성들의 삶을 철저히 억압하여 버림받게 해 왔음이 분명하다. 여기서 여성들의 뿌리 깊은 한이 생겼을 터이고, 이 한은 다시 바리데기와 같은 무신(巫神)의 탄생을 불렀을 것이다.

따라서 바리데기를 낳게 하는 사회나 공동체를 인간적이라고 부를 수는 없다. 부정(父情)을 대신한 남성 위주의 부권(夫權) 추구로만 치우칠

때 그 사회는 인간다움을 상실하게 된다. 그 곳에서는 아버지가 딸을 버리는 일과 같은 비인간적 행위가 자행될 수 있다는 것을 바리데기 무가가 암시하고 있지 않은가. 여기서 우리는 여성을 억압하는 한 남성 역시 자유로울 수 없다는 논리가 정당하다는 것을 확인할 수 있다. 나아가 여성의 삶이 억압될 때, 여성의 삶이 시련과 비극의 끝 모를 연속인 한, 절대로 인간의 해방은 실현되기 어렵다는 것을 깨닫게 된다.

하여 우리는 다시 바리데기를 바라게 된다. 버려지는 존재가 아닌, 바라는 존재로서 새로운 바리데기가 출현해야 할 것이다. 하여 새로운 바리데기는 과거 무속의 세계에만 갇혀 있지 않고, 후기 산업 사회의 여러 비인간적 현상들로 꽉 차 있는 '지금 이 곳'의 우리들 삶을 진정 인간답게 해 주는, 인간 해방의 실천자로 활동해야 할 것이다.

■글을 쓰게 되기까지

칼날 시퍼런 작두 위에서 춤을 춘다. 소매 너머 가벼운 옷자락 날리며 맨발로 춤을 춘다. 하늘은 낮게 흐릿하고, 먼 곳에서 돌아온 배들이 포구에 웅크리고 있다. 붉은 해당화 아름다운 해변, 무당의 노랫가락이 흥겹게 때로 구슬프게 휘돈다. 오색으로 요란한 깃발들이 날리고 돌연 모든 것이 멈춘다. 이내 파도 소리만 들리는 완벽한 침묵——촛불만 파르르 떨고 여전히 바람 속에선 짠 냄새가 난다.

대학 시절 동해안을 도보로 혼자 여행하던 때 나는 우연히 굿을 보았다. 피곤한 몸 가득히 갑자기 무엇인가 꿈틀거리는 느낌이 들면서 꼼짝할 수 없었다. 고기가 많이 잡히고 뱃사람들이 안전하게 항해할 수 있기를 기원하는 풍어제인 듯싶었다. 바닷바람에 굵게 팬 사람들의 얼굴과 온몸 가득히 피어오르던 어떤 신명, 신바람을 나는 분명하게 기억한다. 그것은 집단적 체험의 황홀한 공유였다.

그렇다. 굿은 개인적이면서도 집단적인 차원으로 이루어지는 의식이다. 그리고 그 굿을 가능하게 하는 집단적 무의식의 공유는 우리들에게 한민족이라는 징표를 뚜렷이 붙인다. 요약하건대, 한민족의 의식 속에는 깊건 얕건 굿으로 떠오르는 집단 무의식이 있는 것이고, 그만큼 굿으로 연행되는 무(巫)의 세계는 중요한 한국적 의식의 바탕이 되어 왔다. 이제 굿을 단순히 미신의 차원에서만 바라보는 편협한 시각은 버려야만 한다. 이 글은 바리데기를 통해 우리 의식의 뿌리를 찾는 작업이다.